Who's That Earl
by Susanna Craig

伯爵の秘密の管理人

スザンナ・クレイグ 著
辻早苗・訳

ラズベリーブックス

この作品もブラッドへ。これからもずっと。

読者のみなさまへ

〈Love and Let Spy〉シリーズの一作めである『伯爵の秘密の管理人』を手に取っていただき、ありがとうございます！　ジェインとトマスのハッピーエンドに向けての旅を一緒に楽しんでいただけたなら幸いです。可能であれば、ほかの方たちのためにレビューを書いていただけたらありがたく思います。短く簡単なレビューでも、読者と本を結びつける役に立ちますので。

本シリーズの今後の作品もぜひお見逃しなく。www.susannacraig.com/newsletterのサイトで会報をお申し込みくださいね。会報では新刊発売、セール、その他本に関するニュースをお知らせします（大量のメールを送りつけたり、みなさまのEメール・アドレスを外部に漏らしたりはけっしてしないとお約束します）。

わたしの作品がはじめてだという方には、反抗的なアイルランド人のバーク家のきょうだいがイングランドの放蕩者たちと丁々発止のやりとりをする〈Rogues & Rebels〉シリーズや、西インド諸島からイングランド西部地方へみなさまをいざなう〈Runaway Desire〉シリーズもぜひお手に取っていただきたいと思います。さらなる情報は www.susannacraig.com/books でおたしかめください。それぞれの作品は、シリーズごとのテーマや登場人物につながりがありますが、物語は独立しています。わたしの全作品は時代背景が同じですので、なじみの人物がときどき登場します。それに、もちろん、どの作品でもロマンス、歴史、冒険、そしてハッピーエンドをお楽しみいただけます！

次にお目にかかるまで、楽しい読書を！

スザンナ

謝辞

この新しいシリーズをはじめるにあたり、それを可能にしてくださった方々に感謝します。企画過程のあいだずっとアイデアを守ってくれたエージェントのジル・マルサルに。押しどきとほめどきを知っているすばらしい編集者のエシ・ソガーに。わたしの作った物語を本にしてくださったケンジントン出版のチームのみなさんに。家族と友人たちに。特に夫と娘はさまざまな形でサポートしてくれ、わたしがインスピレーションを求めて八十年代の音楽をエンドレスに聴いても文句のひとつも言わずにいてくれました。そして最後に、以前からの読者のみなさまと新しい読者のみなさまに。

伯爵の秘密の管理人

主な登場人物

トマス・サザランド……中尉。英国軍情報将校。マグナス伯爵。
ジェイン・クウェイル……ダノック城の管理人。
ロビン・ラトリフ……ゴシック小説家。
アグネス・マードック……家政婦。
ドゥーガン……門番。
エリゾー・ロス……トマスの旧友。
テオ・キャンベル……トマスの旧友。
バーソロミュー・ドナルドソン……牧師。
スコット将軍……トマスの上官。

1

時は夕暮れと夜明けのはざま。島に落ちた不気味な静けさに包まれているというのに、トマス・サザランド中尉は櫂《かい》が水を切る独特の音を危うく聞き逃すところだった。くそっ。せっかくここまで生き延びたのに、気を引き締めていないと敵の手に落ちるはめになる。あるいは、任務がおろそかになったのは花の香りに気を取られたからだと説明して、上官に処分を委ねるはめになるか。

七年間のドミニカ駐留で、フランス軍の艦隊が上陸しそうな場所を日と耳で常に警戒していたため、集中力が研ぎ澄まされていた。いまいましい蚊の羽音や刺されたときの痒みを無視する術すらおぼえた。あいつらは、トマスの血をことさら好むようだった——血管を流れる血と同量のウイスキーの味を好んでいたのかもしれないが。

それなのに、これだけの年月が経っても、暗い静けさのなかにくどいほど漂う甘く官能的な香りを無視する方法だけはいまだに体得できていなかった。夜咲きのジャスミンの香りに思い出を喚起されるはずなどないというのに。サセックスの英国人女性の思い出は特に。

渋面――自分に向けた部分もあるが、ほとんどがナポレオンに向けたもの――を浮かべて任務に注意を引き戻し、物音がどこからするのかと奥まった入り江に目を走らせた。下弦の月は切った爪ほど細かったものの、岸に寄せる波を銀色に輝かせるにはじゅうぶんだった。波が砕ける沖合では、月光の条《すじ》が乱れて泡立っていた。

探していたものをようやく目でとらえた。波に翻弄され、漕ぎ手ともうひとりの重みで沈みそうな小舟だ。それが着岸する場所に当たりをつけ、トマスは浜辺を音もなくすばやく移動した。うっそうと茂った葉にできるだけ身を隠し、ときどき足を止めては小舟の背後に目をやる。あのどこかに、ふたりを送り出した船が潜んでいるのだ。ふたりの任務がなにかはまだわからない。

自分と海のあいだに白く輝く砂浜しかなくなると、突き出た岩の後ろにうずくまって待った。漕ぎ手も動きを止め、上げ潮に仕上げを任せた。これだけの距離からでも、こんな仕事をするには若すぎるように見えた。浅瀬に乗り上げた小舟が横向きになると漕ぎ手の若者が水しぶきを上げて飛び降り、小舟を浜へと引っ張った。

この間、もうひとりの男はじっと座ったままだった。顔を左右に動かしすらしていなかった。だが、小舟がしっかりと陸地に上がると、すぐに浜に、次いで雑木林に、そして最後にさらに遠くの木々に目を走らせた。男は自分の存在も行動もまったく隠そうとしなかった。ここへ来たのがなにを見つけるためであろうと、それを目にできるなら目撃される危険を冒す価値があるとでも思っているかのようだ。この男も若かったが、小舟をここまで漕いできた男よりはだいぶ歳上だった。おそらく二十歳から二十二歳といったところか。おまけに、英国海軍士官の軍服を着ている。だからといって、男に対してもその目的に対してもトマスは警戒をゆるめなかったが。

小舟に乗ってきたふたりがことばを交わしたが、声を落としていたのでトマスには聞き取れなかった。英語だろうか？　フランス語か？　遠くの波音のせいで語調がわからない。短い会話のあと、漕ぎ手は小舟にふたたび乗りこんだ。舳先にうずくまり、鍛錬を重ねた者にしかその姿が見えなくなると、士官とおぼしきほうの男は向きを変え、雑木林へと歩きはじめ、トマスが隠れている場所から五ヤードも離れていないところを通った。

男から目を離さないまま、トマスはブーツに潜《ひそ》ませたナイフを鞘から抜き取ってあとを尾《つ》けた。物音をたてても気取られないよう、男と動きを合わせる。男はなじみのない場所を手探りでぎこちなく進み、砂に足をすべらせ、ぞんざいに貝殻を踏みしだき、枯れ草をこすって物音をたてた。トマスは少しずつ距離を縮めた。やがて開けた場所に出た。そこには、熱帯地方の強烈な嵐にも耐えられる高床の小さな小屋が建っていた。トマスの見張り任務の基地だった。首都のロゾーにも部屋を持っているが、そこにはほかの類の情報収集をしたり、公報を送ったりすることが必要になった場合に出向いている。

男は小屋の周囲を見まわし、それから小屋を取り巻く暗い森を覗きこんだ。男が小屋に上る階段の一段めに足をかけたとき、トマスは声をかけた。

「私の国では、招かれるのを待つものだが」

思いがけず人声を聞いた男は、トマスが予想していたとおりの反応を見せた。いきなりふり向いたせいでよろめき、転んだのだ。数フィート先の物陰から出てきたトマスの姿を認める間もなかった。

「ちくしょう」男の声は、衝撃を受けたのと転んだのとで荒い息のざらついたものになった。「なんのつもりだ?」やや不安げな目で、トマスの質素なリンネルの服、荒削りな小屋、ナイフの湾曲した刃と見ていく。「きみは長くこの地にいすぎだと聞いたが、サザランド、そのとおりだな」パブリック・スクール出の完璧な声で、信じられないほど完全すぎる英語だった。

トマスは一歩前に出た。「そうですか《アィ》? ほかになにを聞かされましたか? 合いことばであればいいんですが」

「あ、合いことば？　私はコルチェスターのバンクロフト大尉だぞ」ゆったりした話し方だったのが鋭くなる。男はしゃべりながら、おびえた蟹のようによろよろと後ずさった。「ゼバディア・スコット将軍からの至急の伝言を携えてきたのだ」

それは信頼を勝ち取るためのことばだったのだろう。だが、トマスは判断を控えた。自分はもともと嘘を予想し、罠を疑う性格だっただろうか？　ひょっとしたら、ほんとうにここに長くいすぎたのかもしれない。

しばしののち、男がまた口を開いた。「スコット将軍のおことばだ。『帰途につけ、マグナス』」ナイフを突きつけられた不利な立場にもかかわらず、バンクロフト――それがほんとうにこの男の名前だとしてだが――は二度とくり返すつもりがないかのようにきっぱりと言った。

だが、くり返してもらったところでほとんど意味はない。男のことばはしっかり聞こえた。最後のふたことに動揺したのを出さないように、硬い態度を保った。あのふたことで、バンクロフトの正体とその使命に対する疑念が消えてなくなった。

身じろぎもしないトマスを見て混乱しているると思ったらしく、バンクロフトは思いきって小さく咳払いをした。「暗号解読法は知っているのだろうな」

じっくりと考えこむ間があった。「いいえ《ネイ》」

なぜなら、この場合にかぎり解読する暗号などないからだ。マグナスということばは暗号化の必要もない。長らく耳にしていなかったが、完璧になじみのある名前だった。

この場でトマスにその名前が告げられた理由こそが真の謎だった。とはいえ、単なる暗号解読法ではその謎は解けない。答えを知っているのはスコット将軍だけで、どうやら将軍は使者に理由を伝えさせるのではなく、直接トマスと会って話すのを望んでいるらしい。習慣から背筋を伸ばして傾聴の姿勢を取ったものの、混乱が激しいせいで耳もとで轟々《ごうごう》と流れる血液の音しか聞こえなかった。

幸い、感覚のすべてを失ったわけではなかった。鼻孔が突然芳香で満たされた。また夜咲きのジャスミンだ。それとともになじみの思い出がよみがえる。上を向く女性の顔。栗色の髪、ふっくらした頬、青い瞳。彼女を頭のなかから追い出そうとする。

まったく、いったいなにが――？

いまいましい灌木の枝を揺らしたのはなんだったのだ？　風など出ていなかったし、あの香りを運んできたのを海風のせいにするには浜辺から離れすぎていた。つまり、なにか、あるいはだれかが近くで動いているということだ。

トマスはすばやく静かにバンクロフトとの距離を縮めた。大尉が反応する間もなく、トマスは彼の体を起こして小屋の支柱に押しつけ、がっしりした柱とバンクロフトの体の両方を侵入者に対する盾にした。バンクロフトの両腕を片手で背中にねじり上げ、もう一方の手に持ったナイフを彼の首に当てた。

「やめてくれ」バンクロフトは情けない声で祈りを捧げるみたいに訴えた。その拍子に喉が動いたせいで、ナイフがひくついた。トマスはしぶしぶ手の位置を変えた。流血を望んでいるわけではなかったからだ——いまはまだ。

次の瞬間、漕ぎ手が開けた場所に飛びこんできて、不安げに陰から陰へと目を走らせた。漕ぎ手はせいぜい十二歳くらいにしか見えなかったが、だからといって安心はできなかった。たくましい腕で櫂を頭上に掲げていたのだから。

トマスは居場所を特定される前に声を落として命じた。「櫂を捨てろ」

少年の目が危険な状況に置かれた指揮官をとらえた。波を銀色に輝かせていたかすかな月光が、いまはトマスのナイフの刃に沿ってぎらついていた。少年は櫂を持ち上げたまま凍りつき、その重みとはずみでかすかにふらついた。トマスは櫂を地面に置くよう手首の返しで指示した。

「言われたとおりにするんだ、パーキンズ」バンクロフトがざらついた声で言った。

「頭のいかれたスコットランド男に錆びついたケーン・ナイフで切り刻まれたくはな

い」

　困惑の少年はふたりを順に見たあと、頭をふって櫂を放した。櫂は鈍い音をたてて落ち、固い地面で跳ね返ってバンクロフトの向こうずねに当たった。

　思わず漏れた一連の悪態からすると、バンクロフトが英国人であるのは明らかだった——大半の人間は、具合が悪かったり苦痛を感じたりしているときには母国語が出てしまうものだからだ。ここまで独創的で首尾一貫した悪態をつけるなら、骨は折れていないようだ。「よかったじゃないですか、大尉」トマスはナイフを鞘にしまい、相手にもの憂げな笑みを見せた。「この少年が持っていたのが銃でなくて」

「説得には櫂でじゅうぶんであるのを願っていたのでね」バンクロフトは痛めた脚をつかんだまま、つらそうに言った。

　大気はじっとりと暑いのに、トマスは寒気を感じた。大尉は漕ぎ手について来るよう命じていたのだ——武装して。問題が起きるのを予期していたかのように。あるいは、抵抗されるのを。

「説得？」

　バンクロフトはなんとか立っていようとしてたじろぎ、パーキンズに寄りかかって櫂を拾い、それを松葉杖代わりにした。しみひとつなかった軍服に埃がつき、片袖は破れ、埃まみれの顔に汗がいくつもの筋を作っていた。それでも尊大な態度を失っていない。「きみは一度だってすなおに命令に従おうとしたためしがない、とスコット将軍はおっしゃっていた」

トマスはぞんざいに肩をすくめた。そうでもなければ、そもそもこんな地の果てに飛ばされるはずがないではないか？

「この命令にはぜったいに従わなければならないことをきみにしっかりわからせるように、と言われている」

バンクロフトは浜辺からここまで歩いてきたでこぼこの小径を櫂で指し、トマスを先頭にして小舟に戻るのだと示した。

なんと簡単な命令だ。帰途につけ、か。

だが、これだけ長く離れていたあとで、家はどこにあるのだろうか？

＊

一月初旬のロンドンは、あいかわらず活気でざわめく場所だった。高貴な人間や裕福な人間は冬を田舎の地所で過ごしていたが、それ以外の者たちは曇天や、外套——

英国兵の赤い外套ですら――を突き抜ける湿った冷たい風などものともせず日々を営んでいた。

トマスは軍服の襟を落ち着かないようすで引き寄せ、樟脳の香りを嗅いだように思った。それも驚くにはあたらない。諜報活動中は真紅と真鍮の派手な軍服を着るわけにはいかなかったし、西インド諸島の太陽の下では毛織物のどっしりした温もりは必要なかったからだ。しかし、ここはホワイトホールだし、スコット将軍に会いに来たわけだから、権威に対する敬意を示すのもやぶさかではなかった。

ほとんどひとけのない閲兵場を横切り、陸軍総司令部の事務室や厩舎がある場所に入ると、いったん足を止めて帽子についた雨をふり落として小脇に抱えた。北側の廊下を指示どおりに進みながら、つい習慣で歩数を数えていた。トマスのような経験の持ち主が迷うなど言語道断なのだ。

ついになんの変哲もないオークのドアの前に来た。ノックの手を上げる間もなく、待ちかまえていたかのようにドアが開いた。だれかが監視していたかのように。いや、当然ながら監視されていたのだ。あのがっしりした羽目板の向こうには――というよりも、奥に行くほど厳重に守られていくいくつものドアだと推測したものの向こうには――英国の軍事諜報作戦の立案者がいるのだから。

「サザランド中尉」ドアを開けた将校は、汗にまみれたことも、血にまみれたことも、大型鞄の底に押しこめられたこともない軍服をまとい、訪問者がだれであるか疑問の余地もないという話し方をした。「お待ちかねです。こちらへ」

トマスには状況を把握する時間がほとんどなかった。小ぶりのその部屋には飾りだんす、机、そこで働く者のための椅子があるだけで、訪問者用のものはなかった。机に載ったふたつの書類の山は国家の安全保障にとって重要な情報の記されたものなのか、単に体裁のために置かれているものなのかを決めかねているうち、将校がまた別のドア――見落としても仕方ないくらい壁と一体化している――を開け、トマスを通した。彼が戸口をくぐった直後、掛け金が小さくカチリと鳴った。

この事務室は前室よりも若干大きく、机は大きめで、その背後にある椅子にくわえて机の前にも二脚あったが、調度類は似たようなものだった。だが、二室のちがいはかなり顕著だった。ひとことで言えば、この部屋は……居心地がよさそうなのだ。使いこまれた派手な模様のトルコ絨毯が、冷たい印象のタイル貼りの床をほとんどおおっている。紺青色のカーテンが青銅の留め金でぞんざいにまとめられており、ただひとつの背の高い窓から陽光が射しこんでいる。絨毯と同じく机も使いこまれており、その表面は雪崩《なだれ》を起こしそうに傾いた書類で散らかっている。混沌のあちこちから地図の角だとか重要そうな赤い円形の封印だとかが覗いていた。ドアに背を向けて灰色の朝を見つめている白髪の男性を、パイプの煙が包んでいた。

「ああ、来たか。入りなさい」ゼバディア・スコット将軍が窓からふり向き、パイプをくわえたまま言って歓迎の手を差し出した。「待っていたよ。もっと早く顔を出すと思っていたが、情報源によると、その、個人的な所用のためにポーツマスで時間を食ったとか」

きらめく目で見られたトマスは、将軍の示した椅子に腰を下ろすことに気持ちを向けた。考えてみれば、帰国してからどこで過ごしていたかを将軍に知られていても、それほど驚きはなかった。スコット将軍ならトマスが訪れた居酒屋の名前をすべて挙げられそうだ。行った自分がおぼえていない居酒屋もふくめ。

だが、スコット将軍はそれ以上を知っているという心騒がす感覚にとらわれ、トマスは床に視線を落とした。サセックスのある村を経由してロンドンに戻ろうかと一時間か二時間逡巡したのを知っていると。七年前に出会った女性が想像の産物ではないと自分自身に証明したかった。ミス・クウェイルがいまもまだミス・クウェイルであるとたしかめたかったのだ。

酔っ払って朝を迎えるころには良識が戻り、口のなかが乾燥しきって頭痛がしていた。洗面台上部の鏡で自分の顔をきびしい目で見つめ、そんな寄り道をするのは愚かで時間のむだだと自身に言い聞かせた。ミス・クウェイルはいまではまちがいなくミセス・だれそれになっていて、前掛けの紐を握ってついてくる子どもたちがいるはずだ。十七歳で、かわいらしくて、夜咲きのジャスミンの香りがしていた彼女のままおぼえているほうがいい。

無分別な計画も、分別を発揮してその計画を却下したことも、だれにも話していなかった。息に乗せてそっと彼女の名前を口にしたことすらなかった。それなのに、顔を上げると、スコット将軍が訳知りの目で、おもしろがっているように口もとをゆがめて、こちらを見つめていた。トマスがポーツマスで放蕩の日々を過ごしていたと部下から報告があったとしても、こんな表情にはならないだろう。

「まあ、いいさ。お帰り、ミスター・サザランド」将軍がクリスタルの灰皿にパイプを置いたが、それが書類の山にあまりに近かったので、火事になるのではないかとトマスはひやひやした。将軍はそのまばらな白髪と、細身の体と、しわくちゃの顔から、まさにいたずら好きの小妖精のようだった。まさか彼が想像力豊かな天才、軍の知恵袋だとはだれも思わないだろう。ひょっとして、彼の超人的な能力の一部は魔法だったりするのだろうか？

「いや、迂闊だったな」将軍はぽんと手を打ち合わせて笑った。「これからは〝閣下〟と呼ばなければ。マグナス閣下」お辞儀をし、机の背後の椅子に腰を下ろしたときもまだ高らかに笑っていた。

七週間――嵐も来ずフランス軍の船を目にすることもなく、気晴らしのほとんどない七週間――の船旅の大半を、バンクロフトのもたらした伝言を理解しようとして過ごしたのだった。考えうるすべての意味を試した。そのなかには、たったいまスコット将軍が口にしたものもふくまれていた。すなわち、この自分がいまや爵位持ちになったと。

だが、それはありえないと何度となく却下したのだった。

トマスは指で襟をゆるめた。「どうもよくわからないのですが……」

「きみがどういうわけで伯爵領を継いだかをかね？　ふつうの理由からだと思うが。前伯爵が他界したのだ」

「それは存じています。ですが、なぜ私が第一継承者になったのですか？　いや、継承者の列に入っていたことすら驚きです。私の知るかぎりでは、この体に貴族の血は一滴も流れていませんが」

それを聞いたスコット将軍が、机上の書類の山をかきまわした。ちょっとした書類の雪崩と二冊ほどの本の下から出てきたのは、役所のものとおぼしき封印がされた手紙だった。「いや、流れているんだよ。少なくとも、きみの母上には流れていた。どうやらマグナスというのは、女性にも継承権のあるスコットランドの変わった爵位のひとつらしい」差し出した文書をトマスが受け取ろうとしなかったので、将軍は書類の山の上にひらひらと落とした。

やさしくて、繊細で、頭のよい母が女伯爵とは……もし生きていれば。ある意味では、新事実のなかでもそれがもっとも驚きが少ないかもしれない。母はトマスの子ども時代の家におけるやさしさの――そして、明らかに上品さの――源だった。

トマスが十五歳のときに原因不明の病で母が亡くなって、すべてが変わった。打ちのめされた父は荷物をまとめ、息子を連れてイングランドに移り、三年後に他界した。

いずれにしても軍に入隊しようと思っていたトマスは、わずかな遺産で任官辞令を買った。自分がどういうわけで当時は大佐だったスコットの目に留まったのかは、いまも知らなかった。トマスがスコットの部下に選ばれた経緯も理由もだれも知らなかったが、結果は同じだった。情報収集術の猛特訓、次いでそれまでとは完全に切り離されたまったく新しい人生。イングランド南方の海岸にふつうよりもかなり短い滞在をしたのち、フランス軍が厄介ごとを起こしていた西インド諸島へ送られた。ハイランドから地球の反対側へ。

スコット将軍の声でトマスはもの思いから引き戻された。「ダノック城はおぼえているだろうね？」

夏にバイセリグ村の祖母のところに行った折には、崩れかけの城壁の影で遊んだものだ。グラスゴーの雑踏は育ち盛りの男の子にふさわしくない、というのが母の持論だった。当時の記憶を掘り返すと、長らく施錠したままの旅行鞄の底に見つけるのにも似た思い出がよみがえった。宝物が出てくることもあるが、かび臭くてぱっとしないほうが大半の思い出が。

だが、思いがけない展開によって――幸運とは呼びたくなかった――それはいまトマスのものになった。「ダノック城が」上の空でつぶやく。「私のもの」

「そうだ」スコット将軍が言う。「ただし……」将軍はまた書類の山を漁り出した。

「ちょっとした賃借の問題がある」

「賃借？」

「きみも知ってのとおり、前マグナス伯爵はダノックにほとんどいなかった」

バリセイグの村人にとって領主は名前だけの存在だ、と祖母が不平を漏らしていたのを思い出す。通風持ちの老人だったマグナス伯爵は、温暖で空気のからっとした土地で暮らしたのだ。

「それで、地所が荒廃するのを防ぐため——」

さらに荒廃するのを防ぐためでしょう。トマスはそう口をはさみたかった。

「——前伯爵は城を貸したのだ。きみのために部下に詳細な情報を集めさせた。ああ、あった！」探していた書類にやっと手を置いた将軍は、今度は眼鏡探しにかかったが、それはトマスがこの部屋に入ったときからずっと将軍の額に上げられていた。照れ笑いをしながら指先で眼鏡を正しい位置に戻す。「さてと……」長い文書の冒頭をざっと読んでうなずく。「なかなかの賃貸料を取っていたようだね」

トマスを疑念が襲った。「へんぴな場所のはずれに建つ、崩壊寸前の城にだれが高額な賃料を払ってまで住むというのですか？」

「その酔狂な人間は——」将軍の口角がひくついた。おもしろがっているだけではなさそうだ。「——ロビン・ラトリフという作家だ」

「聞いたことがありませんね」

「彼を知らないなんて、きみくらいのものだろうな、サザラ——いや、マグナス」将軍が笑う。「湯治場や貸本屋で人気のゴシック小説を書いている。妻に言わせれば、ぞっとする内容だそうだ。私が払っている書店の請求書から判断すると、妻は相当詳しいようだ」

トマスはなんとか返答代わりに笑みを浮かべた。「賃借の件ですが……」

「ああ、そうだった。賃借の件だな」将軍は手にした書類をめくったり戻ったりして検《あら》めた。「全般的に見て、条件に意外なものはない。もちろん、次の四半期支払日に契約を更新するかどうかはきみが決めればいい。まだだいぶ先の話だから――おっと」将軍はことばを切り、次の行を二度読んだ。

将軍が口ごもったことをどう解釈すればいいか、トマスは決めかねた。「どうしたんですか？」

「いや、そうか、そうだったな」将軍がきまりの悪い思いをしているのは明らかだった。「三月の春季支払日まで時間があると思いこんでいたんだよ。だが、次のスコットランドの四半期支払日は――」

「聖燭節です」トマスはしぶしぶそう答えた。

二月二日。一カ月以内にロンドンからエディンバラまで行き、スコットランド紋章院で手続きをして爵位継承を果たし、それからハイランドのバリセイグ村まで百五十マイル移動する。しかも、真冬に。

懐疑的な思いが顔に出ていたのだろう、スコット将軍が慌ててトマスを安心させにかかった。「快適な旅ではないだろうが、不可能ではない。それに、そのあとはゆっくりと時間をかけて領地の状態や借地人たちの要望を確認し、管理方法を決めればいい……その、春の種まきまでに」最後のことばには希望がこもっていた。トマスには、将軍は自分以上に農業の知識がないのではないかと思われた。「ぴったりのお嬢さん《ラス》と出会って身を落ち着ける気になるかもしれないしな」

身を落ち着けるだって？　トマスは大声で笑いそうになった。スコット将軍は、任務と結婚しているも同然の将校らに命令を下す立場の人なのに。その将軍に縁結び役の側面があるなどと、だれに想像できるだろう？

とはいえ、トマスは結婚に否定的なわけではなかった。イエスと言ってもらえる自信もあって、求婚をしかけた——あわやというところまで追いこまれたという者もいるだろうが——ことが一度だけあった。その後の七年間、トマスの心は置き去りにした女性の思い出でいっぱいだったが、軍人であり諜報員である自分のような男には身を落ち着けることなど考える権利もない、と自分に言い聞かせてきたのだ。

「それで、私が断ったら？」

「断る……？」将軍は用心深くもの問いたげな目を向けてきた。まるで、聞きまちがえたにちがいないとでも言わんばかりに。

『爵位を継承しなかったら、です。ダノック城とはいっさいかかわりたくありません』領主についてなどなにも知らなかった。「これまで通りの生活がしたいのです」

　将軍の顔からいたずらっぽい目の輝きも照れ笑いもあまりに唐突に消えたので、トマスは勝手な想像をしていたのだと信じそうになった。いま、スコットの顔は険しく、まさに将軍然としていた。「われわれの兵士が直面する危険も、彼らの安全を守るための情報が重要であることも、よくわかっている。部下の将校たちの知識と経験はきわめて貴重だ。しかし、部下が家族の務めで呼び戻された際には、私からの命令に対するのと同じくらい迅速に敬意を持って応えてくれるものと思っている、中尉」

　爵位で呼ばなかったのはわざとだろう、とトマスは思った。

「敬意のない男はここには用はない」将軍が続けた。机の表面にさっと手をふる。そこにあるのは、世界の覇権を手に入れようと躍起の敵を負かすためにたゆまぬ努力を続けている、英国陸軍の功績が記された地図や書簡の数々だ。〝ここ〟というたったひとことで表わされる領域は広大だった。

　これまでのところ、トマスがほぼ価値のない伯爵領を受け継ぐのであれば任官辞令を手放さざるをえなくなることには触れられておらず、その点はありがたかった。だが、将来興味深い任務や重要な任務を受けたいと願うなら、さっさとスコットランドの問題に着手せよ、と将軍から言われたも同然だった。

自分がなにを言ってしまうかわからなかったので、トマスは文書を受け取ろうと手を伸ばした。将軍は勝ち誇った顔でそれを渡した。何枚もの文書にざっと目を通したが、調査は徹底的に行なわれていた。日付、数字、詳細な家系図。なじみのある名前――かつてトマスが友人と呼んだ人々の名前。いまでは彼の領民となった人々。彼が責任を負うべき人々。

そんな責任など望んでいないのに。

「ラトリフに良識があるとは思えない」ダノック城で寒さに震えて過ごす権利のために作家が支払っている金額を見て、目を瞬いた。

スコット将軍が肩をすくめる。「彼の小説はたしかにたわごとだらけだ。だが、クロイソス王（リディアの王。莫大な富で知られる）並みに裕福だ――それに、クロイソス王よりも有名だしな。ラトリフが署名した賃借契約書に競売でどれほどの値がつくか考えてみたまえ」将軍は指で唇をとんとんとやりながら、上の空でつぶやいた。

トマスはほとんど聞いていなかった。将軍はトマスにスコットランドの件に対処せよと強く言うことはできても、ずっとそこにいろとは命じられない。前マグナス伯爵が事務弁護士、土地差配人、家令を使って離れた場所からダノックを管理できたのなら、自分にもそうできるのでは？

　とはいえ、文書をざっと見ただけでも、前伯爵の代理人の選定はあまり賢明ではなかったとわかった。バリセイグ村でのあれこれに有能に対処してくれる人物を見つけるのはなかなかたいへんそうだ。

　スコット将軍はぶるっと体を震わせ、目下の問題に注意を向けた。「いずれにせよ、ヒギンボサムからはじめるのがいいと思う」

「ヒギンボサムとは？」

「ラトリフの秘書だ――いわゆる彼の公の顔だな。ラトリフはちょっとした世捨て人だと言われている。すべてヒギンボサムに任せているそうだ」

　すべてを任せている？　それなら、ラトリフの秘書はすでにダノックの管理にもある程度関与しているにちがいない。うまくすれば、より大きな仕事をしないかとこのヒギンボサムとやらを説得できるかもしれない。いまの雇い主を捨てて、新しい雇い主のもとへ来ないかと。

　そうなれば、トマスは自分の人生を歩み続けられる。

「だれに聞いても、しっかりした管理ぶりだ」将軍が続けた。

　トマスの唇にかすかな笑みが浮かんだ。指にインクのしみをつけ、帳簿にかがみこんでいるヒギンボサムの姿が目に浮かぶ。ふつうは管理仕事などしている人間は見下していたが、状況を考えると……。

「その表情なら知っているぞ」将軍の口調は警告しているようだった。「ヒギンボサムを敵にまわさないと約束してくれ、マグナス。ダノックに着いたら力添えが必要になるかもしれないのだからな」

トマスの笑みが大きくなった。「ヒギンボサムを敵にまわすですって？　そんなことは夢にも思いませんよ、サー」

2

ジェインは小型の折りたたみ式ナイフの真珠の柄《え》にぼんやりと触れた。それから、傷だらけのオークの机に置いた便箋に鋭い切っ先を思いきり突き刺した。いつもの彼女なら、厄介な手紙の一通くらいにいらいらしたりしないのだが。

けれど、今日はそんな手紙が二通も届いたのだ。

二通は図々しくもひとまとめになって届いた。ロンドンの出版人のミスター・キャンフィールドは、転送するのが遅くなって申し訳ないという長ったらしい手紙をこの二通に添えていた。リウマチが改善するかもしれないとバース行きを勧められた老父に付き添っていたのだと。

特になにも期待せずに一通めを開けたところ、それは事務弁護士からの長い手紙で、ダノック城の領主であるマグナス伯爵の逝去を知らせるものだった。遠く離れた場所にいた跡継ぎがようやく見つかったが、距離があるだけに故郷でのあれこれにすぐさま首を突っこんでくる可能性は低いだろうと書かれていた。

そして、こう締めくくってあった。〈しかしながら、ミスター・ラトリフの弁護士といたしましては、ダノック城の賃借契約を確実に更新してもらえるとは断言できかねるとお知らせしておかねばなるまいと考えます〉

ダノック城は五年以上もジェインの家だった。すでに自分のものと考えはじめかけていた――前伯爵は、古い城にも領地にもそこで暮らす人々にも、所有欲めいた兆候をなにひとつ示さなかった。けれど、どれだけ遠くにいるか知らないが、新伯爵の考え方はちがうかもしれない。また住む家を失うかもしれない。

重々しいため息をついてその手紙を机の上に放り投げると、こっちはましな知らせが書かれているかもしれないと期待をこめて二通めを開けたが、『魔術師の花嫁』の著者が送られてしかるべき特殊な地獄の階層について詳述を読むはめになった。

小説を是としない人がいるのはわかっていた――昔から知っていた。特に、ロビン・ラトリフ名義でジェインが書いているようなおそろしいゴシック小説の類は。批判には慣れっこだった。

けれど、これはちがう。ただの批判ではなかった。脅迫だ。それも、かなり通俗劇風の――送り主の黒魔術の技術が、ジェインの創造したものに匹敵するというのなら話は別だが。それでも、危険だといういやな感覚が背筋を蛇のようにずるずると伝った。

念のために、ナイフを引き抜いてから腹立たしい手紙を再度突き刺した。暖炉そばに陣取った二頭の犬が、うんざりしたうめき声を発した。「わかってる、わかってるわ」慰めるようにつぶやく。くだらない脅迫や意味のない心配で仕事をおろそかにはしない。

机と手紙に突き立てたナイフを抜きもしない。半分埋まったページを引き寄せながら、もう一方の手でペンに手を伸ばした。椅子に背を預け、ペンの羽根で唇をこすりながら先ほど書いた文章に目を走らせる。

霧が下草のあいだに広がった……あれは教会墓地の地下納骨所から放たれた霊魂の光だろうか？　いや、光はもっと遠くから、森のどこかから出ている……石造りの窓台に置いたアローラの青白い手は震えていた……

ジェインの視線が、手のなかの原稿からパチパチと音をたてている炎へと移った。一頭がいびきをかきはじめた。全然だめだ。ペンを脇に放り、机を離れて窓を開けに行く。部屋が暑すぎるだけ。

崩れかけた石壁と荒涼とした景色のスコットランドまではるばるやってきたのだ。

地元の言い伝えを掘り起こすために。鬼火や魔女、鬼熊霊や時空を旅できる環状列石。着想を求めて。

なによりも、スコットランドなら自由でいられた。二通の手紙ごときにその自由を奪わせたりはしない。

窓――ロマンティックな性格の人間ならうっとりするような、鉛が十字にはめられた菱形窓――を押し開け、冬の湿った空気を思いきり吸いこんだ。日没後の薄闇が谷や岩に落ちたばかりで、遙か下ではダノック城の一部がすでに暗がりに溶けこんでいた。遠くに見える湖は、インクをこぼしたようにまっ黒だ。

陰になった場所から場所へと食い入るように見ていく。霧雨はいつみぞれになってもおかしくなかったが、ジェインの小説の主人公であるアローラなら、こんな夜に安全な家でゆったりくつろいでなどおらず、ごつごつした岩の道を歩くことを選ぶだろう。たとえ無情なほど鋭い岩肌には不向きな上靴を履いていても。寝間着しか着ていなくても、霜の降りた荒野を歩き続けるだろう。古びた教会を通り、苔むす墓石のあいだをすべるように進むだろう。たとえうわさでは――。

「まあ、奥さま！　風邪をひいてしまわれますよ」

年配の家政婦のアグネス・マードックが四フィート十一インチの体をしゃんと伸ば

し、戸口を入ったところにいた。

考えにふけっていたので、ミセス・マードックが南塔の螺旋《らせん》階段を上ってくる足音どころか、ドアをノックする音にも気づかなかった。犬たちはとうの昔にミセス・マードックからもらうチーズという賄賂で吠えなくなっていた。暖炉そばのフラシ天のクッションにちらりと目をやると、犬たちは家政婦の到着を知らせようとした気配もなかった。茶と白の山から油断なく目をきらめかせてはいたが。ミセス・マードックがポケットにすてきな物を入れているかもしれないからだ。

家政婦はジェインと机を交互に見た。窓枠から奥さまの手を離させて窓をぴしゃりと閉めるか、使用人らしく風で散らばった紙を拾い集めるか迷っているのだ。

ジェインは彼女に同情して窓を閉めた。紙は机から床への気まぐれなダンスをやめた。魔法のすべてが原稿から消えてしまっていないのを願うばかりだ。

「奥さまにお目にかかりたいという紳士が階下でお待ちです」ミセス・マードックがようやくそう言った。

「こんな時刻に？　どなた？」

ミセス・マードックが片方だけ肩をすくめた。きまり悪そうに頭をふる。「ドゥーガンが名前を訊き忘れまして」

ジェインはわかったとうなずいた。ドゥーガンは子どもの心を持ったおとなだ。ジェインがはじめてダノックに到着したとき、ミセス・マードックはこう言ったのだった。〝彼を雇い続けてくださったら、みんなはあなたさまをとても親切な方だと思うでしょう。ドゥーガンは自分がここで役に立つ人間だと感じたいのです〟

あとでわかったのだが、役に立つと感じるというのは、ときにバグパイプを吹きながら、キルト姿で胸壁を行ったり来たりすることもふくまれていたが、ジェインは彼を門番としてそのまま雇うことにふたつ返事で同意した。そのときには、訪問者があるとは予想もしていなかった。

でも、いまは……。ジェインは机と手紙をちらりと見た。体が震えたので、窓はしっかり閉められていたものの、そこから離れた。

やってきたのは新しい伯爵さまだという可能性はあるかしら？

「その紳士は六頭の黒い馬が引く紋章つきの馬車で来たってドゥーガンは言ってなかった？」ジェインの書く小説では、貴族男性はひとり残らず不埒な放蕩者で、常にそういう馬車で移動するのだ。

「いいえ、言ってませんでした」そんな高貴な人をもてなすことを考えて、家政婦は見るからに動揺した。「ただ、とってもハンサムな方です」

ミセス・マードックはどこから見ても、家政婦として望ましい厳格で礼儀正しい人だ。しかしながら、こんな人里離れた場所でミセス・ヒギンボサムはさみしいにちがいないとひとり合点して、機会あるごとに結婚相手にふさわしい男性を教えようとする。これまで、夏のあいだ新鮮な野菜を持ってきてくれた、赤ら顔の小屋住み小作人の息子から、いつも爪のあいだに土が入っている白髪の墓掘人までいた。幸い――ミセス・マードックは悔しがっていたが――ダノック城の周辺には〝立派な若者〟はほとんどいないのだった。

すてきな男性に魅力を感じないわけではない。なんといってもまだ二十四歳だし、目もちゃんと見えているのだから。とはいえ、男性の外見をすてきだと思うのと、その魅力に参るのとはちがう。苦労して自立したのだし、そういうことは年配の使用人と小説のなかの目を曇らされた女主人公に任せておけばいい。

「まあ、そうかもしれないけど」しかつめらしく返す。

ミセス・マードックもジェインと同じような表情になった。「では、階下においでくださいますね」

それは問いかけではなかった。つかの間、訪問客を追い払うよう家政婦に指示しようかとジェインは考えた。翌朝出なおすようにと。あるいは、二度と来ないでほしいと。けれど、なでてもらいたがる犬がてのひらをしつこく鼻で押すように、好奇心につつかれた。

「そうしなければならないのなら」

身なりを整えずに知らない人――どころか、相手がだれでも――の前に出るのがいやで、ジェインは髪を手でなでつけ、スカートをふってしわを伸ばした。そんな彼女を横目で見たミセス・マードックは、ハンサムな紳士に会う前のおめかしだと思ったにちがいなかった。ジェインは散らかった紙をきちんとまとめると、小型の折りたたみ式ナイフを突き刺した手紙の横に置いた。

家政婦に先に行くようなずきで伝え、ドアに向かった。二頭の犬はそろって顔を上げたが、ついてくる気配はなくただ見送るだけだった。だれもこの二頭を番犬だとは思わないだろう。

訪問客が待たされている部屋に入ったとき、ジェインの頭にまず浮かんだのは、長身であることも伝えておいてくれたらよかったのに、という思いだった。ダノック城のだだっ広い大広間はどんなものでも実際より小さく見せがちだというのに、彼は少なくとも六フィートはありそうだった。

長身でがっしりしている。腕を胸のところで組んでいるせいで厚手の外套が肩のところでぴんと張っている。男性は暖炉の上に飾られた古くさいタペストリーを見ていた。暖炉に火は入っていなかった。客を歓迎するために常に暖炉の火を入れておく習慣はなかったからだ。寒い部屋に通されたにもかかわらず、男性の物腰には気安くてくつろいだ雰囲気があった。そういう類の男性なら知っていた。おかけくださいと言われたら、手脚を広げて座るのだ。ジェインにはそう言うつもりはなかったけれど。

男性はこちらに背を向けていたので、外套――新しくもなく、当世風のものでもなかった――の仕立て具合だとかそれが濡れていること以上の観察ができた。六頭立ての馬車を村に置いて歩いてきたのでないかぎり、この紳士は馬車を持っていない。

ジェインは底のやわらかな靴で板石の床を男性のほうへと進んだが、彼はこちらの存在に気づいていないようだった。思案にふけっているらしい。あるいは、墓堀人と同じで耳が遠いのか。

六フィートほど手前で足を止め、大きな声で話しかけた。「わたしに会いにいらしたとか?」

肩を少しだけ上げてゆっくり顔をめぐらせるという彼の反応は、驚いたというよりもじれったさの表われのようだった。「なにか行きちがいがあったようですね」話しぶりから男性はスコットランド人だと思われたが、この近辺でジェインが耳にするよりも詐りはかなり軽かった。「ロビン・ラトリフの秘書にお目にかかりたいと告げたのですが」

「あなたの目の前にいるのがその秘書ですわ」

ダノック城の使用人、バリセイグの村人、それに出版人のミスター・キャンフィールドですらも、ジェインがかの有名な作家の秘書だと信じている――個人的には書記という肩書きのほうが好みだったが。

ダノック城で働く最小限の使用人には、ラトリフが才能を発揮するには世間から完全に遮断される必要があるのだ、と話してあった。あれこれ訊かれないように、ラトリフは調査のため、あるいは娯楽のために何カ月もの旅行中ということにしてあった。執筆中のところをだれかに見られたら、著者の原稿を清書しているのだとごまかした。

ジェインは手のこんだ作り話を練り上げた。女中の屋根裏部屋にも立派な客間にも同じように迎え入れられる、ゴシック書体を表紙に掲げた十二折判の安っぽい小説よりも遥かに入り組んだ作り話を。ラトリフの本のおかげでジェインは裕福になったが、ラトリフの助手のふりをすることは金や名声では買えないものをあたえてくれた。もっと価値のあるものだ。人々はジェインを使用人に毛が生えたようなものと信じ、だいたいにおいてそっとしておいてくれた。

まあ、たいていの人は、だけれど。訪問者の背中をにらみつけながら、スカートに隠れた足で床を打った。彼の顔で見えるのは、しばらくひげをあたっていない、がっしりした顎の一部だけだ。客はあいかわらずタペストリーに気を取られている。それは大昔の戦を表わしたもので、勝者の側を率いた男性が初代マグナス伯爵の爵位をあたえられたと言われている。

「私はミスター・ヒギンボサムにお会いしたいと言ったつもりですが」客が言った。もの憂げなのに同時にいらだっているようにも聞こえるのはどうして？

「ミスター・ヒギンボサムはおりません」いつもの癖で、ジェインはまっ黒な毛織物のドレスに視線を落とし、悲しげな吐息をついた。「少なくとも、いまはもう」

何度もそれらしく見せてきた悲しみの仕草だ。相手はぼそぼそと悔やみを口にすると、若くてもきちんとした喪服の未亡人から目をそらした。まさにジェインの望みどおりに。

ほんとうのところ、ミスター・ヒギンボサムなる人物は端から存在しないのだった。彼もまたジェインが創り出した人物だ。親切で、やさしくて、ロビン・ラトリフという人物像とはかけ離れていて、英雄でも悪党でもない。なによりも、妻が成年に達する前に未亡人として自立できるだけの収入を遺してくれた気前のいい人だ。

ミセス・ヒギンボサムという名前のおかげで自由が確保されただけでなく、不幸を願う人――あるいは、真実を知ったら不幸を願うだろう人――からの保護も得られた。野心的な女性に眉をひそめる社会。あの脅迫状の差出人。ジェインの家族。

ロンドンからスコットランドのハイランドに至るまで、ひとりとして彼女の正体には――。

「ミス・クウェイル？」

ジェインははっと顔を上げた。悲しげな表情を繕《つくろ》うのに集中していたせいで、客が完全にこちらを向いたのに気づいていなかった。彼が帽子を脱いだので、ウェーブした焦げ茶色の髪や、太い眉、表情豊かなハシバミ色の目が見えるようになった。なじみのある顔だった。気のおけない顔という意味だけではない。ジェインのよく知っている顔だったのだ。少なくとも、昔のジェインが知っていた顔。

片手を伸ばしておずおずと一歩踏み出したトマス・サザランドの日焼けした顔に、困惑と驚きと信じられない思いがよぎった。ジェインの目には、彼がずっと探していたものをついに見つけ、まちがった動きひとつでそれが逃げてしまうのをおそれている、という風に映った。

今夜の彼女が愚かな空想にふけってしまっているというさらなる証拠だ。

「そう呼ばれるのは何年ぶりかしら」ずっと昔にしたように、彼の手のひらに自分の手を預けたくてたまらない気持ちをぐっとこらえる。

　ジェインのよそよそしく冷ややかな返事を聞いて、彼は来訪の目的を思い出したようだ。背筋を伸ばし、腕を体の脇に落とし、帽子を小脇に抱えた。「さっきも言ったとおり、早急にミスター――いや、ロビン・ラトリフの秘書と話をする必要があってね」

「書記です」ジェインがすばやく訂正する。

「それはどうも」

　むっとした顔でにらみつけたとき、彼の目がいたずらっぽくきらめいているのがわかった。「書記とは、ミスター・サザランド、人のことばを文字に書き起こしたり、原稿を清書したりする人間のことです」取り澄ました説明を聞いて、彼はますますおもしろく思ったようだ。笑みをこらえようとして失敗した左頰にえくぼが浮かんだ。

「秘書の仕事は非常にたいへんで広範にわたります」ジェインは続けた。「わたし程度の能力ではとても務まらないと思います」ミセス・ヒギンボサムという架空の人物に人が期待しなければ、それだけロビン・ラトリフとして創作活動に専念できるのだ。

　ジェインのことばを聞いて、ミスター・サザランドが声をたてて笑った。彼が苦労して笑うのをやめるまでしばらくかかった。「失礼、ミス・クウェイル。でも、きみが目をきらめかせるのは前にも見たことがあるからね。あれは謙遜なんかじゃなかった」

またミス・クウェイルと呼ばれた。ジェインの名前、ジェインのたいせつな秘密を何度も大声で叫ぶようなまねをするなんて。それも、だれが聞いているかわからない大広間で——ああ、どうしよう、ミセス・マードックが聞いてしまったかもしれない。まずいことこのうえない。とっさに止めようと彼の腕に手を置いた。

とんでもないまちがいだったとすぐさま気づいた。過去の混乱に橋をかけ、歳月のせいで見知らぬ者同士となったふたりのあいだに絆を作ろうなどとする権利はない。それに……ああ、それだけじゃないわ。不意に筋肉質の前腕の力強さを痛いほど意識した。

なんてばかげているの！　分厚い外套越しに筋肉の形を感じ取ったですって？　小説のなかで女主人公にそういう反応をさせるのはいい。読者は感情の高なりや大げさな肉体的感覚を期待しているのだから。登場人物が経験するすべてを読者も経験したがるのだ。

でも、分別のあるジェイン・クウェイルが濡れて冷えた男性の厚手の外套をきつくつかみたがっていると気づくのは、それとはまったく別の話だ。

「場所を変えてお話しするほうがいいと思います」さっと手を引く。

彼は了解の印にうなずいたが、茶化すような笑顔は隠しきれていなかった。

先に立って大広間を出たジェインは、軽率に場所を変えようと提案した自分を心のなかで叱りつけた。夜のこんな時刻で暖炉の火が入っていて明かりもあるのは、先ほどまで自分がいた部屋しかなかった。書斎だ。

南塔の螺旋階段を上りながら、こっそりと背後に目をやった。彼は数段下にいて、またもの思いにふけっているようだ。彼はずっとどこにいたのだろう？　ダノック城にやってきた火急の用件とはなんだろう？　そして、それはわたし――の仮の姿――にどう影響するだろう？

彼が立ち止まって手袋をはずし、湾曲する石階段を軽く指でなぞるのをジェインは目にした。裏切り者の想像力が、その指が自分に触れる場面を浮かばせ、嵐の空に走る稲妻のような衝撃をあたえた。この七年がどれほどちがったものになっていただろう、もし……。

危うく次の段につまずくところだった。階段を上がりきると、気を落ち着けようとドアの前で深呼吸をした。ただの部屋じゃないの。机と、ガラス扉のついた書棚が二本、快適な革の椅子に、快適でない馬巣織のソファがある部屋。ダノック城に住みはじめたとき、わざわざ改装はしなかった。ちょっとした個人的なものをくわえただけだ。だから、この部屋を自分の書斎と呼びつつも、真に個人的なものと言えるのは現在執筆中の原稿だけになる。

それが彼の用件なのかもしれない。ロビン・ラトリフの次作をこっそり盗み読みしたいのかも。

小さな笑みが浮かんだ。今度こそ想像力が暴走していた。たしかにミスター・サザランドにもほかの人と同じように才能はあるだろうけれど、密偵だなんてありえないわよね？

ジェインがドアの掛け金を上げたとき、彼が階段を上がりきった。『さて』ドアを大きく開けてなかに入る。「火急の用件についてですけど――」

ジェインの声を聞いて、茶と白の毛の塊が長い耳を自分たちの作り出した風にたなびかせながら駆け寄ってきた。ところが、彼女のあとから見知らぬ男性が入ってきたのを見た瞬間、急停止して吠え出した。低いうなり声が床に沿って伝わってくる。

貴婦人の愛玩犬として育てられた小さなスパニエル犬たちは、男性に対して激しい反応を示しがちだった。それはロンドンの伊達男に蹴られたりどなられたりした名残だ。ジェインはその伊達男から犬たちを——救い出したと考えたいところだが、〝盗んだ〟というほうが正確かもしれない。恐怖からの反応と、動揺といらだちを感じているジェインへの反応が相まって、犬たちはミスター・サザランドに対する不信感を声高に表わすのに忙しかった。犬たちはわたし以上のことを知っているのだろうか？

ジェインは背後の彼をちらりと見た。片方の眉が大きくつり上げられている。彼はこの……獰猛さをこわがっているというよりも、おもしろがっているようだ。

指をパチンと鳴らして床を指す。「アテナ！　アフロディーテ！」二頭が座って静かになったので、ジェインは驚くと同時に安堵した。けれど、犬たちは歓迎されない訪問者からは目を離さなかったし、ミスター・サザランドが近づいていくとアテナの背中の毛が逆立った。

「アテナとアフロディーテか」二頭の名前を口にしながら、彼は苦笑いをした。「ギリシア神話の女神の名前をつけるなんて、ミスター・ラトリフは芝居がかったことをする才能を持っているようだね。それも、その、古典的な感覚の」

ジェインはかがんでそれぞれの腕で犬を抱え上げた。アテナは気も狂わんばかりに身をくねらせ、アフロディーテはご主人さまに怪我はないかと鼻をクンクンさせた。芝居がかったことをする才能ね、たしかに。「北部の荒野で犬たちに守られているおかげで安心なの」

「守られているだって？」犬たちを見やる彼の眉がちょうど額のまん中あたりで合流した。体が大きいほうのアテナでも、体重は十四ポンドもなかった。「侵入者が来たら、この子たちがなめ殺してくれるとあてにしているのかい、ミス――ミセス・ヒギンボサム？」

その名前を彼の口から聞くのも少しも喜ばしくはなかった。「そういう攻撃の仕方には効果がないと思ってらっしゃるの、ミスター・サザランド？」

縁結び発作に襲われたときの家政婦に対する毅然とした口調で話したのに、ミスター・サザランドには効果がまったくなかった。彼は眉を……ひくつかせたとしか言いようがなかった。そして、彼が唇に浮かべた笑みは、どう見ても邪《よこしま》だった。「なめるのがだれかに大きく左右されるね」

無垢なジェイン・クウェイルなら、淫らなほのめかしの意味がわからないはずだった。家柄のよい未亡人のミセス・ヒギンボサムでも、わからないふりをするかもしれない。ロビン・ラトリフは完璧に理解した。ジェインの頬がまっ赤になり、そのせいで警告の吠え声をもらうはめになった。

「アフロディーテ、静かに」

「ぐっすり眠っているところを起こされたものだから、機嫌が悪いんじゃないかな」ミスター・サザランドは礼儀正しい穏やかな表情を浮かべたが、まっ赤になった頬に気づかなかったわけではないのを彼女は知っていた。「ひょっとしたらウサギを追いかける夢を見ていたのに、私たちが入ってきたせいで食べ損ねてしまったのかもしれないよ」

アテナがさらに激しくもがき、丸い腹をつかんでいる手がすべりそうになった。犬たちが夢見るとしたらミセス・マードックのチーズで、そんなご褒美を逃すはずもなかった。アフロディーテがまたしつこく吠え出した。

「私は帰ったほうがいいかもしれない」吠え声に負けじと大きな声だったが、気を遣っただけという感じだ。「明日の朝出なおすことにして」

そうしてちょうだい。この部屋に彼を連れてきたのはまちがいだった。聖域の侵害だ。犬たちは彼女を守ろうとしている。この来訪者に対してジェインが動揺しているのを感じ取ったのだ。彼と話をするのなら、明るい日中のほうがましだ。

最初の衝撃がおさまってきたいま、ろうそくの明かりのなかでも彼が長旅で疲れきったようすなのが見て取れた。厚手の外套の肩では冷たい雨に濡れた部分がまだきらめいている。数日あたっていないひげをたくわえた日に焼けた顔には疲れの色が出ている。彼は……やつれている、ということばが頭に浮かんだ。ハンサム具合は減じていなかったけれど。ここへはとにかく急いで来たという感じだ。火急の用件を……ミスター・ラトリフの書記と話し合うために？

あれこれ訝《いぶか》ったり思い出したりして眠れない場面が浮かんだ。ジェインは首を横にふった。「静かに話ができるように、犬を階下に連れて行きます」

彼は犬たちを見てからジェインに向いた。「きみがそれでいいのなら」

もちろん、それでいいという自信はない。最近は周囲の状況からすばやく決断せざるをえないことが何度もあった。人によっては軽率な決断と言うかもしれない。

この男性と夜に再会したことは、最悪の決断かもしれない。

けれど、好奇心に駆られてしまったのだ。どんな事情で彼はわたしの人生に舞い戻ってきたのだろう？　それに、彼にわたしを見つけられたのなら、ほかの人もここにやってくるのだろうか？　犬も状況も手に負えなくなりつつあるのを意識しながら、そっけなくうなずいた。「あなたがここへ来た用件を説明する機会が早ければ、ミスター・サザランド、それだけ早く立ち去ってもらえますから」

3

部屋にひとり残されたトマスは、彼女が出て行ったあとを丸々一分間見つめていた。この気持ちを表わすのに、〝信じられない〟ということばでは生ぬるすぎる。たったひとりの女性が何年も彼の記憶に、夢に、想像の世界に棲み続けていたのだ。ほんとうにここダノックで彼女を見つけたのだろうか？

それとも、西インド諸島に到着してすぐのころに経験した症状と同じものなのだろうか？ 医師によると、熱帯性の熱病で危うく命を落とすところだったらしい。病床に彼女が現われ、元気にならなくてはだめでしょうと叱ってくれた。意識がしっかりしてから彼女のことをたずねたところ、看病に雇われた年配の看護婦からやさしい哀れみの目を向けられた。愚か者や頭のおかしな人間に向ける目だった。

夜咲きジャスミンの香りがしないかと嗅いでみたが、泥炭の煙のにおいがするだけだった。だが、幻覚を見たわけではなかった。今回は。

固苦しい秘書だと聞いていたヒギンボサムが、私のジェインだったとは。

そんな思いが浮かぶと同時に、頭をふって追い払った。私のジェインだって？ 七年前の数週間だけの知り合いにすぎない。たとえふたりでどれだけの時間を一緒に過ごしたとしても、どれだけの秘密を分かち合ったとしても。思わず口に出しそうなことばがあったとしても。彼女と甘いキスを交わしたり、きみのお父上を訪問すると自分がささやき声で約束したとしても。

だが、その約束を守ろうとしたとき、ミスター・クウェイルがうちには娘などいないと言ってトマスの目の前でドアを閉めたのだった。

情報将校として長年特別な訓練を積んでいなかったとしても、相手が真実を話していないのは見抜けた。ミスター・クウェイルは特に嘘が下手だった。だがトマスは時間ならあると思い、無理強いをすれば父親が娘を罰するのではないかと心配だったので、頭を下げ、邪魔したことを詫び、ジェインにと持ってきた小さな花束を握りしめたまま立ち去ったのだった。

一時間後、スコット将軍からの新たな命令が使者によって届けられた。日暮れどき、トマスはポーツマスで居酒屋の煤まみれの天井を見上げながら、ミスター・クウェイルのことばを少しは調べればよかったと考えていた。ドミニカへ向けて出航したあとは、彼女の思い出を忘れようとしても忘れられなかった。ふたりのあいだにきらめきがあったのを忘れられなかった。

今夜はじめて顔を合わせたとき、彼女の態度があまりにも冷ややかでよそよそしかったので、トマスは自分の記憶を疑いはじめた。だが、この腕に手を置いたときの彼女は……そう、あちらも彼を忘れていなかったのだとわかった。

落ち着かない気分のまま帽子と手袋を低いテーブルに放り、部屋をさらに奥へ進んだ。暖炉のそばで足がなにか硬いものに当たった。見ると、つまずきかけたのは骨だった。どうやら大腿骨のようで、肉はとっくに剝ぎ取られ、鋭い歯形がついていた。そのそばには、ぼろぼろになった結んだロープがあった。口角に笑みが浮かぶ。これこそが、ゴシック小説の読者が崩壊しかけの城に散らばっているのを期待するような、苦痛の果ての遺品ではないだろうか？

たとえその破壊行為におよんだのがおそろしい地獄の番犬などではなく、甘やかされた二頭のスパニエル犬だったとしても。

暖炉のそばには犬用とおぼしきふかふかのクッションがふたつ置かれており、火の粉がかからないように真鍮のついたてで守られていた。濃い紺青色のビロードは白い毛におおわれていて、金糸で刺繡された名前がほとんど見えなくなっていた。ギリシア神話の愛と知恵の女神か……ラトリフには派手な才能だけでなくユーモアのセンスもあるようだ。

クッションを押しのけて暖炉に近づく代わりに、その場から燃えさかる炎に手を伸ばしてかざす。北部育ちのせいで、かつては熱帯地方の暑さに体が音をあげそうになったこともあったが、帰国して、今度は寒さに慣れるのに同じようにたいへんな思いをするとは考えてもいなかった。

正直なところ、戻ってくるとは思ってもいなかった。

厚手の外套から蒸気が立ち上りはじめるとそれを脱ぎ、かけられる適当な場所はないかと見まわした。机の背後には、アンティークの拷問道具としても通りそうな、細くまっすぐな背と直線的な肘掛けの椅子があった。曲線もクッションもない。

それでも、そこにだれかが座っていたらしい。机は紙だらけだ。盗み見はするつもりがなかったものの、さっと目を走らせる。真新しい黒いインク。きれいな文字。若い女性と墓場と――そうか。ロビン・ラトリフが執筆中の原稿にちがいない。椅子に外套をかけながら、もう一度部屋を見まわしてみる。紙がちらかった机、本を詰めこみすぎた書棚、犬のベッド。つまり、これがかの有名な作家の仕事場なのか？　スコット将軍から聞いた話や、ダノック城の賃借料から考えて非常に裕福そうだったので、もっと豪勢な部屋を想像していた。

手に入る情報すべてを吟味するのは、トマスの習慣になっていた。そんな彼ですら、机に突き立てられた真珠の柄のナイフがなければ、手紙を見落としていたかもしれない。

自分をことさら好奇心の旺盛な人間だと思ったことはない。特に、自分に関係のないことがらに対しては。だが、国のために七年間も諜報活動をしてきた身には、だれかが刺し貫く必要を感じた手紙を無視するのはむずかしかった。

もちろん、これは作られた状況という可能性もある。作家が試している筋のひねりとか。だが、もしそうならば、小道具に説得力を持たせるためにかなり手間をかけたことになる。原稿とちがって、手紙の文字は読みにくかった。どうやら利き手と反対の手を使って筆跡を変えているようだ。判別できたかぎりでは、差出人は『魔術師の花嫁』という本の作者にその登場人物と同じ運命を迎えさせてやろうとしているらしい。それには魔術的な生け贄と、ごくふつうの拷問がふくまれているのは明らかだった。

ナイフのせいである文言が消えていた――手紙がぼろぼろになっていることから、一度ならず突き刺したようだ。身の毛もよだつ詳細は、一枚めの下から覗いている二枚めにも続いていそうだ。だが、便箋の端を持ち上げて読み続けようとはしなかった。もうじゅうぶん見た。

ざっと読んだだけなので、脅迫が本物かどうかは判断できなかった。ただ、手のこんだ構想が、それより遙かに単純な危険を隠していることもある。ラトリフは脅迫状を無視しないほうがいいだろう。

「さて、ミスター・サザランド、ご用件――」

トマスがはっと戸口に目をやると、ジェインがドレスについた犬の毛を払う途中で凍りついていた。彼と机の手紙を交互に見る彼女の青い瞳が、冷ややかに彼を切り裂く。

「わたしの机でなにをしてらっしゃるの？」無情な小声だったが、部屋の奥まではっきりと届いた。

彼女の机だって？　ラトリフのではなく？　さっきまでおもしろがっていた気持ちが、突然でわけのわからない怒りの激発で燃やし尽くされた。偉大なる作家が硬い椅子にすわり、傷だらけの机にかがみこむなんてことがあるわけがないじゃないか。おそらく、ラトリフが飼い犬と同じようにビロードのクッションの山にもたれてくつろいでいるあいだに、彼の――彼女はなんと言っていたんだったか？　ああ、そうだ――書記がふしだらな口からこぼれることばをひとつ残らず書き留めているに決まっている。ラトリフは自分の雇っている人間を気にかけない、同情心を持ち合わせていない男なのだ。ただひとつ認められた快適さは、暖炉のそばに机を置くことだけだが、そこだって都合がいいばかりじゃない――彼女がなんとか言うことを聞かせようと苦労している、しつけもちゃんとされていない騒がしい犬二頭の縄張りのそばだからだ。

亡きミスター・ヒギンボサムの一族は、未亡人がダノック城の南塔に軟禁されて骨折り仕事をやらされる人生を送らずにすませてやれたはずでは？

なだめるような、説得力に欠ける笑みを浮かべたトマスは、外套の肩をつまみ上げてからまた椅子にかけた。「これをかける場所を探していただけだよ」

「まあ」彼女は気まずそうな目をしたが、警戒心を完全に捨てたわけではないのが見て取れた。「気がつかなくてごめんなさい。ダノックにはほとんどお客さまがいらっしゃらないので。使用人たちも慣れていなくて――つまり――」ようやく戸口をくぐる。「ミセス・マードックがあなたの部屋を用意したそうです」

トマスはすばやく机をまわり出て彼女に近づいた。そうすることで、いまのことばに驚いた気持ちをうまく隠したかった。まさか部屋を用意してもらえるとは思ってもいなかったのだ。まあ、それをしてくれたのはジェインではなく、家政婦なのだが。

「ご親切にどうも」

「雨はみぞれに変わったようですわ」ふたりのあいだが腕一本分くらいになったとき、

ジェインが説明した。トマスがうなずく。一時間前に乗合馬車を降りた十字路から歩いていたとき、雨は驚くほど冷たくて重かった。「いまから村へ行こうとしたら、転んで首の骨を折ってしまうかもしれません」

彼女が心配してくれているのだとは、トマスにはどうしても思えなかった。だが、炉火が彼女の顔に温もりのある輝きをあたえていて、冷ややかな態度を削り落としていた。ほんの少しだけ彼女のほうに体を傾けた。「こんなに長い年月の末に、またきみと会えるなんてね。それも、ここで……」

ジェインが実在すると確信したかった。彼女に触れたかった。親指でその頬や唇をなぞりたかった。彼女は思い出のなかよりも遙かに美しかった。かつてはかわいらしくふっくらした体つきが、いまではルーベンスの描くようなおとなの女性の曲線になっている。強くて官能的でやわらかい。

とはいえ、いまはそのやわらかさがすっかり隠されているが。彼女の表情や物腰を見ていると、無防備な中身を守るためにぴしゃりと閉じる牡蛎《かき》の貝を連想した。

「ええ。奇妙なめぐり合わせですね」そう言って一歩下がる。

トマスはもっと近づきたかったが、彼女のよそよそしさも理解できた。七年前、ふたりは別れの挨拶を交わす機会もなく離ればなれになった。そして、それぞれの人生を歩み、トマスは戦争に赴き、彼女は未亡人になった。彼女が用心深いのも当然だ。それでも、トマスにはこの再会に偶然以上のものを感じていた。「私は奇妙なめぐり合わせとは思わないな」

ジェインの眉間にしわが寄った。「ミスター・サザランド、あなたの訛りが強くなった気がするのですけど、わたしの勝手な想像かしら?」非難めいた口調から、そんなものに魅了されたくないという気持ちが伝わってきた。

スコット将軍の部下には出身地の訛りを完全に消すよう命じられた者もいるが、トマスはときおりわざと訛りを強調することで知られていた——ジェインが疑っているらしき目的のためではなかったが。

しかし、これはちがう。意識してやったわけではない。ほとんど……自然にそうなった。スコットランドの地に戻ってきたことが、若かりしころのしゃべり方に戻るきっかけになったかのような。

ジェインが気に入っていないように見えるのと同じくらい、トマス自身もそれが気に入っているかどうかわからなかった。

「ハイランドの空気のせいで訛りが強くなったんじゃないかな」無理に微笑みを浮かべる。「なんといっても、ダノックは私の故郷だからね。子どものころは毎夏バリセイグの丘をぶらついたものだ」彼女がさらに体をこわばらせたので、補足した。「祖母が亡くなるまでここに住んでいたんだ」

　さっとこちらを見た彼女の視線は、肩と胸のところに長くとどまった。彼女に見られるのが気に入っていた。だが、どうやら彼女はトマスが軍服を着ていないことに気づいただけだったらしい。「休暇で戻ってきたの？」

　ジェインがこちらとまた目を合わせるまで待ってから、笑みをうっすら浮かべて答えた。「ちょっとちがうかな」

　エディンバラからここまでの道すがら、ずっと選択肢を秤にかけ、バリセイグに着いたら……故郷に着いたらどうするかを決めようとしてきた。爵位継承の承認は求めたが、自分はマグナス伯爵であると宣言する気にはなれなかった――いまのところは。相手が伯爵だと知らなければ、人々はここでの状況について正直に答えてくれるにちがいない。

「それなら、どうして？」ジェインが食い下がった。

　乗合馬車を降りた時点では、村に泊まるつもりだった。まずダノックを訪れようと決めたのは衝動的なものだった。戻ってきた理由を昔の友人に説明するのを先延ばしにしたい気持ちがあったのだ。けれど、いちばん大きかったのは、領地の管理に雇いたいと思っている男の人となりをたしかめたい気持ちが強かったからだ。

『ひょっとしたら、ラトリフとじかに用件を話したほうがいいかもしれないな」事態を遅らせれば、なにを言うか考える時間を稼げる。ミスター・ヒギンボサムに言おうと考えていたことばはまったく使えそうになかった。

「無理です」その返事は、ふたりのあいだの空気を鞭で引き裂くかのようだった。トマスはすっと背筋を伸ばした。「できないんです」口調は少し和らいでいたものの、譲歩する気はさらさらなさそうだった。

ラトリフは病気なのか？　世捨て人なのか？「重要な用件を話し合いに来たのだとラトリフに伝えてくれないか」

「彼は――彼はエディンバラにいるんです。執筆のための調査で」

突然腹部を締めつけられたようになったのも、手脚がこわばったのも、いらだちと困惑のせいだとトマスは自分に言い聞かせようとした。怒りのせいでもいい。はるばるこんなところまで来たというのに、ラトリフとはエディンバラで会って、賃借の問題を解決できたというのか。

だが、エディンバラで足を止めていたら、ジェインを見つけることはかなわなかった。

手紙を目にすることもなかった。机の上にあることから届いたばかりだと思われるが、もしそうだとして、ラトリフがここにいないのなら、彼はまだ手紙のことを知らずにいるわけだ。脅迫状はいままでも届いていたのだろうか？　自分の身が危険であるとラトリフは知っているのだろうか？

いや、あの鋭くてよじるような感覚は昔からよく知っているものだった。恐怖だ。兵士ならだれでも知っている。ただ、自尊心をなだめるためにほかの名前で呼んでいるかもしれないが。そのおかげで警戒心を怠らず、危険を避けてこられたのだ。恐怖を感じない兵士は、おそらく死んでいる。

とはいえ、他人のために恐怖を感じることには慣れていなかった。ラトリフのための恐怖ではない。彼は二日かかる距離にいるから、自分で身を守ってもらうしかない。ジェインのための恐怖だ。彼女はいま、確信と不安がないまぜになった青い目でこちらを見ている。

脅迫状を書いた頭のいかれた男はロビン・ラトリフを標的にしているかもしれないが、その狂人が脅迫を実行に移そうとして、有名な作家が住んでいると思われているダノックにやってきたら、そこにいるのはひとりきりのジェインだ。数少ない使用人――七十代の家政婦と、門番役を許されているあの男もふくめ――では安全はとても望めない。番犬と見なされているあのうるさい毛の塊は言うにおよばず。

　トマスは反射的に片手を拳に握った。ダノックの領主としての責任など望んでいなかったが、この城でだれかに危害がくわえられるのを見過ごすわけにはいかない。さっと部屋を見まわす。私の城。

　ジェインの視線が机に移った。「ああ、そうだったのね」トマスにというよりは、彼女自身に話しているようだった。いまやっと気づいたという口調で。「当然ながら、彼はこの場所になじみのある人を選んだんだわ。陸軍にいてある種の技能を持っている人を」トマスがそのことばの意味を理解する間もなく、ジェインがさっと彼に注意を戻し、刺し貫くような視線で顔と服をじろじろと見た。トマスは黙って見られるままになった。経験からいって、人は他人の考えを読み取れるくらい自分を賢いと思いたがるものだ。「あなたがなぜやってきたのかわかったわ」ジェインがきっぱりと言った。

「なぜなのかな？」彼女はあの脅迫状を書いたのが私だと思っているのか？　雇い主を殺そうとしているでしょうと非難するつもりなのか？

「ミスター・ラトリフの事務弁護士の話では、新しい伯爵さまは見つかったけれど、その方はとても遠方にいらっしゃるので、ご自分でことにあたれないということでした。あなたはマグナス伯爵さまの代理人なのでしょう」

トマスは腹からどっと笑ったが、それはおもしろかったからというよりも衝撃を受けたからだった。正直なところ、自分が伯爵というだけでも困ったことなのだ。それなのに、領主の代理人だって？「いや、ちがうよ。そういう仕事は、なかなかすてきな言いまわしを借りると、私程度の能力ではとても務まらないものだ」ダノックを管理する仕事には向いていないからこそ、ヒギンボサムを雇おうとここまでやってきたのだ。

少なくとも、彼女は私を殺人志望者とは考えていなかった——とはいえ、そう思われたほうが安心しただろうが。彼女は来訪者に警戒する必要がある。あれがジェインの机であるなら、折りたたみ式ナイフで手紙を突き刺したのは彼女ということになる。危険が迫ったら、そうやって排除するのが彼女のやり方なのだろうか？

「ミスター・ラトリフの賃借の件でいらしたのではないのなら……」頭を悩ますジェインの眉がVの字になった。そうだった。いまいましい賃借料。新しい伯爵にラトリフがダノックを追い出されるかもしれないと事務弁護士は知らせたのだろうか？　そうなったときの自分の立場を彼女は心配しているのか？「……どんな用件でここへいらしたの、ミスター・サザランド？」

頭をすばやく回転させる。スコット将軍の事務室で過ごしたあの日以来、ダノック城に到着後にできるだけ早く立ち去る理由をいくつでも楽々と考えついた。だが、いまは、もしジェインを守りたいのであれば、ここに滞在する理由が必要だ。

「きみ自身が言ったように、ここの状況に対処するにはダノックをよく知っていて、ある種の技能を持った人間が必要だ」伯爵の務めについてはなにひとつ知らないかもしれないが、自分は非常に優秀な情報将校なのだ。視線がまた手紙に落ちた。この件なら自分の才能を発揮できる。「きみも知っていると思うが、ロビン・ラトリフは殺しの脅迫を受けている。私はその件を調べるために来たんだ」

4

ジェインは口を開いたが、出てきたのは首を絞められたような、あえぎと笑いとひとことの叫び――嘘つき！――が喉でぶつかり合った音だけだった。途方もない説明のなかでも、よりによっていちばんばかげたものを選ぶなんて。

「ミスター・ラトリフがあなたを雇ったと言っているの？」聞きまちがえではなかったとたしかめるために問い詰めた。わたしはあなたを雇ったりしていないわ！

「そんなに驚くことかい？」

「衝撃を受けた、というほうが正確でしょうね、ミスター・サザランド。ぜったいに信じられないと言っても過言ではないわ。不可能とだって言いたいくらい。ロビン・ラトリフが秘書の手助けもなしに手紙を書いたり取り決めをしたりしていたなんて――」

「書記だろう」彼は、ジェインが軽蔑したくてもできないあのおどけた微笑みを浮かべた。「まさか、ラトリフは決断するすべてに卑しい筆記者を関与させると言っているわけじゃないよね？」

『でも――』彼の嘘を暴こうとしかけたが、ふたつの理由から思いとどまった。

ひとつめは、自分も嘘をついているという純然たる事実からだ。彼に――みんなに――嘘をついている。だからといって、相手も嘘をついていいということにはならないし、彼が信頼に値するということにもならないけれど。それでも、彼が嘘をついた理由も知らずにとがめるのは偽善に感じられた。人には嘘をつかざるをえない場合があるのだと、ジェインはだれよりもよくわかっていた。真実がどれほど危険なものになりうるかを。

ふたつめは、ロビン・ラトリフが脅迫を受けているのを知っているのはふたりだけだからだ。そのひとりがジェインで、もうひとりは脅迫状の差出人だ。それはつまり、ひょっとしたらミスター・サザランドが……。

ううん。脅迫状を書いたのが彼だなんてありえない。机の上のものを嗅ぎまわっていたときに見つけただけだろう――わたしが部屋に入ってきたとき彼はごまかしたけれど、そうにちがいない。その辺に置きっ放しにしておいたわたしが悪いのだ。でも、ほかにも脅迫状があったことをどうやって推測したのだろう？　どうしてその件を調べるためにここに送りこまれたふりなどするのだろう？

彼が目にしたばかりの脅迫状とここへ来たことには明らかになんの関連もないため、

彼がダノックに来たほんとうの理由はわからないままだ。マグナス伯爵の下で働いてなどいないというにべもない否定は信じていなかった。彼は事務上のことでやってきたと言っていたし、事務弁護士からはダノック城に関係する緊急の用件が浮上したという手紙を受け取っている。

長旅をして会いに来た〝ミスター・ヒギンボサム〟が何年も前の知り合いの女性だったとわかったときのミスター・サザランドの驚きは本物だった。それについては自信がある。ぎこちなくかわいらしいとすらいえる嘘をついたのは、ダノックに滞在してわたしとまた知り合いたいと思ったからだろうか。

もしそうなら、彼から関心を持たれたのを喜ぶべきなのか、それとも腹を立てるべきなのか？

ミスター・サザランドが突然現われたせいで、ずっと昔のパーティやきれいなドレス、扇で口もとを隠して忍び笑いをしたこと、月明かりに照らされた庭をハンサムな紳士と散歩したことなどを思い出した。孤独だとは感じないようにしてきた。けれど、今夜は、夢をかなえてくれるもっとも確実――かつ安全――な道がなくなってしまったと知る前の楽しかったころをついふり返っていた。

癪に障る。まったく癪に障る。どれほど魅力的にこちらを誘っているように思われても、過去は過去だ。

でも、怒りをあらわにしても真実を探り出す助けにはなりそうにない。彼から目を離さずにいるためにも、嘘につき合ったほうがよさそうだ。いまにも口にしそうになっていたきついことばを呑みこみ、彼に笑顔を向ける。これまで何度もしてきたように、この状況にもなんとか対処してみせよう。「どうやらロビン・ラトリフにはまだ驚かされることが残っていたようですわ、ミスター・サザランド」

ジェインの態度が唐突に変わって不意打ちを食らった彼だったが、すばやく落ち着きを取り戻した。「最高の小説家というのは驚きに満ちているものだよ、ミセス・ヒギンボサム。私に関して言えば、計画どおりに進むのは退屈に――それに、ちょっとばかり怪しげに――感じてしまう。まあ、驚きの中身も喜ばしいものからそうでないものまでさまざまだけどね」喜ばしい驚きにはジェインもふくまれているとばかりに、彼は小首を傾げてみせた。

「そんなことを言ってくださるなんて、やさしいのね、ミスター・サザランド。わたしは退屈な人間に思われたくはないですわ」彼をかすめるようにして机に向かい、折りたたみ式ナイフを引き抜いた。それをインク壺横の浮き出し模様の銀のトレイに置いてから二通の手紙を持ち上げ、事務弁護士から来たほうをたたんで机のまん中の浅い引き出しにしまったあと、ボディスの奥深くから取り出した小さな鍵で施錠した。

「怪しげな人間にも」

彼はすべてを無関心そうな表情で見ていたが、ナイフのときだけは片方の眉を少しだけ上げた。

「こういう手紙が、あなたの言っていたものなのでしょうね？」ジェインはいまいましい手紙に目も向けずに持ち上げた。あんな憎しみに満ちたことばが脳にさらに刻まれたり、皮膚の下に入りこんだりするのはごめんだった。

彼は手紙を受け取ったあとも、ジェインが落ち着かない気持ちになるほど長く彼女を見つめ、それからゆっくりと手紙を読んだ。炉火が彼の力強い顔立ちを際立たせるようすに不本意ながら見入ってしまう。先ほど気づいた疲れたようすは消え、生き生きしているように見えた。彼はこれを楽しんでいるんだわ――手紙の内容ではなく、手紙によってジェインが不快な思いをしていることでもなく、謎を、挑戦を楽しんでいるのだ。

読み終えると、彼は手紙を裏返して宛先と封印を調べた。「これはロンドンに送られたものだ」

「ええ、ラトリフの本を出しているペルセポネ出版に送られ、そこからここに転送されたの」

「きみはミスター・ラトリフ宛ての手紙をいつも開封しているのかい？」

一瞬の沈黙が、ジェインの意図したよりも多くをあらわにしてしまいそうだった。

「ええ、彼がここにいないときはそうするように言われています。至急だとか重要だとかの内容を見落とさないために」

「ふむ。書記というよりは秘書みたいだな」手紙からジェインへと目を転じる。「彼はよくここを留守にするのかな？」

ミスター・サザランドとの再会を想像したことはあっても、まさかこんな事務的でぶっきらぼうに質問される立場になるとは思ってもいなかった。彼はこういうことに慣れているようだった。落ち着かない気分にさせられたが、それこそが彼の目的なのかもしれない。

「で、彼はどこへ行くんだい？」

「ええ」

「そのときどきでちがうわね」わたしが行かせる必要があるところへ。

彼は苦笑いの表情になり、頭をふった。「入れちがいになるなんて、ついてないな」ジェインは小さく笑ってみせた。「ミスター・ラトリフはいつ帰ってくるんだい？」

「そ――それは言えません」

彼はやや驚いた顔になり、脅迫状を持ち上げた。「これだけ？　二枚めはなしかい？」

「ええ」

彼の唇がひくついた。微笑んだときだけでなく、疑いの表情のときにもえくぼができるなんて、ジェインは知らなかった。「ミセス・ヒギンボサム、この問題を解決するには、正直に答えて協力してくれなくては」

ジェインは首を傾げて彼の言うこともっともだと示し、甘い微笑みを浮かべた。

「それはそうね。おたがいに正直でなければいい結果は望めませんよね？」

彼はなにか言いたそうに長いあいだジェインを見つめたが、結局なにも言わなかった。彼の目のいたずらっぽいきらめきと、唇に浮かんだかすかな微笑みは、こちらのまねなのだろう、とジェインは感じた。まるで、たがいに相手が完全に正直ではないのを知りつつ、それに困惑したりいらだったりするのではなく、好奇心をそそられているというように。

猫とネズミのゲームにそそられるだなんて、わたしたちはどういう人間なの？

ついに彼が小さく笑った。この回はジェインに負けたと認める笑いだ。「これは私が持っていてもいいかな？」そう言いながらも、すでに脅迫状をたたんで上着の内ポケットに入れようとしていた。

「どうぞ」脅迫状などとはなんのかかわりも持ちたくなかった。暖炉にくべておくべきだった。もしそうしていたら、ミスター・サザランドはダノックにとどまるために別の口実を考えついたかしら？

「ほかにも持っているかい？」

ジェインはわざとらしく目を見開いて驚いた表情を作った。「まさか。ほかにもあるとしたら、ミスター・ラトリフがあなたに渡しているはずだと思いますけど。そのためにあなたを雇ったのでしょうし」

ミスター・サザランドは内ポケットに手紙をきちんとしまったあと、もの憂げな笑みをジェインに向けてきた。「ああ。彼の持っているのはすべてね」

彼の持っているのはすべて。つまり、ほかには一通もないということだ。ああ、彼はほんとうにこのゲームに長けている。でも、その思いに鼓動が速まるのはおかしい。恐怖か苦悩のせいにちがいない。興奮したからではぜったいにない。

スコットランドで何年もほぼ孤独に過ごしたせいで、ちょっとばかり退屈になっているせいなのかもしれない。

そして、いらだちは感じさせられていても、彼はけっして退屈な人ではなかった。七年前にぬかるんだ通りの反対側に彼をはじめて見かけたときですら、若いジェインの胸はどきどきしたものだ。さっそうとした軍服、きらきらした目、スコットランド訛り……彼は放蕩者っぽい魅力を発散していた。そんなものはときに暴走する自分の想像力のせいだと払いのけようとはしたけれど。

どちらかというと、歳月は男性としての彼の魅力を増大させたようだ。肩幅は広くなり、顎は以前よりがっしりしている。彼の目はさまざまなものを見てきた、という印象を強く受ける。楽しい時間の貴重さがより増すような、陰鬱なものを。いまの彼にはどこか無骨な雰囲気があって、スコットランドの荒々しさに惹かれたように、彼に魅力を感じてしまっている。

「訊いてもいいかしら、ミスター・サザランド？」馬巣織《ばすおり》のソファに腰掛けるよう身ぶりで示す。「陸軍ではどんな仕事をなさったの？」

そのとき、彼が白い毛の取れなくなったクッションを見ているのに気づいて、ジェインは狼狽した。アテナは暖炉脇の定位置よりもソファが好きなのだ。そこにはアテナ以外だれも座らない。

それでも、室内をきちんと整えていないと、使用人かジェインがだらしないことにされてしまうかもしれない。それはなぜか弱みの印のように感じられた。軟弱さの。

ジェインはとうの昔にそんな面を他人に見せなくなっていたのに。

彼が犬の毛を払い落とそうともせず腰を下ろしたので驚いた。これもまた、彼の無頓着な態度と一貫していた。もっとも、たとえ払っていたところで効果はなかっただろうけれど。

座ったときに彼がかすかに顔をしかめたのがわかった。クッションは、幼い子どもや小さなペット用にとてもやわらかくしてあるのだ。だからこそ、ジェインは彼にそのソファを勧めたのだけれど。彼にはここであまり快適に過ごしてもらいたくなかったからだが、ミスター・サザランドのような体格の人が座ったら、床まで沈みこむとは思ってもいなかった。良心がちくりととがめる。

もはや長身である利点を楽しめなくなったミスター・サザランドがぎこちなく体の位置をずらすはめになったけれど、ソファは抗議のきしみをあげたもののなんとか持ちこたえた。ふたたびジェインを見たときの彼の目は、あいかわらずおもしろがっていたうえ、訳知りのようすでもあった。「敵を困らせようとしたのかな、ミセス・ヒギンボサム？」

「よくおぼえておくよ」ぼそぼそと言う。

「敵ですって？　いったいどういう意味ですの？」ジェインは自分が選んだ大きな革

張りの椅子の上で姿勢をしゃんとさせたが、あいにくその弾みで足が小さな子どものように床から浮いてしまった。

彼は笑いを隠すために口を手でおおい、ジェインの目に魅力的に映る無精ひげをこすり、ソファの背に両腕をかけた。ずいぶんくつろいで見える。遅ればせながら、そもそも彼には腰を下ろすよう勧めないつもりだったのを思い出した。

「西インド諸島にいて、上官から命令された任務の大半を果たしていたんだ」ようやくジェインの質問に答えた。

ジェインの唇が不本意ながら笑みの形になった。「全部ではないの？」

「相手の期待値を上げるのは得策じゃないからね」彼はウインクをした。「七日のうち六日はなにもしなかったよ」

ウインクのせいでジェインの胃がおかしな具合にばたついたが、規則正しく息をして抑えこみ、ミセス・マードックにはいつだって効果を発揮する取り澄ました声で言った。「それで、七日めにはなにをしたのかしら？」

「浜をぶらぶらしていたんだ」

ジェインにはそれがどういう意味かまったくわからなかった。怠惰で無意味に聞こえたけれど、きっとそうではないのだろう。英国軍とフランス軍がカリブ海での覇権をめぐって戦っているのはだれでも知っているし、そのためには膨大な数の船乗りや兵士や船が必要なのだから。

浜をぶらつくことについてはなにも知らないかもしれないけれど、自分が相手の信じている人間——有名な作家の原稿を出版社向けにきれいに清書するために雇われた、字のきれいなただの未亡人——だと思いこませる方法については詳しい。では、ミスター・サザランドのほんとうの姿はどんなものなのだろう？　彼が嘘を紡いで煙幕を張るようすを見ているのはわくわくした。でも、わたしはごまかされたりしない。

「だからそんなに、その、日焼けしているのね」彼はおそろしいほど日焼けしていた。立派な紳士にはあるまじきほどに。太陽にキスをされた肌は見かけと同じように温かいのかしらとか、胸と肩も顔や手と同じくらい日焼けしているのかしら、なんてぜったいに訊ったりしない。「実を言うと、軍にいたからこの仕事に必要な技術を身につけられたのねと言ったときは、まったくちがうものを考えていたの」

「へえ？」彼の眉が両方ともくいっと上がった。「試してみたい特別な技術があったのかな？」

今回はなんとか頬を赤らめずにすんだ。「脅迫状の件を調べるためにここにいらしたのなら、ミスター・サザランド、殺人者がうろついていると考えるのが前提では？

その場合、わたしたちみんなが危険にさらされていることになるのだから、どうしたって望みたいじゃないですか、あなたが腕のいい狙撃手だか剣士だか――」鋼《はがね》のような冷ややかな口調がだんだん小さくなっていった。

「心配はご無用だよ」彼がことばをはさんだ。「自分の武器はちゃんと操れるから」

彼のもの憂げで示唆に富む笑みを見て、ジェインはなぜか安堵した。ジェインとしては、危険に関しては、疑わしいと思っているとか、そんなものはないとさえにおわせるつもりだったけれど、脅威を口にしたせいで、ひどい筆跡で書かれた脅迫状を読んだときよりもなぜか真実味が遙かに増していた。もしも……もしもだれかがほんとうにロビン・ラトリフに――ジェインに――死んでもらいたがっていたら？

「だが目指すのは」真剣な表情になって彼が言う。「敵に武器でまさることではない。敵が武器を抜いたら、その時点で戦いは半分終わっている」

そのことばはある程度筋が通っている、とジェインは思った。

「敵の動きを予測するのが私の仕事だ」彼が続ける。「よりすばやく動くために。より巧妙になるために」

「浜をぶらついたおかげで、すばやく巧妙になったということ？」

彼が腕を下ろし、ソファのジェインに近いほうの端に移動した。炉火を受けた彼の瞳が、グラスのなかのウイスキーのようにきらめいた。「私はいまも生きている、お嬢《ラス》さん。きみはそれだけ知っておけばいい」

ジェインは言い返そうと口を開いたが、ことばは出てこなかった。最後のひとことを相手に言わせるのは許せない性質だったのに。本を書くほうがずっと簡単だ。最後はかならず完璧な台詞を思いつけたので、登場人物が途方に暮れることはない。けれど、いまこの瞬間、ジェインは自分のことをすばやいとも巧妙とも思えなかった。こわかった。正当な手段か不正な手段か、どちらにしてもダノックを追い出されるのではないかと。

椅子から立ち上がる。「ミセス・マードックを呼んで、あなたを部屋に案内してもらいます」ミスター・サザランドは疲れているはずだ。たがいがほんとうに相手に望んでいるのはなにかを探りはじめるのは、明日の朝からでいいのでは？　ジェインにはひとりになって考える時間が必要だった。一月のごくふつうの一日が、ロビン・ラトリフの読者ですらありそうもないと表現するだろうくらいよじれ、ねじ曲がってしまった。

その瞬間、体がふらついてまた腰を下ろしてしまった。視界の隅で部屋がまわっている。こんなのはどう考えてもばかげている。これまで気絶したことなどないし、取材のためにその感覚を経験するのも悪くないのではないかと思ったりもしたけれど、それはいま起きてほしいことではない。

　馬巣織のソファにしっかり動きを封じられていたにもかかわらず、ミスター・サザランドはジェインが立ち上がりかけた瞬間に、彼女が予想もしていなかった紳士らしさを発揮してすばやく立ち上がっていた。でも、それもまた公正ではなかった。彼を紳士ではないと見なす理由はひとつもなかった。とはいえ、彼にのしかかるように立たれていては、心の平穏を取り戻せない。何日も旅をしてきて濡れた服を着ている男性が、そそるほどすがすがしく爽快な香りをさせているなんてずるい。

　そのとき、彼が肘掛けに置いていたジェインの手を取って手首をさすりはじめた。大きくて少したこのできた親指が袖の上質なレース部分からすべりこみ、繊細な肌の上から脈を取った。「ミセス・ヒギンボサム？　大丈夫ですか？」上目づかいになると、目尻には心配そうなしわが寄り、ゆがんだ笑みにはこちらを思いやる色があった。「まずはきみを部屋まで送っていったほうがよさそうだ」ジェインを抱きかかえるつもりなのか、彼がかがみこんだ。

　どこからか気力をかき集め、ジェインは彼の手から逃れて体をまっすぐに伸ばした。「大丈夫です」頭をはっきりさせようとする。「急に立ち上がったせいですわ」

彼が気を利かせて一歩離れる。「では、呼び鈴を鳴らしてミセス・マードックを呼んでいいかな？」ジェインが抗う間もなく、彼は呼び鈴の紐のほうへ向かった。

「待って」ミセス・マードックにあれこれ世話を焼かれるのだけは避けたい。なんとか立ち上がり、またへたりこまないように片手で椅子の背をきつくつかんだ。そのせいでしかめ面になってしまった。「犬がアグネス――ミセス・マードックと一緒にいるの。呼び鈴を鳴らしたら、犬がまた騒ぎ出すわ。それに、ほかの使用人たちはすでに休んでいるし」

「つまり、あのひどいソファが今夜の私のベッドになるのかな？」そう言ってウインクをする。

彼の訛りがさらにきつくなったように感じるのは、わたしの想像力のせい？

「暖炉前のクッションよりましでしょう」彼のからかいに力を得て言い返し、犬たちのベッドをちらりと見てから彼に目を戻した。

けれど、彼の視線はジェインを通り過ぎ、彼女の部屋へと続くドアに向けられていた。そのドアの向こうになにがあるのかを正確に知っているかのようだった。彼の技能のなかにダノック城の詳細な間取り図の知識――というよりも、女性の寝室を探り出す超人的な能力かもしれない――が入っていても驚くべきではないのだろう。

彼がふたたびジェインを見たとき、ふたりのあいだに走った電流は強烈だった。七年前にテンチリーの集会で経験したのと同じくらい強く、まちがえようのないものだった。ジェインの鼓動が速くなる。彼に熱いまなざしで見つめられて体が妙な具合になり、やわらかな革張りの椅子にさらに爪を食いこませた。

彼がキルト姿のハイランダーで、両刃の剣を高くかざし……ベッドの足もとに立ってジェインを見つめている……あるいは近づいてくる場面を想像するのはむずかしくなかった。「脅迫状を書いた悪人がここに来た場合、護衛がいてくれたら役に立つでしょうね」ジェインはぼそりとつぶやいた。

彼はジェインのことばを吟味しているようだった——彼女の勘ちがいでなければ、口にしたことばも、そうでないことばも。「アイ。たしかに」彼の声は低く、まなざしよりもやさしげだったけれど、離れているのでその表情は読めなかった。「じゃあ、犬たちを起こしに行くとするかな」結局、彼は房飾りのついた呼び鈴の紐をぐいっと引き、それからびっくりするほどきびきびとしたお辞儀をした。浜をぶらつくなどとばかげたことを言っていたけれど、彼はいまも兵士であるのだと思い出させられた。「階下でミセス・マードックと会ってくるよ。お休み、ミセス・ヒギンボサム」そう言うと、城が自分のものであるかのように自信たっぷりに部屋を出て行った。

安堵――ジェインはいまの気持ちをそう呼ぶことにした――が体中を駆けめぐった。愚かな姿をさらさずにすんだ。危うく気絶しかけただなんて！　わたしはロビン・ラトリフの小説に出てくるような保護を必要とするヒロインなどではない。そして、ミスター・サザランドはわたしのヒーローではない。

彼は問題の元凶でもないのだろうけれど、わたしの聖域であるダノック城を侵害した理由について嘘をついた。ひとりきりの平穏な生活を取り戻したければ、境界線をきっちり引いておく必要がある。今夜は驚いて気をゆるめてしまったけれど、引き締めていなければ。

〝きみはそれだけ知っておけばいい〟彼はそう言った。

「いいえ、冗談じゃないわ」

だれもいない部屋で、邪な機知で有名なロビン・ラトリフらしくないことばを発する。

吐息をついてまた椅子にどさりと座る。過去という沼地にふたたび無情に引きずりこまれそうになるのに必死で抗っていたかのように、腕も脚も力が入らなかった。

明日になったら、ミスター・サザランドが命綱を投げに来たのか、自分を沈めるために来たのかを探り出そう。

5

中世の卓抜した伝統で、南塔の螺旋階段は敵の侵入を防ぐのは無理でも遅らせることを目的としていた。右利きの戦士が剣を掲げて上れないように左側にきつく螺旋を描いているうえ、狭いために一列でしか上がれない。そして、最下段にいる人間には、上方でどんな防御が待ちかまえているかわからない。

そういうわけで、下から十数段のところで下りてきたトマスと出くわしたミセス・マードックと、彼女の足もとをついてきていたアテナとアフロディーテは恐慌をきたした。甲高い吠え声とミセス・マードックの叫び声の不協和音が増幅され、トマスの耳をつんざきそうになったが、すれちがえないふたりは、その場でしばらく突っ立ったままだった。

階段が彼の肩幅よりも広いか、段に足の半分以上の奥行きがあったなら、向きを変えて上がれたかもしれない。ジェインにお休みを言ってあの部屋を出るには、意思のありったけを使い果たしていた。今夜、彼女の新たな姿――青白く、いまにも倒れそうなくらい震えていた――が記憶に刻まれ、思わず抱き寄せて永遠に守ると約束しそうになったのだった。だが、犬たちと同じくらい、彼女もトマスを信用していないようだった。

それも無理はない。

七年前、説明する機会もなくサセックスをあとにした。ジェインから冷ややかな対応をされて当然だ。立ち去ったときと同じように唐突にまた姿を現わしたのだ。おまけに、別れてからいままでのあいだになにをしていたのかも、今夜ここに来た理由も正直に話せなかった。

彼女に嘘をつくのは思っていた以上にむずかしかったが、そうする必要があった。ダノック城にどんな脅威や問題があるかわからない。ジェインだってどんな女性になったのかわからない。彼女にしろだれにしろ真実――この十年のほとんどを諜報員として過ごし、いまは望んでもいない伯爵領を継ぐ身になったこと――を話せば、人生の一章を永遠に閉じてしまうことになるのだ。

それなのに、危うくそうしかけてしまった。

「静かに、あなたたち、静かに」ミセス・マードックは階段から落ちないようにしながら、犬たちを落ち着かせようと苦心していた。ようやくトマスが気づいて外側の壁にぴたりと背をつけると、犬たちは茶と白の体を用心深く低くして内側の壁をこするように抜けていった。「ほんとうにすみませんでした」犬たちの吠え声が小さくなると、ミセス・マードックが言った。「あの子たちはそもそも呼び鈴の音に騒ぎ出したんですけど、前々から男性のそばが苦手なんです」

「ミセス・ヒギンボサムはあの子たちに会えて喜ぶでしょうね」少なくとも、私の存在よりは。「あなたがご親切にも私の部屋を用意してくださったと彼女から聞いたのですが」

「アイ、そうです、ミスター――」

「サザランドです」

名字からスコットランド出身とわかって、ミセス・マードックのしわだらけの顔が大きな笑みでくしゃっとなった。「スコットランド訛りがちょっぴりあると思ってたんですよ」

「ちょっぴりね」トマスはややしぶしぶといった具合に返事をした。ジェインに非難されたのを思い出したのだ。家政婦が安全に階段を下りられるよう、彼は手を差し出した。「でも、十年以上離れていたんですよ」

「それでも」この十年という歳月を、ミセス・マードックは空いているほうの手をひらひらやって退けた。トマスとしては、体勢を崩さないようにその手をしっかり壁についていてほしかったのだが。「こうやって帰ってらっしゃったんですから」

そうなのだろうか？　この場所はとてもなじみがあると同時に、とてもよそよそしい感じがするのだが。

ジェインについても同じことが言えるのかもしれない。

階段を下りきると、ミセス・マードックは先刻トマスがジェインとともに歩いた廊下をせわしなく歩きはじめた。「ミセス・ヒギンボサムはどれくらいダノック城で暮らしているんですか？」

家政婦は足を止めもせずに答えた。「ミスター・ラトリフと同じだけですよ」

わざと曖昧な返事をしたのだろうか？　トマスの歩幅は家政婦の二倍はあったので、すぐさま追いつけた。「で、それはどれくらいになるのかな？」

「そうですねぇ、数年ってところですかね」

六年近くだろう。スコット将軍から読んでおくよう言われた書類から、それはわかっていた。とはいえ、それではサセックスで出会ったときから彼女がスコットランドに来るまでの一年ほどの説明がつかない。その間にジェインは結婚し、未亡人になり、職に就き、なにも知らない英国人が世界の果てだと見なしている場所へと旅するはめになったのだ。

大広間を横切っているとき、部屋に案内されるのではなく追い出されようとしているのだろうか、と訝った。「ドゥーガンがお荷物を門番小屋にお運びしました。あそこなら、おひとりになれますから」

なるほど、これでジェインもちょっとしたひとりきりの時間を持てるというわけだ。城の扉が閉まったら、ダノックの城壁内にいながらできるだけジェインから離される。彼女を守ろうとする使用人の本能を甘く見すぎたのかもしれない。

厚手の外套と手袋を置いてきたのをすぐさま後悔するはめになった。湿った氷のような空気に、思わず汗と砂と蚊の羽音が懐かしくなる。ダノック城へ行けと言い放ったスコット将軍を心密かにまた罵った。せっかく思いがけない再会をしたのに、今夜のジェインの冷ややかな態度から判断して、この旅は散々な結果になりそうな気がしていた。

ミセス・マードックが風に顔を向けたので、赤い頬ときらめく目が見えた。「すがすがしいスコットランドの風ほど、ハイランダーであることを思い出させてくれるものはありませんね」

訛りについて自分の言ったことばを思い出させられ、また苦笑いになった。

門番小屋は城の外郭に作られたひと続きの部屋で、ずっと昔には門番が住みこんで城壁の高い場所にある細い隙間から見張っていたものだった。薄暗くて粗末な部屋をドゥーガンと分かち合わなければならないのだろうか、とぼんやりと思う。だが、ミセス・マードックがドアを肩で押し開けると――「ちょっと硬いんですよ」――もともとの門番の部屋はすっかり改装されているのがわかった。広々とした現代的な部屋で、調度類も快適に設えられていた。事務室から居間へと進むと、その奥に寝室が見えた。

「マグナス伯爵さまの家令だったミスター・バリーが長年ここで暮らしてらしたんですよ」家政婦が説明する。「伯爵さまはそれ以外の部屋をすべて閉めて、使用人をほとんど解雇したんです。お城のことで頭を悩ませたくなかったんでしょうね。ミスター・バリーが病気で亡くなられたあと、ミスター・ラトリフがいらしたんです」

トマスはごくふつうの関心を持ったという表情を取り繕った。「だが、ミスター・ラトリフは――」言いかけたことばを呑みこむ。作家がどんな人間か、だれが知っているのだろう？「領地はだれが管理しているんですか？」代わりにそう訊いた。

ミセス・マードックが肩をすくめる。「グラスゴーのだれかですかね？　グラスゴーじゃなきゃロンドンかもしれません」エディンバラだ。もう少しでそう正しそうになった。だが、そのどこだろうと家政婦の想像を超えているのは明らかだった。

「ミセス・ヒギンボサムがときどきその人から手紙を受け取っていますよ」

さらなる手紙か——しかも、ジェインにはほぼなにもできない問題に関する不愉快な通達である可能性が高い。彼女は郵便が届くのをおそれるようになっているにちがいない。

「あたしはあ、あ、あなたがその……まあ……そういうことの対処にいらしたのかもしれないと思ったんですけど」ミセス・マードックは体の前で両手を組み合わせ、意味ありげな視線をくれた。

私は家令に見えるか？

返事がイエスかもしれないと思うと、こわくて訊けなかった。でも、考えてみたら、褐色に日焼けした肌にすり減ったブーツといった姿では、紳士にも見えないだろう。

「ミスター・ラトリフに送られてきた脅迫状について調べに来たんですよ」そう答えた。嘘とは言えない。脅迫状を送ってきた人間を暴くつもりだ。だが、ジェインが危険な目に遭うかもしれないほうが心配だった。いずれにしても、それ以上の役割を明かす必要はない。脅迫状を調べながら、ダノックの状況についても探れる。それでスコット将軍の要求にも応えられるだろう。

脅迫状と聞いて、家政婦が目を丸くした。

「ミスター・ラトリフはどんな賃借人なのか教えてくれないだろうか？」

顔を驚きがさっとよぎり、家政婦は組んだ両手をさらに体に引き寄せた。なにか──秘密？──を守ろうとするような仕草だ。それとも、彼女は忠実な使用人で、主人についてしゃべるのをよしとしないだけだろうか？「あたしにはなんとも言えません、ミスター・サザランド」

「どうして？」

「だって、一度もお会いしてませんから」

「一度も──？」

家政婦がうなずいた。「あの方は人づき合いをされないんですよ。ほとんど海外にいらっしゃいます」どうやら変人だと思っているようだ。

調査、とジェインは言っていた。ああいった非現実的な本を書くのに詳細にわたる調査が必要などとだれに想像できるだろう？「そういえば、彼はいまエディンバラにいるとミセス・ヒギンボサムは言っていたっけ」

「あら、エディンバラにいらっしゃるんですか？」驚いた風ではないうえ、全然関心がなさそうだ。「まあ、ここにはいらっしゃらないほうが長いですしね、ほんとうに」

奇妙な態度だった。とはいえ、スコット将軍からはそういうことも予期しておくべきだとほのめかされていた。相当な金額を払ってダノックに住むなんて、かなりの変わり者くらいだろう。

いや、この場合、相当な金額を払って住まない、だろうか。

「ありがとう、ミセス・マードック。いろいろ助かりましたよ」腕をさっとふって家政婦を事務室へと追い戻した。彼女はすんなりとそれを受け入れ、年齢の割にすばやくお辞儀をすると、頑固なドアを苦心して開けて中庭に出た。冷たい風と舞い散る雪片が小屋に吹きこんできた。

ドアが閉まると、トマスはすぐに周囲を見まわした。なじみのない環境で不意打ちを食らいにくくするための、兵士としての長年の習慣だ。四角い事務室は小さく、石の床はむき出しで、壁は白くなっていた。帳簿つけをしたり借地人と会ったりするには、テーブル、椅子二脚、それに机という質素で使い勝手のよい調度類でじゅうぶんだ。

ここで領地の管理仕事が行なわれていたのはどれくらい前なのだろう？

そんな思いをふり捨て、ドアにかんぬきを差した。エディンバラで伯爵の――自分の――土地差配人に会ったが、感銘は受けなかった。それでも、有能な人間を見つけられれば、ダノックを手ぎわよく管理できなくはないと信じている。

だが、ダノックの管理に〝ミスター・ヒギンボサム〟を雇って窮状を解決することはできなくなった。どれくらいの時間があれば、その名に値する家令を見つけられるだろう？　それまでのあいだ、自分はどんな決断を下すよう期待されているのだろう？

くそったれめ。

その疑問に追いかけられては困るとばかりに、足早に居間に行く。そこでは暖炉に火が入っていて、部屋を多少なりとも暖かく明るく感じさせていた。壁の羽目板は前世紀あたりのものらしいし、家具も一世代前のものといった感じながら、毛織物の敷物が敷かれていたり、それほど値の張らない複製画が壁に飾られたりしていて、事務室よりも優雅な設《しつら》えだ。ソファは、少なくともトマスが一時間前に座っていたものよりはましに見えた。お茶のトレイが暖炉脇のテーブルに載っていて、部屋は人を歓迎する雰囲気だった。暖炉は火を入れたばかりだったので、長らく使われていなかったらしい湿り気とかび臭さは消えていない。それをのぞけば、もてなしは完璧だった。

だが、当然ながら客をもてなすラトリフはここにはおらず……。

ティー・テーブルからろうそくを取り、もう一方の手でフルーツ・ケーキをつかむと――何時間も前にパースを出てからなにも食べていなかった――寝室に向かった。

居間と同じく寝室の壁も羽目板で、家具は流行遅れのものだったが快適そうだった。シーツに風を当てるために上掛けをめくっておいてくれたのはミセス・マードックで、旅行鞄と肩掛け鞄を壁ぎわに置いてくれたのはドゥーガンだろう。玄関からいちばん奥の部屋で冷えきっていたため、トマスはそこに長居しなかった。荷ほどきは明日の朝まで待てる。

居間に戻り、トレイにはほかになにが載っているかと検める。かなりたっぷりの夕食と、デカンターに半分ほど人ったウイスキーがあり、トマスはうれしい驚きを感じた。ミセス・マードックがますます好きになってきた。

満腹で体も温まったトマスは、椅子にもたれて幅広のタイ《クラバット》をゆるめた。暖炉で火がはぜている以外は静まり返った部屋は重苦しかった。波の轟きも頭上を飛ぶ鳥の鳴き声もない。長い年月を過ごした人生を思い出させるものはなにひとつ。

襟首に指を突っこんでぐいっと引っ張った。紳士の服と礼儀作法にいらいらさせられていた。かつては身になじんだものだった。だが、西インド諸島で命じられた役割には不向きなものだったためそれを捨て、ぼろぼろの服とくしゃくしゃの髪でいることにしたのだ。そんななりの英国諜報員がフランス軍が上陸しないかと監視しているとはだれも思わないからだ。ドミニカでは、トマスは浜をぶらつき大酒を飲む頭のいかれたスコットランド人で通っていた。

さて、ここで演じるのにぴったりの役はなんなのかを考えなくては。部屋を見まわした目がデカンターに留まり、トマスは琥珀色の液体をタンブラーになみなみと注いだ。

ウイスキーは喉を少し焼きながら流れていった。まだまだじゅうぶんではないが、手はじめとしてはこんなものだろう。デカンターを持ち上げてだれにともなく乾杯の仕草をしたあと、ふたたびタンブラーに注いだ。いまごろ湖は凍っているだろうし、どのみちぶらつける岸辺みたいなものもないが、大酒飲みの頭のいかれたスコットランド人でいていけない理由はないように思われた。

タンブラー越しに炉火を長々と見つめたあと、口をつけないままトレイに戻し、ポケットから匿名の手紙を取り出した。便箋はよくあるもので、筆跡も意図的に変えてあるため、手がかりはありそうにもなかった。ほんとうにほかにこういう脅迫状は届いていないのだろうか？　もしこの一通だけなのだったら、自分は大げさにとらえすぎたのだろうか？　この件を調査に来たと告げられたときのジェインは疑わしげだった。ラトリフがトマスを雇ったなど、ありえそうもないどころかぜったいにないとばかりに。こちらが嘘をついているのを知っているかのように。

ジェインのつけたナイフの跡をぼんやりと親指でなでる。彼女は脅迫状をこわがっていなかった。腹を立てていた。ラトリフのために怒っていたのか？　その可能性はある。だが、トマスのつかめていないなにかがあった。なぜこんな状況になったのかを知るために、『魔術師の花嫁』を手に入れてみようかとすら思った。

手紙を胸ポケットに戻したあと、立ち上がる。睡眠をしっかり取れば頭がすっきりするだろう。明日は村のだれがこの脅迫状を扱ったのかを探り出し、どんな情報を入手できるかやってみよう。

昔の友人のどれだけがいまも村にいるだろうか？　バリセイグでは自分に気づく人間がきっといるはずだ。もちろん、マグナス伯爵としてではない。夏になるとやってきて、祖母をふりまわした厄介な低地地方《ローランド》の少年としてだ。ひげをあたっていない顎を拳でこする。変装を考えたほうがよかったのかもしれない。旅のあいだにあごひげを伸ばしておけたのに。せめて口ひげだけでも……。

寝室へは行かず、門番小屋の玄関へ向かい、かんぬきを勢いよく抜いた。最後にきちんと確認しておく必要に駆られたのだ。島で何年も過ごし、何週間も海上で過ごすうちに……窓のない部屋に閉じこめられると混乱して感覚がおかしくなるのだった。力任せにドアを開けて盛大なきしみを耳にした彼は、ミセス・マードックがどうやって錆びついた蝶番《ちょうつがい》やドアの重みに負けずに開け閉めできたのかと不思議に思った。

吹きつける風がうめいた。石壁と同じくらいがっしりしたオークの羽目板が風音を減じてくれていたのだ。中庭にはひとけはなく、明かりはどこにもなかった。ダノック城が星のない青黒い空を背に暗い陰となってトマスにのしかかっていた。

ミセス・マードックが入ったあとに閉めた城の扉は、内郭へのただひとつの入り口だった。外壁を突破し門番小屋の守りをかいくぐった侵入者に対する第二の防御だ。城の間取り図について詳しくはなかったが、高い壁と湖が最後の防衛手段となっている反対側に居住区域があるのは知っていた。門番小屋にトマスの部屋を用意したことで、ミセス・マードックは不可能をなし遂げたのだ。すなわち、見知らぬ人間を歓待しつつ、価値のあるものから遠ざけておいたわけだ。

だが、ダノック城内にある宝物でトマスが関心があるのはジェインだけだ。

彼女が申し出たあのひどいソファか炉辺のクッションで寝ることにしていたら、どうなっていただろう？　もっとひどい環境で眠った経験もあったし、快適でないことなど彼女のそばにいられるならたいした犠牲でもない。だが、もちろん彼女はからかっていただけだ——少なくとも、からかおうとしていた。ジェインもふたりのあいだの火花を信用しておらず、それは彼女に良識があるという明らかな証拠だ。

トマスは暗闇を見つめながら、朝起きたら彼女との再会はまたも熱に浮かされた夢だったとわかるのではないかと訝っていた。

もしそうならば、ほかのすべてはただの悪夢だったのかもしれない。

身を切るような風が吹き、トマスはぶるっと震えた。自分の愚かさに頭をふり、ドアを閉めてかんぬきを差す。少なくとも塔にいる彼女はさしあたって安全だ。それに、ラトリフがアテナとアフロディーテを置いていったから、二頭は彼女と一緒にいて、危険があれば吠えて知らせてくれるだろう。

寝支度をして冷たいベッドに潜りこんではじめて、ミセス・マードックが犬たちについて言ったことばが思い出された。

〝前々から男性のそばが苦手なんです〟

ラトリフの犬たちはほかの男も嫌っている、という意味なのだろう。とはいえ、ちょっと妙な気がした。ラトリフと似ていなくもないではないか。世捨て人で、長々留守にする――ジェインだけがよく知っている、奇妙な陰のような男だ。

彼女が変わっていないと言ったのはまちがいだった。トマスの知っていた彼女は開けっぴろげで人を疑わない――疑わなすぎるほどに――少女だった。おとなの彼女は用心深く、慎重で、よそよそしい。なにがあってそんな風になったのだろう？

天井を見上げ、ベッドが温かくなるのを待つ。自分が何者で、なにをしに来たのか、ジェインに真実を話さなかった。

だが、秘密を抱えているのは自分だけではないような気がした。

6

ジェインはあおむけになって天蓋を見つめており、アテナとアフロディーテが両側から体をすり寄せていた。ベッドは彼女にとっての贅沢だった。すべすべしたシーツ、たくさんの枕、金メッキの天蓋から流れるように下がっている暗赤色の紋織ビロードのカーテン。女性ならだれでも、自分だけのこんなベッドで寝る資格がある——もちろん犬と一緒にだけれど。筆が進まないときや、見下すような批評をされたときに退却できる避難所だ。

けれど、ベッドはいつもどおり快適で時刻も遅いというのに、今夜はなかなか眠れなかった。とても不都合なときに搔きたくてたまらなくなる困った場所の痒みのように、不安がチクチクと肌を刺した。なにも変わっていないと何度も自分に言い聞かせているのに、先刻までと同じくらい落ち着かない気分だった。

わたしは完璧に安全だ——脅迫者は手紙をここではなくロンドンに送ったのだから、わたしがどこに住んでいるかを知らない。

ダノックの賃借契約はいまも有効で、更新はされないという正式な通知は受け取っていない。

『山賊のとらわれ人』はいい調子で執筆が進んでいる。

昨夜と今夜のちがいは、ミスター・サザランドがやってきたことだけで、それは重大なちがいではない。なぜなら——。

ジェインは大きくため息をついた。人間枕が動いたことにアテナが不平を抱き、じっとしていろと前脚で彼女の腕を押さえつけた。

ミスター・サザランドについてやきもきしたところで無意味だと、かれこれ一時間以上も自分に言い聞かせていた。たとえ彼があのおぞましい手紙が届いたのと同じ日にいきなり現われたとしても。たとえ彼がギニー金貨大の穴が開いたブリキのバケツよりも水の入っていない説明をしたとしても。たとえ彼がダノックにとどまり、彼にまったく関係のない問題——それとも、関係があるのだろうか？——をつつきまわすつもりのようであっても……

たとえ自分がかつて彼を愛していると思っていたとしても。

またため息をつく。どんなにがんばっても不安は消えなかった。彼が危険な人物でなかったとしても、厄介な存在であるのは明らかだ。

何年も前、ある人生の扉を閉め、別の人生の扉を開ける決心をした。時間も、人々も、場所も——すべてに蓋をして記憶のいちばん奥の引き出しのもっとも暗い隅にしまいこんだ。それなのに、自分の書いている小説の一場面のように、過去を詰めた箱が不吉にガタガタと揺れはじめていた。箱のなかのものはまだ生きていて、外に出せとせがんでいる。

それもこれも、トマス・サザランドのせいだ。

この七年間、彼のことはまったく——いえ、ほとんど——考えなかったのに。十七歳のときの彼への想いがいまも薄れていなかったと知って、大きな衝撃を受けた。若い娘が長身でハンサムな紳士に惹かれ、いつもにこにこしている顔にうっとりし、ウェーブのかかった焦げ茶色の髪に触れるのはどんな感じだろうと思うのは、珍しくないのだろう。

けれど、それだけではなかった。

いまも昔と同じく、彼からは自信がにじみ出ていた。傲慢さは少しもない自信だ。ジェインの経験から言って、特に男性の場合、それは稀だった。彼のふるまい、自分自身を笑うのもためらわないこと——彼以前にも以降にも、そういう人には出会っていなかった。それを……正直に言うならば、うらやましく思った。

自分の成功は誇らしく思っているし、創作の才能があると自負している。それでも、ある種の不安は居座っていた。それを恐怖と呼んでも言いすぎではないと思う。なにをおそれているのかは、はっきりとはことばにならないのだけれど。自分の作り上げた世界を維持するのには管理と自制と、それに、そう、口の堅さが必要だ。ほかの人とはちがい、自分は気楽ではいられない。

けれど、ミスター・サザランドのふんだんな魅力が何年も前に——今夜も——こちらを見たまなざしと組み合わされたら、いけないとわかっているのにいつまでも彼のことを考えてしまうのも意外ではない。

ミスター・サザランドにはじめて会ったのは、フォードの雑貨店でだった。弟のジョナサンが副牧師からギリシア語を教えてもらいに週に三日通っている牧師館へ行く途中で、大麦糖でも買おうと立ち寄ったのだ。ジョナサンは勉強をさぼって釣りに行く年齢には達していなかったけれど、そうしてもだれにもわからないだろうと信じる年齢には達していた。いずれにしても、牧師館まで姉に付き添ってもらわなければならない年齢はとっくに過ぎていた。けれどジェインは慣習にしがみついた。週に三回も家から出られるまたとない機会だったからだ。

店のドアに取りつけられた鈴が鳴って新たな客が入ってきたのを知らせると、ジェインは反射的にふり向いた。新客は、少し前に通りの反対側にいるのに彼女が気づいていた男性だった。そのいでたちから、最近テンチリーにやってきた将校のひとりらしいとわかった。村のうわさでは、彼らは命令が出るまで海岸沿いのここに一時的に滞在しているということだった。

カウンター奥にいたウィル・フォードから挨拶をされた新客のミスター・サザランドは、すてきなスコットランド訛りで返事をしたのだった。その声がなぜかジェインの耳に残った。彼は店主に話していたのに。

けれど、目はジェインを見ていた。

だれからも好意的な目を向けられたおぼえがなかった。ひとり娘の外見を検めるとき、母は唇をとがらせ頭をふるのが常だった。父はしょっちゅう眉をひそめていた。大親友のジュリア・ホロウェイですらが、哀れみをこめて舌打ちし、ジェインを地味だと言った。

そういった経験は、自分自身にやさしくする勇気をジェインに持たせてくれなかった。鏡を覗けば、みんなが見ているのと同じ自分が見えた――そうだと思いこんでいた。巻き毛がすぐに伸びてしまう量の多い茶色の髪をした太った少女が。青い瞳はそこそこ美しかったものの、ほかの欠点を埋め合わせるほど印象的なものではなかった。

けれど、ミスター・サザランドの表情――目をきらめかせ、笑みを浮かべかけている——からすると、彼にはほかの人には見えないものが見えているらしかった。

彼に気づかれたことに屈辱を感じ、罠を疑ったジェインはさっと向きを変え、かなりけばけばしいリボンを吟味するのに忙しいふりをした。赤い軍服を着た若い男性は、注目を浴びて当然と思っているものだからだ。ジェインは彼の期待になど応えてやるものかと思った。

あの最初の出会いが最後にはならないと知っていたら、あれほど失礼な態度は取らなかったかもしれない。

三日後、ジェインは付き添いなしで訪問を許されているホロウェイ家のお茶の席に出た。それが許されていたのは、ホロウェイ家が父の目の届く場所にあったからでもあったが、理由の大きな部分は主のサー・リチャードがテンチリー市長で、娘のジュリアと同じくらいジェインに対しても過保護だったからだ。

そういうわけだったから、三人の将校もお茶に招待されているとは思いもよらなかった。サー・リチャードが紹介の労を執った。

「ミス・クウェイル、サザランド中尉を紹介しよう」

こちらに気づいた彼の目のきらめきから視線をそらせず、ジェインのお辞儀はぎこちないものになった。

彼のほうは気楽な感じにお辞儀を返した。「お会いできて光栄です、ミス・クウェイル」

お茶が夕食とカード・ゲームに代わり、午後が夜へと延びていった。彼はほとんどジェインのそばを離れなかった。彼が丁寧で親切にふるまうと決めているのなら、自分も愉快なところを見せる努力をしようと決めた。ジェインが村や村人の話をすると、彼は一心に耳を傾けてくれ、おもしろい話でもないのに笑ってくれ、つられてジェインも笑った。彼は物語を話す才能があると言ってくれた。部屋の反対側から目を輝かせて励ますようなジュリアと一度ならず目が合った。

サー・リチャードに送られて帰宅したとき、遅い時刻になったせいで父が渋面だったので、ミスター・サザランドに会えるのもこれが最後だと覚悟した。けれど、二日後にジョナサンを牧師館へ送っていき、外のベンチに座って待っているとき、彼がどこからともなく現われて隣りに座ったのだった。

それから数週間、一日おきにふたり一緒にジョナサンの勉強が終わるのを待った。九月のやわらかな太陽の下で、教会墓地のでこぼこした庭を腕を組んで散歩した――新進のゴシック小説家に言い寄るには理想的な場所だった。とはいえ、ミスター・サザランドに小説を書いていると話す勇気はなかったし、彼が言い寄ろうとしているとは考えないようにしていたのだけれど。彼はスコットランドや軍隊生活について話してくれ、ジェインは思いがけず魅了された――彼にも、不可解にも自分に関心を持ってくれていることにも。そんな牧歌的な数週間の終わりごろには、いつの間にか関心がそれ以上のものに変わり、村の集会で彼とダンスを踊る約束を嬉々としてした。

集会当日の午後、約束を守れないのではないかとジェインは心配した。一日中雨が降りそうだったのだ。母は鼻風邪から回復しかけているところで、外出を拒んだ。近くの町に仕事で出かけていた父は帰りが遅れており、夕暮れまでには戻れそうになかった。

ふたたび救いの手を差し伸べてくれたのは、サー・リチャード・ホロウェイだった。ジュリアのためにジェインに来てほしいのだと彼が頼んでくれ、母はしぶしぶ娘がホロウェイ家と一緒に出かけるのを承知したのだった。母や弟からどうしたのかと思われない程度に身繕いをした。雨が降り出しませんようにという祈りが聞き届けられたときは驚いた。集会場にはサー・リチャードの左腕につかまって入り――ジュリアが右腕だ――熱心になかを見まわした。

赤い軍服がちらっと見えると、愚かで少女じみたジェインの心臓が破れそうになった。

ミスター・サザランドら将校は、ずいぶん遅くなってから集会場にやってきた。みんなが食事の席に移動しようとしたとき、彼は壁ぎわにいるジェインを見つけた。ダンスの時間はもう終わっていたけれど、ジェインは彼と手をつないだ。食堂へ行くものと思いこみ、失望で体がこわばった。けれど、早霜のせいで庭と呼べるような状態ではない外へ連れ出された。

しばらく無言のまま歩いたあと、彼が勇気をかき集め——いいえ、そうじゃない。あのときでさえ、彼に勇気が欠けているとは思っていなかった——決意を固め、ほかの将校が遅い時刻に任地へ赴く命令を受けたせいで来るのが遅れたのだと説明してくれた。彼への命令もじきに届くと思われるとのことだった。

覚悟していたとはいえ、それを聞いてジェインはつかの間息ができなくなった。ふたりで過ごした時間は、ジェインのつまらない日々に彩りをあたえてくれたのに。彼の説明を聞いた直後、ジェインの視界の隅からなじみの灰色が押し寄せてきた。

そのとき、彼のいたずらっぽい目の輝きが温もりのあるものに変わり、ジェインのつま先が丸まった。

「ミス・クウェイル、口づけを盗んでもいいかな?」

兵士は不確実で危険な将来を利用して若い女性から愛情の印の贈り物を手に入れよ

うとする、といううわさをジェインは耳にしていた。けっして取り戻せない贈り物を。将校とはいえ、常に紳士とはかぎらないのだ。

「盗みは罪ですわ、ミスター・サザランド」渇望と悲しみがないまぜになったせいで、取り澄ました声になってしまった。「相手の罪で良心のとがめを感じたくありません」そこで息が喉につかえ、続けるには唇を濡らさなくてはならなかった。「ですから、一度のキスだけ許します」

目を閉じ、唇をとがらせ、心臓が凍りつく思いで待っていると、彼の手が顎の下に添えられそっと唇を重ねられた。やさしく唇を押しつけられる感触と一瞬の熱のあと、ジェインのはじめてのキス――お別れのキスと彼女は呼んだ――は終わった。

彼はきっと世慣れた人だ。経験豊富な人だ。そう感じた。けれど、顔を離して背筋を伸ばした彼の顔に、ジェインは困惑を見た。そのとき、彼が少しばかりおぼつかない声でこう言った。「明日きみのお父上を訪問してもいいだろうか?」

父を訪問する。交際の許可を求めるためだと推測せずにいるのはむずかしかった。では、今夜は終わりではなくはじまりになるの? 彼の背後の夜空では星が瞬いていた。雲は流れて消えていた。ずっと前に鼓動を止めていたように思われるジェインの心臓が、つかえながら息を吹き返した。つかの間ためらったのち、うなずいた。

彼が訪問してくれたのかどうか、ジェインは知らなかった。なぜなら、翌日の夜明け前には――。

それ以上の思い出が逃げ出す前に、情け容赦なく蓋を閉めた。

その後のできごとのせいで、彼のことはすっかり忘れていたはずだった。けれど、一緒に過ごしたあのすばらしい何週間かをはっきりと思い出せた。自分がまだ世間知らずで、ロマンス小説で語られるようなひと目惚れを信じがちだったころを。けれど、集会の夜からこっち、ジェインは無理やり現実と向き合わせられた。いまの彼女はそういった虚構がどのように作られるかを知っていた。その力の源を理解し、自分の利益のために利用している。

犬たちを起こさないように気をつけながら、上掛けに深く潜りこんで目を閉じる。あの日々の思い出を、彼の思い出をほかの過去とともに錠をした箱に押しこむのは、かなりたいへんだった。トマス・サザランドは無理やりダノック城に入りこんだかもしれないけれど、わたしの頭のなかに居場所をあたえはしない。わたしの心のなかにも。

ベッドのなかには言うまでもなく。

修道女に注意されていたにもかかわらず、アローラはまっ赤な光がなんなのかを突き止めようと心を決めていた。かつては自分を守ってくれる唯一のものだった修道院は、いまでは監獄になっており、あの明かりが自由ののろしなのだ。なんとか方法さえ見つけられれば——。

＊

「朝からもう仕事に没頭しているのかな、ミセス・ヒギンボサム？」

トマスの声がしたが、ジェインはなんとか飛び上がらずにすんだ。毎日のようにミセス・マードックに邪魔されるという長年の経験が功を奏し、なにをしていたかを慌てて隠さずにいられた。そんな反応を見せたら、相手の好奇心をかき立ててしまうからだ。

けれど、犬たちには落ち着きを取り繕う才能はなかった。ソファで静かに眠っていたアテナは勢いよく起き上がって肘掛け部分に足をかけ、侵入者に激しく吠え立てた。炉辺に自分だけだと気づいて狼狽したアフロディーテは、体を伏せ、耳を倒してうなりはじめた。

そんな反応をされても、トマスはぎょっとするどころかおもしろがっているようだった。それでも、少なくとも今回は部屋のなかへと入ってこようとはしなかった。ジェインは犬たちのふるまいも、予想外の客も無視し、わざと丁寧に原稿のインクを吸い取り紙で拭き取り、ペンをきれいにし、インク壺に栓をした。

「昔から早起きなんです、ミスター・サザランド」ようやくそう答えた。「いつも夜明けごろから午前半ばまで仕事をして、それから犬を散歩させるんです」

散歩と聞いて、アテナとアフロディーテはつかの間彼への不信感を忘れてジェインの机まで尻尾をふりながら飛び跳ねてきた。「お座り」きっぱりと命じると、アテナだけが従った。

ジェインが戸口のほうをちらりと見ると、トマスが必死で笑いをこらえていた。いまいましい人。まだ九時半なのに、心の平穏を得たければ犬たちを散歩に連れて行くしかなくなってしまった。「ここでなにをしてらっしゃるの？」

彼は戸枠に片方の肩をつき、胸のところで腕を組んでいた。今朝ひげをあたったのだとしたら、剃刀を研いだほうがよさそうだった。それに、クラバットはきちんと結ばれていないし、髪は乱れている。ぼさぼさでしょ、とジェインの頭のなかで声がした。愛嬌があるじゃないとやり返したのは、いつも物事をあまり考えない彼女の一部だった。

「バリセイグ村に行こうと思ってね」ジェインよりゆっくり休めたのか、彼の目は明るく、いたずらっぽい表情をたたえていて、あってはならないほど魅力的だった。

「外套と帽子を取りに来たんだ」

村へ？　そこでなにがわかると思っているのかしら？「ドア脇の椅子の上ですわ」追い払うように手をひらひらとやる。「差し支えなければ、わたしは仕事に戻り――」

アフロディーテが飛び上がって前脚をジェインのひざにかけ、非難のひと吠えをした。まるで、約束したじゃないの、と言わんばかりに。

今度こそトマスは声をたてて笑った。

ジェインは彼をにらみつけた。いつもの日常が崩れたのは、全部彼のせいなのだ。

彼はまじめな顔になったが、ジェインの険しい表情にもひるんでいなかった。「自分が遊んでいるあいだにきみを働かせているなんて、ラトリフはひどい男だな」

「調査は遊びではありません」

「彼は清書する原稿をどっさり置いていったようだね？」そう言って机の上を見る。

ジェインは自分の決まりを破ってとっさに原稿をかき集めはじめた。「あなたにご心配いただく必要は――」

「一緒に行こう」

「――ありません」言い終えるとき、彼のことばがかぶさった。「はい？」自分の監視抜きであれこれ探りまわれる機会を彼は望んでいるのだとばかり思っていた。

「一緒に行こう。犬も連れて行けばいい」自分たちが話題にされていると気づいて、アテナは立ち上がり、アフロディーテはジェインのひざをかくのをやめてふり向いた。

「疲れ果てさせれば」肩をすくめてにやりと笑う。「犬たちは私を疑う元気もなくなるかもしれない」

長い散歩をすれば、わたしにも同じ効果があると期待しているの？

一週間ぶりに晴れて明るい朝日を浴びた菱形窓が、宝石のように輝いていた。窓の隅に残った昨夜の雪はすでに溶けはじめている。窓の外のまぶしいほど明るい世界は、ジェインの書いていた場面とは想像しうるかぎり遠くかけ離れていた。また別の原稿を拾い上げ、積み上げた山にくわえた。

わたしには書かなくてはならない本があり、わたしが責任を果たすのをあてにしている人々がいる。ハンサムな紳士から一緒に散歩しようと誘われて浮かれるような愚かな少女ではもうないのだ。

望んでもいないのに、もっと最近の記憶がよみがえってきた。ゆうべ、この手に感じた彼の筋肉質の腕だ。

ジェインは椅子の硬い肘掛けをきつくつかんだ。「仕事をしなければならないので」

彼が小首を傾げてジェインを見つめた。「それは断りのことばにはならないよ、ラス」

つかの間、なにも言うまいとした。彼が自在に操るかすかな訛りに魅了されるのを拒んだ。けれど、彼はそのあからさまなほのめかしを理解したそぶりも見せなかった。

ジェインは立ち上がった。アフロディーテとアテナが足もとで跳ねはじめた。「わかりました、ミスター・サザランド。マントと頭布《ペリース》を取ってきますから、十五分後に中庭で落ち合いましょう」彼は満面の笑みでお辞儀をし、外套と帽子を手に取って階段へと向かった。

寒いなかを村まで半時間、村で過ごす時間、それから上りのせいで行きよりも長くかかる帰り道。その間ずっとキャンキャン吠える犬たち。

それだけ長く彼と過ごすいらだちを感じていれば、愚かにも彼に魅了されるこの気持ちも萎えるだろう。

7

中庭には数インチの雪が積もっており、門番小屋まで朝食を運んでくれた家政婦の足跡と、それより歩幅の大きいトマスが城に向かった際の足跡がついているだけだった。ジェインを待っているあいだ、彼は足踏みして体を温めながら自分の白い息を通して躍る陽光のようすに感嘆していた。子ども時代、冬がこんな風に見えたことは一度もなかった。グラスゴーでは雪はめったに降らず、降ってもすぐに溶けてしまうのだ。この雪のなかでジェインを歩かそうなど、紳士らしくないふるまいだったかもしれない。だが、この雪景色を目にしたとたん、魔法のような輝きを彼女と分かち合いたくなったのだ――いや、分かち合う必要を感じたのだ。

それに、ひとりでバリセイグを訪れるのは気が進まなかったのだった。

ジェインは約束より数分早く城門を抜けてきた。犬二頭は彼女の前を行き、雪に飛びこみ、においを嗅いだり鼻を突っこんだり食べたりした。それを見た彼女が、ずっと昔にトマスが聞いたのと同じ明るい声で笑った。ジェインの夫も彼女をあんな風に笑わせたのだろうかと思って、不意に胸を――嫉妬と誇りで――ぐさりと突かれた。

彼女のどっしりしたペリースは黒色で、実用的としか描写しようのない形だった。けれど、頭巾に縁取りされた銀灰色の毛皮が朝日のなかで輝いて瞳の青色を濃く見せており、彼女に見飽きることなどけっしてなさそうだと思った。遙か遠くにいたときに疲れた頭が紡ぎ出したどんな夢よりもすてきだった。

トマスに気づいたのは犬たちが先で、例によって吠えはじめた。ジェインは彼を見るのにしかめ面とまではいかない程度に目を細くし、犬たちに向かって指を鳴らしたが、手袋をしているせいでいつも以上に効果がなかった。わざときびしい顔をしている彼女を見て、トマスは思わず笑ってしまった。ぴりっとする彼女の舌の味すら感じられそうだった。

急に冷たい空気がありがたくなった。ああ、彼女の味を思い浮かべるなんて非常に危険だ。一緒に行こうと誘ったのは浅はかだったのかもしれない。少なくとも自分本位ではあった。

「静かに、お嬢さん方」甲高い吠え声に対してトマスは低くなだめるような声で言い、犬たちがにおいを嗅いでたしかめられるよう両のてのひらを差し出した。大興奮していた犬が一瞬固まる。一頭が——アテナだろうか？　うん、そうだ、アフロディーテのほうが斑点が多いから——彼の近くの空気を用心深く嗅いだ。二頭とも彼を大きく迂回して城門から出て行った。これは進歩だろう。

ジェインのかき乱された神経もこれくらい簡単になだめられればいいのだが。

腕を差し出したが、彼女は両手をマフに突っこんだ。「あの子たちはあなたを好きじゃないみたいですね、ミスター・サザランド」

「男全般が嫌いなんだとミセス・マードックから聞いたよ」軽い口調で答え、ジェインと並んで落とし格子の下を通り、雪化粧をした木々や岩山の息を呑む世界へと出た。夏のハイランドの美しさしか知らず、ぬかるんででこぼこしたたいへんな旅を終えたばかりだったので、予想もしていなかった風景の変化に驚嘆した。「でも、まだ望みは捨てないよ」

「も――もとの飼い主の……紳士にひどい扱いを受けていたので、わたしが引き取ったんです」〝紳士〟と言う前にかすかにためらったようすからして、ジェインはそんな男は紳士と呼ぶにふさわしくないと思っているらしかった。

だが、トマスは別のことばに引っかかった。「きみが引き取った？　ミスター・ラトリフの犬だと思っていたが」

「ちがいます」頭巾を縁取る毛皮のせいで彼女の顔は見えなかったが、唇をきつく結んだしかめ面をしているだろうと声から推測できた。以前に話しすぎた経験があって、二度と同じ過ちをくり返すまいとしているかのように。

なにかがぜったいにおかしかった。だが、それがなにかトマスには見当もつかなかったし、ジェインのほうも明かしたくなさそうだ。「きみの犬たちの態度がミスター・ラトリフに対してもあんな感じなら、がまんしてもらえているなんて驚きだよ」

「ミスター・ラトリフは心の広い方です。悪く思ってらっしゃるようですけど、それはちがいます」

「きみのためにも、そう聞いてうれしいよ」ジェインの雇い主を悪く思いたくはなかった。だが、ラトリフが犬たちと仲よくやれているとも思いたくなかった。作家が飼い主と親しすぎる関係にあるのならなおさら。炉辺に置かれていた豪華な刺繍のクッションを思い出し、あれはラトリフが犬たちだけでなくジェインも喜ばせようとした贈り物だったのかもしれないと気になった。

「ミスター・ラトリフのもとで何年くらい働いているんだい？」疑念が声に出なくなるのを待ってからたずねた。

「六年以上になります」

むずかしい計算ではなかった。それでも二度計算し、二度とも同じ答えが出た。トマスがイングランドを発って十二カ月のうちに、彼女は結婚して未亡人になったのだ。実家からも婚家からも助けてもらえなかったようで、自分で生計を立てるために完璧な不埒者かもしれない男に雇われ、この地に捨てられたも同然になったのだ。

　ふたりで四分の一マイルほど黙って歩いたが、それでもトマスは自分を切り裂く痛烈な感情がなんなのかわからなかった。不快でよどんだ世界のなかで、すてきなよりどころとしてずっと彼女の思い出、彼女との口づけの思い出にしがみついてきた。たいせつなものすべてを失ったかもしれないと恐怖を抱く人間にとっての寄りどころのようなものだ。

　村の集会の夜、ジェインを壁の花にして萎《しお》れさせるとは、地元の若者たちは愚かなのだろうかと訝った。だが、自分が去った後にそのなかのひとりが正気づいたらしい。当然ながら、彼女は結婚したのだ。そうなっているにちがいないと、トマスが自分に言い聞かせてきたように。

　とはいえ、厚かましくも彼女から結婚を承諾してもらえるのは自分だと考えたこともあった。ジェインの父親に説明を迫り、スコット将軍の命令に背いて出立をせめて一日でも延期していたら、なにかが変わっていただろうか？　ふたりにとって？

　それはそうだ。おまえは軍人としての行き場を失い、おそらくは半殺しの目に遭うまで鞭打たれていただろうさ。トマスの良識が告げた。そして、彼女はおまえなどとはなんのかかわりも持ちたがらなくなっていただろう。

おもしろみなどみじんもこもらない卑下の声が思わず漏れてしまったが、犬たちのおどけた仕草を笑ったふりをした。二頭は先に駆けていき、雪で風変わりな生き物のようになった岩や草の茂みをひとつ残らず嗅ぎまわっていた。ウサギを狩り出したりしませんように。そんな事態になったら、二頭はあっという間にどこかへ行ってしまい、見つかるまで捜し続けなければならなくなる。もしそうしなければ、ジェインの好意が永遠に失われてしまう――すでにそうなっていないとしてだが。

「ほらね。散歩は犬たちに効果があると言っただろう」

「運動の効果については疑っていませんわ、ミスター・サザランド」冷たい空気のなかでジェインのことばが宙に浮いた。「単にふさわしい時間かどうかの問題です」

「それと、一緒に行く人間の？」からかうように言う。

ジェインは立ち止まり、彼の顔を見上げた。「正直なところ、よくわかりません」

彼女の頰と鼻の頭は冷気のせいで赤くなっていた。「一緒に散歩しようとわたしを誘ったのにはなにか理由があったのでは？」

「もちろん」

トマスがいたずらしているところをつかまえたかのように、彼女の目がきらめいた。

「昔きみを散歩に連れ出したときになにがあったかを思い出しているんだね？」

「まさか」頰の赤みが濃くなった。

「ほんとうに？」最後に会ったときからこれまでの年月、ほんの何週間かしか一緒にいなかった若い女性をうっとりと思い出すのではなく、生き残るのに必死になるべきだったのだが、ロザリオを握りしめる修道女のようにあのときの思い出にしがみついたのだった。記憶を細かによみがえらせ……なにかを探した。慰め。現実からの逃避。将来への希望の兆し。「私はよく思い出すよ」

驚いた彼女がはっと息を吞んだ拍子に、唇がとても魅力的に開いた。そのうえさらに頰を染めたので、こっそり会っていたあの時間はジェインにとっても意味のあるものだったのだとわかった。彼女が自分自身にそんなはずはないと言い聞かせていたとしても。

トマスはゆっくりと顔を下げて彼女の目を探った。「きみは忘れてしまったのかと不安になってきたところだった」

ふたりのはじめての口づけは、秋の夜の暗がりによって村人たちの日から守られながら、すばやく密かに交わされたものだった。いま、ふたりは冬の太陽の下の開けた場所にいる。明るく冷たい大気が抱擁のようにふたりを取り巻き、たがいの熱を求めて近づくよう仕向けている。

トマスは彼女の背中に腕をまわし、もう一方の手で後頭部を包んだ。頭巾越しに豊かな髪がねじって止められているのを感じる。ジェインは子山羊革の手袋をした片方の手をマフから出し、引き寄せるでも突き放すでもなくその手を彼の心臓の上に置いた。

唇が触れあう直前、低いうなり声が静寂のなかに轟いた。ふたりそろって音がしたほうに目をやる。アテナがジェインのスカートをくわえ、彼からご主人を引き離そうとむだな努力をしていた。アフロディーテはふたりを引き離す方法がわからずに周囲を飛び跳ねている。

ジェインが神経質な笑い声をたてた。「この子たちはいい番犬だと言ったでしょう」

顔を上げたトマスは、習慣から周囲にさっと目を走らせた。まわりのすべてが白くまばゆかったのもあって、なにも目につかなかった。頭のなかがジェインの香り、ジェインの感触、ジェインの懐かしい味でいっぱいだったせいもある。

「どうして番犬が必要なんだ？」

彼の腕のなかからジェインが出ると、ふたりのあいだに冷たい風が吹いた。満足した二頭はまた先へ駆けていった。「わたしたち自身から守ってもらうため、かしら?」また弱々しく笑う。ペリースを引っ張って整えてから、手をマフのなかに戻した。「あの晩のことは忘れていませんわ、ミスター・サザランド。でも、中断されたところから続きをはじめるのは得策だとは思いません。ひとつには、キスは脅迫状の調査からあなたの気をそらしてしまうと感じるからです」

「そうかい?」トマスは二歩で彼女のそばに行った。「そういう経験がたっぷりあるのかな?」

彼女の目が険しくなる。「あなたはどうなんですか?」

「気を散らされても任務を果たした経験があるか?」トマスはいらだちを隠そうともしなかった。「私が軍人であるのをお忘れかな?」

彼女がほんの少し顔を上げた。「それについても忘れてなどいないと請け合いますわ」

ふたりは残りの四分の一マイルを無言で歩いた。ついに白い風景のなかに小さなバリセイグの村が見えてきた。ハイランドより遠くの世界と村をつなぐ、谷から続く意外にも幅の広い目抜き通りの両側に、店や家が点在している。遠くには教会の尖塔が見え、さらにその向こうからは鍛冶屋の黒い煙が立ち上っている。

トマスの記憶とほとんど変わっておらず、それがいい兆候なのか悪い兆候なのか決めかねた。

重い足取りで雪道を進み、村の端で立ち止まった。

『バリセイグでなにがわかると思っているの？』彼のためらいになにかを感じ取ったらしく、ジェインがたずねた。

それは、彼女が思っているような単純な問いではなかった。彼女はどうして亡夫の家族のもとか実家へ戻らなかったのだろうとトマスは訝っていたのだが、その質問をされてすぐに、娘の存在そのものを否定した彼女の父親を思い出した……。

そう、実家に戻れない女性もいるのだ――戻れたとしてもけっしてたやすくはない。

「ロビン・ラトリフは、平穏と静けさを求めてこんな人里離れた場所を選んだんだろうな」遠まわしに答えた。

「ええ。創造的な人はたいてい気を散らすものからの自由を好むのではないかしら」

「そういう自由はほとんどの人間が味わえない贅沢だ。ただ、ここには気晴らしになるものがあまりないから、村人はラトリフについて興味津々にちがいない。登場人物のだれそれはどうなったのかとか、次作はいつ出るのかといったことを知りたがるんだろうね」

「ミスター・ラトリフの芸術の女神《ミューズ》を追い払ってしまうほどではないわ」

「そうかもしれない。だが、なにかが彼を追い払ったみたいじゃないか」

ジェインがさっと彼をふり向いた拍子に、スカートの裾で雪が舞い上がった。陰が彼女の顔をよぎった。暗い海に動くものを常に油断なく探すことに慣れていない人間なら見逃していただろう。

「村のうわさ話を聞きたいのなら、〈アザミと王冠〉亭からはじめるのがいいと思うわ」彼女は石造りの居酒屋の前で足を止めた。色褪せた看板が通りの上で揺れている。店名になっている王冠が歴代の王たちとはなんの関係もないと知っているくらい、ジェインはハイランドに長くいるのだろうか、とトマスは訝った。「ダノック城宛てのものをふくめ、バリセイグに来た郵便はすべてここに届くのよ」

ドアの掛け金に手を置いたまま、ジェインに先に入るよう示す。

「いいえ、けっこうよ。郵便は昨日届いたもの。わたしには別の用事があるの。そのあと仕事に戻らなくてはならないわ」

トマスはためらった。「ひとりでダノックに戻ると言っているのではないよね?」

金切り声が聞こえて、ふたりは村の広場をふり向いた。ぼろを着た男の子と女の子たちが激しい雪合戦をくり広げていた。その笑い声やはやし立てる声が冷たい空気のなかで響いていたのだ。アテナとアフロディーテがその遊びに飛びこみ、見境なく子どもたちのズボンを噛んだり袖や襟巻きを引っ張ったりして、大喜びのようすでどちらが勝つのも邪魔していた。子どもたちもそうそそのかしているようだった。

「あの子たちが一緒です」ジェインが言った。

不満を感じたトマスは首を横にふった。「きみを守るのに犬たちでじゅうぶんだとミスター・ラトリフが考えたのなら、私を雇うはずがないよ、ミセス・ヒギンボサム。半時間後にここで落ち合おう」トマスは〈アザミと王冠〉亭のドアを押し開けた。

「みんなで一緒に歩いて帰ろう」

8

トマスが店に入ってドアが閉まると、ジェインは息――憤慨と安堵がないまぜになったもの――を吐き出した。そこには、口にしないほうがいいとわかっていることばがふくまれていた。彼は過保護すぎると思ったけれど、バリセイグの村の通りで口喧嘩をするのはどちらにとってもよくないとわかっていた。

いま吐いた息が失望を――渇望を――示すものだったのかどうか、考えるのはやめにした。

道路を渡って薬屋に入る。冬場は移動が困難になるせいで行商人の荷馬車がやってこないため、薬屋は薬以外にもさまざまな商品を仕入れていた。今日はなにも買う予定ではなかったけれど、歩きながら明るい色のリボンの数々を指でなぞっていった。ふとあの朝のウィル・フォードの店でのできごとが思い出され、びくりとして手を引っこめた。

「もう用紙がなくなったんですか、ミセス・ヒギンボサム?」カウンターの奥で乳鉢と乳棒を使ってなにかをすり潰していた店主のミスター・アバーナシーの声がした。

彼は四十代くらいで、背が低くてずんぐりしており、いつもにこやかで相手を安心させる男性だ。

「いいえ、そうじゃないの」店主の奥さんの姿を探してきょろきょろしたが、見あたらなかった。「ここまで歩いてきたので、体を温めようと思って」

「家内なら、牧師館のミスター・ドナルドソンのところに出かけたばかりですよ」

ジェインが店に来たほんとうの理由を見抜いた店主が言う。

牧師のバーソロミュー・ドナルドソンは、バリセイグに着任してからまだ一カ月も経っていなかった。牧師でさえ手紙を受け取るために自ら〈アザミと王冠〉亭に入らなければならないのをどうしてもいやがり、自分宛ての手紙を代わりに取りに行ってほしいとミセス・アバーナシーに頼みこんだのだった。薬屋の女将は牧師の聖人ぶった態度にむっとするでもなく、どちらかというと自分が役に立てる機会——あるいは、若い牧師のあれこれをだれよりも早く知る機会——を喜んだ。

「そうでしたか。ダノック城にお客さまがいらした件はもうお耳に入ってます？」しばらくして、トマスについてのうわさ話がすでに広まりはじめているかどうかを探った。彼が来たことを隠そうとするのは完全に無意味だ。

「そうなんですか？」思ったとおり、店主の声は驚いていなかった。「あなたか客人がなにかご入り用でしたら……」彼は微笑んだが、眼鏡をずり上げて作業に戻る前に好奇心で目を輝かせたのをジェインは見逃さなかった。

驚くほどきれいな縫い取り飾りのあるストッキングを見ながら、いつも穿いている黒い毛織のものと頭のなかでくらべていたとき、一陣の風が床をさっとなで、ドアが開いて新たな客が入ってきたと告げた。細くて平たい箱にストッキングを戻し、なにに見とれていたのかわからないようにカウンターの奥へと押しやった。

けれど、入ってきたのは客ではなく、店主の妻だった。「新しいストッキングを買おうとお考えですか、ミセス・ヒギンボサム？」ミセス・アバーナシーの目を逃れるものはほとんどない。彼女はジェインの背後から覗きこみ、箱を引き寄せた。イヴにリンゴを勧める悪魔そのものだ。「きれいですよねえ。ご自分のために奮発してくださったらうれしいですわ」

気まずさで首がほのかに赤くなった。まるで、ストッキングを眺めるより遥かに外聞の悪いことをしているところを見つかったかのようだ。こんなストッキングはまちがいなく必要ではなかった。だれも自分のストッキングなど見もしないし——まあ、洗濯をしてくれるエズメは別だけれど——この先もそれは変わりそうにない。ジェインは箱をまた押しやった。

ミセス・アバーナシーが頭をふると、流行の形のボンネットの下で赤っぽいブロンドの巻き毛が弾んだ。「一生喪服を着ているわけにはいかないんですよ」

ミセス・アバーナシーが事情を知ってさえいれば……。

ボンネットのリボンをほどきながらミセス・アバーナシーはカウンターのなかに入り、夫に投げキスをした。「今朝は空気がすがすがしいですから、村にいらっしゃるのにぴったりの日和ですね、ミセス・ヒギンボサム」

二日続けてジェインがバリセイグに来た理由を探ろうとしているのだ。ハイランドの空気はいつだってすがすがしいのだから。

スコットランド人の訛りを強くするほどに。

ジェインはぎゅっと目を閉じ、頭痛薬を出してもらおうかと考えた。今朝のいらだち具合からして、じきに必要になりそうだったからだ。目を開けると、アバーナシー夫妻から見つめられていた。ジェインは気まずそうにまたストッキングに目をやった。この店に来るもっともらしい理由を考えておくべきだった。用紙はまだたっぷり残っていたけれど、インク壺を買うことにすれば……。

「城のお客さまと関係があるんじゃないかな」ミスター・アバーナシーは妻にだけ聞こえるように言うつもりだったのかもしれないが、その声は店中に響いた。「ミセス・ヒギンボサムをお茶にお誘いしてはどうだい?」

店主の妻は値踏みするようにジェインを見た。「お上がりになりますか、ミセス・ヒギンボサム?」

「とんでもないです。犬たちが――」

弱々しい言い訳をミセス・アバーナシーが手をふって退ける。「さっき見たときは、メアリ・マッキンタイアが父親の手押し車に犬たちを乗せて引っ張りまわしてましたよ。一頭なんて赤ん坊の帽子をかぶらされてましたね」

「きっとアフロディーテだわ」二頭とも少女からあふれんばかりの愛情を注がれてもたいていは文句も言わずに耐えているが、アテナのがまんには限界があった。

そういうわけでジェインはうなずき、ミセス・アバーナシーについて店の奥にある狭い階段を上がった。階上にある続き部屋は独身時代のミスター・アバーナシーにはちょうどいい大きさの住居だったのだが、去年の冬にグラスゴーを訪れ、ミセス・アバーナシーと出会って結婚すると、妻は女性ならではの雰囲気やすてきな家具で部屋をいっぱいにしたのだった。もし子宝に恵まれたら、居間の壁ぎわに置かれたミセス・アバーナシーの竪琴と太鼓のあいだに赤ん坊を薪束みたいに積み重ねるしかなさそうだ。

それでも心地よい部屋に変わりはなく、ジェインはときどきここに上がってくるのを楽しみにしていた。自立はたいせつだけれど、広大で空っぽのダノック城にときどき耐えられなくなるのだ。

ミセス・アバーナシーがボンネットを置いて手袋を脱いだので、ジェインもそれに倣おうとしてはたと動きを止めた。トマスに触れられたのを思い出し、頭巾のなかで巻き毛がどんな状態になっているか不安になったのだ。おそるおそる頭巾のなかに手を入れてヘアピンがあるべき場所におさまっているか確認した。

「踊り場のテーブルに鏡がありますよ」ミセス・アバーナシーは考えこむようなまなざしをしていた。

「わたしを見栄っ張りだと思ってるのね？」ジェインは笑い飛ばし、毛皮の縁取りがされた頭巾を下ろした。ヘアピンが三、四本落ちて、崩れた髪が肩にかかった。ミセス・アバーナシーは黙ってヘアピンを拾って差し出した。ジェインは不謹慎なふるまいの証拠にもなりかねないヘアピンを慌てて隠した。

とはいえ、トマス・サザランドにキスをされかけたせいで頬が赤く、髪が乱れているのだとは、村人のだれも考えたりしないだろうけれど。

ひょっとしたら、キスを許せばよかったのかもしれない。もちろん、望みもしない思い出を捨て、自分が状況をしっかり把握していると証明するためだ。

けれど、好奇心を駆られているのは否定できなかった。ずっと昔のあのキスは短く慎み深いものだった――はやる気持ちをこらえて紳士らしくふるまおうとする若者のキスだった。それでも、ジェインの想像はかき立てられ、もっと欲しくなった。そして時はふたりを変えた。いまの彼のキスはどんなものだろうと考えずにいるのは無理だった。

最後のヘアピンをもとの場所に挿していつも以上にきついお団子にするジェインの手は震えていた。ヘアピンの鋭い先が頭皮に当たってたじろぐ。

運命には挑まないほうがいい。ひとつのキスが別のキスへとつながり……さらに別のキスへと……。

アバーナシー夫妻が朝食とお茶の時間に使っている小さな丸テーブルの窓ぎわの椅子にどすんと腰を下ろした。その動きのせいで磁器がカタカタと鳴る。ミセス・アバーナシーは彼女の奇妙なふるまいを注意深く見ていたはずなのに、なにも言わずに反対側の椅子に座って呼び鈴を鳴らし、メイドを呼んだ。

「コーヒーをお願い」メイドが来るとそう言い、それから心配そうに眉を寄せて首を傾げてジェインを見やった。「やっぱり、ミセス・ヒギンボサムにはお茶のほうがよさそうね」

しばらくのち、湯気を立てる繊細なティーカップ二脚が置かれ、メイドが別室で朝食の皿を洗うとかベッドに風を当てるなどの仕事に戻ると、ミセス・アバーナシーはどこからともなく砂糖壺を出してきた。「話し相手はいたほうがいいけれど、泊まり客をもてなすのは面倒くさいですものね」

ジェインはなんとかいまの状況に意識を戻した。「ええ」角砂糖をふたつカップに落とす。「お招きしたお客さまでない場合は特に」

「ハンサムなお客さまの場合も」ミセス・アバーナシーがお茶をすすりながら微笑んだ。「わたしはそう聞きましたけど」

ジェインはお茶を必要以上に熱心にかき混ぜた。「そうなんですか？　でも、見目より心って言いますよね。いずれにしても、ミスター・サザランドが長く滞在するとは思いません。彼はミスター・ラトリフと仕事があっていらしたんですけど、会えなかったから。わたしの雇い主はエディンバラに行っていて、当分戻ってこないはずなので」

「そうでしたか。それでも、村にちょっとしたお楽しみを提供してくださったのはまちがいないですね」ミセス・アバーナシーがカップを皿に戻した。「一月の気晴らしはいつだって歓迎ですけど、今年の冬は特に陰鬱ですから」

また気晴らしの話だ。もちろん、だれも完全にそれと無縁ではいられない。わたし自身も気晴らしを喉から手が出るほどに欲しているのかもしれない。だから、彼にキスをしそうになったのかもしれない。トマス自身とも、ふたりの過去とも、真実を打ち明けられるくらいたがいに相手を信頼できたらどうなるかということとも関係なく。

幸いにも、気が散る状態のなかで仕事をするという経験ならたっぷりあった。それに、この気晴らしは長くは続かない。居酒屋では興味深い話などたいして聞けないはずだ。トマスはロビン・ラトリフの戻りを待つのにじきに飽きるだろう。そうすれば、物事がいつもの状態に戻る。

その〝いつもの状態〟には、思わせぶりなからかいや、軽い触れ合い、バリセイグの村へ向かう道でキスをしかけることは入っていない。

「気晴らしと言えば……」ミセス・アバーナシーの声でもの思いから覚めると、ピンクのセイヨウバラが描かれたティーポットでおかわりを注いでくれているところだった。「ほかの話があるんですけど。ミスター・ドナルドソンが新しい説教集の本を注文したそうですよ。昨日届いたんです」

「あの方がこれまで使ってらしたものよりも元気の出る内容だといいけれど」

ミセス・アバーナシーはジェインのことばに驚いた顔をした。けれど、その目がきらめいているところから、彼女も同じようなことを考えているのだと――そして、いちばん話したいのは説教集についてではないのだと――わかった。

「ミスター・ドナルドソンのところには手紙も届いたんです」

「まあ」

「エディンバラからですよ。お友だち――聖職者仲間でしょうね――が聞いたところによると、マグナス伯爵の称号を継承するために今月上旬に紳士が外国から到着したんですって。遠からずバリセイグ村とダノック城にも来るだろうっていうのがミスター・ドナルドソンの考えで、わたしもそれが正しいんじゃないかって思ってます」

ジェインの口はまた〝まあ〟の形になったけれど、そんな短いことばすら声にならなかった。

事務弁護士の手紙では、新しい伯爵が干渉してくる可能性は低そうだったのに。大はずれじゃないの。事務弁護士なら、ミスター・ドナルドソンのお友だちと同じくらいには情報をつかんでいるべきでは？

けれど、あの手紙は最新の情報ではなかったのかもしれない、と遅まきながら気づく。ずいぶん前に出されたのに、ミスター・キャンフィールドがバースの社交界を楽しんでいるあいだ、何週間も出版社の机の上に放置されていたのかもしれない。マグナス卿がいまにも到着するかもしれないという内容の手紙がこちらに来る途中かもしれない。伯爵がわたしの――というか、彼の――玄関先にまだ現われていないのは、ゆうべ雪が降ったおかげかもしれない。

テーブルから顔を上げて窓の外に目をやり、また雪が降りそうな濃い灰色の雲はないかと探す。けれど空は紺碧色に明るく晴れていて、窓枠の隅に積もっていた雪も溶けはじめていた。

ほんとうのところは、領主から注意を向けてもらうのは、ずっと放っておかれたバリセイグの村人にとっても周辺の農地にとっても望ましいことなのだ。新伯爵の到着をおそれる理由があるのはジェインだけだ。

「大丈夫ですか、ミセス・ヒギンボサム？」

手の甲に触れられて、ジェインはぎくりとした。「もちろんよ。ただ驚いただけ」

「ミスター・ラトリフはエディンバラにおいでだと言ってましたよね？　それなら、もうご存じのはずですよね。なぜあなたに知らせてこないのかしら」

「それは――」続けるには、お茶をごくりと飲まなければならなかった。「お仕事に没頭すると、彼はそれ以外のつまらないことを忘れてしまいがちだから」

赤っぽいブロンドの細い眉が片方、信じられないとばかりにつり上げられた。「つ、つ、つまらないこと？　でも、伯爵がダノック城にとどまると決められたら、あなたたちは追い出されてしまうんですよ？」

ああ、どうしよう。

ジェインの背後で炉棚の時計の可憐な鐘の音がして、長居しすぎたと気づいた。早く犬たちを引き取って村を出ないと、またトマスと一緒に歩くはめになってしまう。ひとりになって考え、そなえなければならないのに。ダノック城の賃借契約は数日のうちに終了する。新伯爵がいまこのときに来るとしたら、更新しないと告げるためだろう。

脅迫状のほうにばかり動揺させられていたなんて。こちらこそが真の脅威なのに。一からやりなおさなければならなくなるのだから。

またもや。

「もうおいとましなくては」いきなり立ち上がったせいでまたへたりこみそうになったけれど、ひざに力が入らないという自分らしくもないことは二度とごめんだった。もっと若かったときだって、無力な乙女などではなかったのだ。

ジェインが急に動いたので、テーブルが揺れた。ミセス・アバーナシーはそれを予想していたらしく、テーブルの端を片手で押さえてから、立ち上がってジェインの両手をつかんだ。「ああ、ミセス・ヒギンボサム。悩んだりしないでくださいな。ミスター・ラトリフに任せておけば大丈夫ですよ」

理性を失った笑いがジェインの胸に湧き上がってきたけれど、なんとか抑えこんだ。

「そうですね」

ミセス・アバーナシーが先に立って階段を下りた。作業台の横を通ったとき、店主が顔を上げてよい一日をと声をかけた。妻ほど洞察力がないとはいえ、眼鏡の上部から上目づかいにジェインを見るまなざしは心配そうだった。

「よい一日を、ミスター・アバーナシー」おだやかな声で安心させるよう努めた。泣いたりしたら、お昼までには村中に広まってしまうだろう。

実際、涙は目の裏をチクチク刺し、喉をヒリヒリさせていて、ミセス・アバーナシーからストッキングの箱を黙って押しつけられると、ますますそれがひどくなった。

「手提げ袋を持っていないんです」ジェインは断ろうとした。「お支払いができないわ」

「さしあげます」ミセス・アバーナシーのようすから、ストッキングは気を動転させる知らせを受けたジェインへの埋め合わせのつもりなのが伝わってきた。

ジェインは会釈して薄い箱をマフのなかに入れた。人生をやりなおさなければならないのなら、新しいストッキングとともにそうしてやるわ。「ありがとうございます。あなたはほんとうのお友だちだわ」

通りに出ると、笑っているメアリ・マッキンタイアに突き飛ばされそうになった。彼女は前方ではなく、引っ張っている手押し車を見ていた。手押し車のなかには体が濡れて足が汚れ、遊んで疲れ果てて舌をだらりと垂らした二頭が並んでお座りしていた。赤ん坊の帽子はなくなっていた。胃のなかに入ったのではありませんように、とジェインは思った。

「悪いけど、もう帰らないといけないのよ、メアリ」少女の頭に手を置いて動きを止めようとする。「だから、アテナとアフロディーテを返してね」

「ええーっ、まだいいでしょ、ミセス・ヒギンボサム」もつれた赤茶色の髪に囲まれた茶色の目が懇願している。「あとで家まで送っていくから、ぜったい」

つかの間、ジェインは折れそうになった。疲れ果てた犬たちを抱えて丘を上るなど考えたくもなかった。そのとき、手押し車を降りようとしたアフロディーテが後ろ脚で立ち上がり、微妙な釣り合いが取れていた二輪の手押し車がひっくり返りそうになった。ジェインはアフロディーテを抱き上げ、なだめるようにメアリに微笑みかけた。「わたしが連れて帰るのがいいと思うわ」

それに、ぐずぐずしていれば、ありがたくもない同行者ができてしまう。さっと居酒屋に目をやると、ほっとしたことに――奇妙ではあるけれど――ドアは閉じたままだった。郵便物についてたずねるのにこんなに長くかかるはずがない。なかに古い友人がいたのかもしれない。だって、彼はバリセイグが故郷だと言っていたもの。

ひざまで積もった雪とはまったく関係ない寒気に唐突に襲われる。

故郷。

彼はダ、ハ、ッ、クが故郷だと言ったんじゃなかった？

交わした会話の断片がほかにもどっとよみがえり、認めたくないほどぴったりと組み合わさった。バリセイグに来た理由のあからさまな嘘。外国から来た人間が称号継承の承認を求めたというミセス・アバーナシーのことば。新伯爵が村にやってくるのも時間の問題だというドナルドソン牧師の推測。

露出した手首に冷たくて濡れた鼻を感じてはじめて、目を険しくしているのに気づく。まなざしをなんとか和らげ、メアリの細い腕からぶら下がっているアテナを見下ろした。「大丈夫？」少女が心配そうに訊く。

「ひょっとしたらミスター・ドナルドソンの推測はそれほど大きくはずれてはいない

のかも」

そのことばを聞いても、メアリの心配は和らがなかった。「どういう意味？」

けれど、ジェインは黙って犬たちを連れて歩き出した。あるひとつの思いが激しい脈のように頭のなかでどくどくいっていた。

マグナス卿はもうここにいる。

9

〈アザミと王冠〉亭を入ったところでトマスはしばし立ち止まり、目を慣らした。陽光が雪にまぶしく反射していた外にくらべると、いくら石壁が白くて通りに面した大きな窓がきれいだとはいえ、居酒屋は薄暗かった。

まだ目が慣れきっていないとき、声がした。「信じられないな」

やがてバーの内側で背の高いスツールに腰をもたせかけている男に目が行った。男のブロンドの髪は伸びすぎだった。居酒屋にはほかにだれもいなかったので、いましゃべったのはこの男だろう。

「トミー・サザランドじゃないか。死者の国から戻ってきたのか」

からかうような口調とにやにや顔が記憶を刺激し、トマスも同じように返した。

「イ、イ、イ、イングランドからの言いまちがいだよな?」

「地獄だろうとイングランドだろうと、なんのちがいがあるっていうんだ?」男が陽気に肩をすくめた。

トマスは大股でバーへ行き、手を差し出した。「エリゾー・ロス、ほんとうにおまえなのか？」

「ほかにだれがいるっていうんだ？」ただの握手では不満とばかりに、読んでいた本を放り出してバーから出てくると、昔の友人の背中を叩きながら抱きしめた。元気よく歩いてきたせいでキルトが揺れている。「だが、いまもただのロスだと思い出させてくれてありがとよ」

若者だったころ、名前の問題は彼らのあいだで冗談の種になっていたのだった。あの当時ですら、ロスはエリゾーという変わった名前でからかわれるのをいやがり、名字でのみ呼んでくれと言い張った。いまの彼はたくましい体つきの男になり、名前のことでからかうような勇気のある、あるいは愚かな者はほとんどいなかった。

抱擁を解くと、トマスは言った。「家族は――みんなは元気かい？」

「ああ、元気にしてるよ。親父は仕事でへとへとだが、夜はときどき店に下りてくる」顎をくいっとやって階上の家族の住居を示した。「妹たちはダヴィーナ以外みんな結婚した」ダヴィーナは彼の末妹で、その出産時にミセス・ロスは亡くなった。トマスが前回バリセイグを訪れたとき、ダヴィーナはくしゃくしゃの亜麻色の髪の少女だった。「おまえは？」ロスが首を傾げてトマスをじっくり眺めた。「イングランドにいたんじゃそんなに日焼けするはずはないよな」

「陸軍にいたんだ。海外に赴任していた」

「納得だ。スコットランド人ほど仕事をちゃんとこなす人間はいないからな」ロスは訳知り顔でスツールに戻った。「で、故郷に戻ってきたのはどういう事情だ？」

故郷。またた。バリセイグが私の領地であるというあまり好ましくはない事実よりも、私のほうがバリセイグに属しているのだとしつこくくり返される。

これまでのことを説明しようと口を開く。母が亡くなった年の冬に祖母の病気を知ったが、父から帰るなと言われたこと。教会への最後の道のりを、祖母を見送る家族がひとりもいなかったというつらい事実。任官辞令を購入したこと。猛烈なドミニカの暑さ。スコット将軍の最後にして心を乱す命令。

だが、〝私がマグナスなんだ〟ということば――ロスの問いに対するおそらくはただひとつの真の答え――は出てこようとしなかった。少なくとも、いまはまだ。どうしても避けられなくなってついにそのことばを発したときには、若かりしころの友人たちとトマスのあいだに楔《くさび》が打ちこまれるのは必須に思われた。

客のいない居酒屋を見まわす。ジョッキはきれいに洗われているし、テーブルは拭かれていたが、散らばった椅子が昨夜の賑わいを物語っていた。大人数の集団が暖炉のそばに集まって、興味深いことか重要なことを話し合っていたようだ。隅では集団から離れたふたりが傷だらけのチェス盤をはさんでいたらしい。なくなったポーンの代わりに使われた不格好な短い獣脂ろうそくが、そのまま盤上に残っている。

村の魂は教会にあると言うほうが理にかなっているのだろうが、毎日毎晩村人が集まるのはこの居酒屋だった。村人はここで情報や悲しみや祝いごとを分かち合う。ここで喧嘩をし、口論をするが、仲なおりもする。

この共同体はかつてトマスを歓迎してくれた。またそうしてくれるだろうか？

結局、こう言うにとどめた。「城で仕事をすることになったんだ」店に入ったときにロスが読んでいた本に手を伸ばし、流れを変えようとする。

トマスの望んでいた方向ではなかったが、たしかに流れは変わった。十二折判のそれは、ある小説の前半部分だった。具体的に言うと、ロビン・ラトリフの『魔術師の花嫁』だった。トマスがどうしても会いたいと思っていた男。

「ああ、それはエルスペスのだ」ロスがトマスの手から本をひったくり、バーの後ろの手の届かない場所に置いたが、そうする前に読んでいた箇所になにかをはさんだ。

「エルスペス・ショーはおぼえているか？　いまはここで女給をやってる。ダノック城で働いてるエズメの妹だ」

今朝、朝食を運んできてくれたメイドを思い出してトマスはうなずいた。スコット将軍から分厚い資料を渡されていなければ、ショー家については薄ぼんやりとしか思い出せずにいただろう。その資料には、土地差配人のミスター・ワトスンから提供された地所の記録が追加されていた。退屈なロンドンからの、次いでエディンバラからの長旅に耐えられなくなると、ついに諦めて資料を読んだのだが、その情報量は多すぎると同時に少なすぎた。たとえば、ミスター・ショーがダノックでもっとも成功した農夫であるのは知っていた。だが、娘たちが居酒屋と城で働くことになった事情がなにを意味するかは知らなかった。

「彼女の本の好みはたしかに興味深いな」

「ラトリフって作家はおもしろい小説を書く」ロスがエルスペスの――そして、明らかに自分自身の――弁解をした。

「そうらしいな。訊きたいんだが」トマスはバーに寄りかかった。「私がおぼえていそうな、いまでもここにいる人間はほかにもいるのかな？　テオはどうだい？」テオ・キャンベルは、遙か昔にトマスとロスとともにいたずら三人組のひとりだった。

「いまじゃ鍛冶屋だ。女に言い寄ってないときは、毎晩のようにここに来て酒とパイを注文する」ロスは泡立つエールのジョッキをふたつ出し、ひとつをトマスの前に置いた。「どこに泊まってるんだ？」

「ダノック城の門番小屋だよ」

ロスが驚いたような感銘を受けたような表情になる。「じゃあ、もうミセス・ヒギンボサムには会ったんだな？」

「ミセス・ヒギンボサム？　アイ。会ったし、ことばも交わした」

キスもしそうになった。

そのことばのどの部分にいちばん心をかき乱されるのか決めかねた。キスの部分なのか、しそうになったの部分なのか。あのとき、彼女の唇はおぼえているとおりに甘いのかどうか、たしかめたくてたまらなかった。だが、ジェインが正しいのだろうか？　中断したところから続きをはじめるのは得策ではないのか？

ふたりのはじめての口づけの思い出にずっとしがみついてきたせいで、それは完璧で繊細な過去の結晶となっていた。二度めのキスは、そのたいせつな思い出を雪片のように溶かしてしまうかもしれない。

それとも、あの思い出が、あの感情が、あのキスが強大で危険な雪崩を起こし、ふたりを押し流してしまうだろうか？

トマスはそんな思いを頭をふって払い、雪に目が眩んだかのように瞬きをした。

「どうしてそんなことを？」おもしろがっているらしき友人の顔に意識を戻す。「おまえ、だって彼女と会ったことくらいあるだろう？」

「そりゃそうだ。あの人は定期的に郵便物を取りに来る。で、たいてい通りの向かいの薬屋に寄ってミセス・アバーナシーとおしゃべりをしていく。日曜日にはよく教会に行ってるな。かわいい二頭のスパニエル犬を飼ってる」

どうやら彼女の犬でさえもがバリセイグでは気に入られているようだ。「みんなは彼女がちょっと……よそよそしいとは思ってないのかい？」

ロスは片方の肩をすくめた。「まあ、イングランド人だから大目に見てるんだろうな」

「サセナッフか」異国人《サセナッフ》という意味だ。そこにはたっぷりの意味がこめられていた。ジェインの場合、それが正確なのはまちがいない。だが、自分は……？

ロスがトマスの表情を見てくつくつと笑った。「おまえも同じように扱うべきなのかもな」

トマスは無理やりロスと一緒に笑った。だが、不安だった。自分が伯爵になったと告げたら、友情は生き延びられるだろうか、とふたたび訝らずにはいられなかった。

ジョッキのエールをぐいっとあおって、ようやくいつもの気楽さで答えられるようになった。「ネイ、ロス。バリセイグのみんなは私を昔から知っているから、そんなことはしない」

ロスは満足げにうなずいた。ふたりのあいだを邪魔する歳月を喜んで忘れるつもりらしかった。「アイ、そうだな。で、おまえのその仕事ってのはどういうものなんだ？」

「それなんだが……」トマスは口についた泡を手の甲で拭い、居酒屋にはほかにだれもいないのに声を落とした。習慣は簡単には消えなかったし、人間というものは自分をあてにして秘密を打ち明けてもらったと信じれば、調査に協力的になるものなのだ。「おまえはダノックの賃借人についてどんなことを知っている？」

ロスの返事は予想どおりのものだった。「作家だってくらいしか知らないな」バーの奥に片づけた本を軽く叩く。「姿は一度も見ていない」

トマスは友人の表情を読もうとした。関心？　不信感？　バリセイグの住人は謎めいたミスター・ラトリフについてあれこれうわさしてきたはずだよな？　それとも、生活に苦しくて、野次馬めいた詮索など贅沢すぎてできないのだろうか？

「つまり、彼は村には来ないのか？　教会に姿を現わしもしない？」

「ミスター・ラトリフは病気だって言う人もいるな」ロスが説明する。「おれは薬屋が呼ばれたって話を聞いてないがな。エルスペスは、彼は大半を海外で過ごしてるってエズメから聞いてるらしい」

思わず漏れた声を驚きと取ってもらえるようトマスは願った。

「まあ、それにたいした意味はないだろうが」ロスはエールを大きくあおってから言った。「おれたちはマグナス卿だって見かけたことがないしな。ダノック城に偉大なるお方がいようといまいと、村人はうまくやってる」

トマスはいきなりジョッキをどんと置き、窓辺に向かった。窓のほとんどに円形のまだら模様のガラスがはめこまれており、外の色やざっくりした形くらいしか見えなかった。それでも、通りやそこを歩くひと握りの人間を把握しようとした。「ほんとうか？　うまくやってるってことだが」

返事がなかったのでふり向くと、ラトリフやジェインの話をしていたときよりも遙かに鋭いまなざしでロスから見つめられていた。「アイ」ようやくロスが言った。「これまでもずっとしてきたように。おまえは忘れてしまったかもしれないが」

そうなのだろうか？　それとも、この田舎の村が困難な状況にあったことを大げさに記憶しているだけなのか？　無関心な伯爵に対する祖母の不平を重く受け止めすぎたのだろうか？

二週間前なら、ロスのことばをスコット将軍のもとへ戻る切符とみなして喜んで信じ、すべて問題ないと報告して新たな任務を求めていただろう。

だが、ふたつのことからトマスは躊躇した。

ひとつは、書類や賃借契約や帳簿の山のなかに突っこまれていた領地管理に関する小冊子をいくつか見つけたからだった。ここへ来る道すがら、ハイランド中の領主が牧草用地の開墾を広げていると学んだ。土地を取り上げられた農夫は、小作人に身を落とした。すべては改善という名のもとに行なわれたが、その変化は借地人の生活にほとんど改善をもたらさなかったというのは容易に理解できた。

ミスター・ワトスンが関墾計画を承認したというだけで、それに対するトマスの疑念は大きくなった。だが、領地が利益を上げ続けられなければ、村人全員が苦しむはめになる。トマスはショー家のことを考えた。ロスの言うとおりだ――村人たちはこれまでも数多くの困難を乗り越えてきた強靭な人たちだ。だが、現代的な農業のやり方も無視できない。時代について行こうとしなければ、バリセイグの人たちは置いてけぼりにされるしかない。つまり、変化は避けられない。それでも、しっかりした指導者がいれば円滑に変化をもたらせる。

そして、そのしっかりした指導者とは、当然ながらマグナス伯爵ということになる。私だ。

くそったれ。

躊躇したふたつめの理由はジェインだった。彼女を置いていくことも意味すると知る前は、ここをあとにすることを考えるのはたやすかった。彼女を危険な状況に置き去りにすることになるかもしれないと思ったら、ますます自分だけ立ち去るなどできなかった。

だが、ここに来たほんとうの理由を明かさずにどれだけ城に滞在できるだろう？

あと三日でラトリフの賃借契約が切れる。更新はもちろんできる。必要な書類はエディンバラから持参している。さっとペンを走らせれば、少なくともあと一年は賃借人からの収益が見こめる。ロンドンへ戻り、軍務に復帰し、先代伯爵と同じように遠くからダノックを管理すればいい。

だが、責任を果たすためにバリセイグにとどまるはめになったら、当然ながらダノック城に住むことになり、そうなれば作家を――それに美人の書記も――追い出さなくてはならなくなる。

トマスの視線がまた窓へとさすらった。領主らしく考えなくては。あるいは、情報将校らしく。恋人らしくではなく。なぜなら、スコット将軍からあからさまにほのめかされたにもかかわらず、トマスはまだ女性に言い寄って身を落ち着けるという旅路には出発していないからだ。いずれにしろ、彼が見つけた女性は言い寄られることにあまり関心がなさそうだ。

少なくとも、彼女の肩のいかり具合からすると。

窓ガラスのまだら模様のせいではっきりとは見えなかったが、大股でスカートを揺らし、足もとで跳ねまわる犬たちを引き連れて通りの反対側から居酒屋に向かっているのがジェインであることに疑念はほぼなかった。

彼女の姿を見てトマスは驚いた。ジェインはきっと、そうできるからというだけの理由で、自分を置いてひとりでダノックに戻っただろうと考えていたからだ。だが、彼女はそうしなかった。

期待を胸に、体をかがめて窓ガラスの模様がない部分から覗いてみる。

ジェインのこわばった顎とぎらつく目が視界に飛びこんできた。いい兆候とはいえないようだ。

あの強烈な目つきと、それよりもっと強烈な身がまえが自分に向けられたものではないと信じられたらよかったのに。だが、彼女の向かっている先からして、その見こみが低いのは容易に推測できた。居酒屋のドアが開いたら、ジェインがこちらに来た理由がはっきりとわかるだろう。あと六歩……五歩……四歩……。

「ロビン・ラトリフは一週間に何通の手紙を受け取る？　一カ月では？」さっとロスをふり返ってたずねる。

ロスは困惑の表情になった。「はっきりとはわからないな。ダノックに来るものはすべてミセス・ヒギンボサム宛てになってるんだ。ミスター・ラトリフの出版社がときどき彼宛ての手紙を転送してくるとエルスペスは彼女から聞いているが」

脅迫状もそうだった。トマスはうなずいた。ロンドンの事務員ひとりと、バリセイグの住人ひとと握りしか有名な作家の居場所を知らないとしても、脅迫状の送り主がそれを突き止めるのはむずかしくないはずだ。長年諜報員を務めてきた経験から、害をもたらそうと固く決意している人間は必要な情報を入手する手段を見つけるものだと学んでいた。

脅迫者がロビン・ラトリフをたどってバリセイグまで来たとしたら、標的がここにいないと知っていらだつだろう。その場合、暴力の矛先がジェインに向かう可能性も大いにありうる。

「ダノックに来た郵便物になにか変化があったら、なにかいつもとちがうことがあったら、私に教えてくれないか？」そう言ったとき、ちょうど居酒屋のドアが内側に開き、一時的にトマスの姿を隠した。

きっと犬たちが吠えながら飛びこんでくるだろうと思っていた。ジェインが大声で来訪を告げるだろうと思っていた。悪態すらつくかもしれないと。

だが、彼女はそんなことをしなかった。

「おはようございます、ミスター・ロス」甘い声だったが、続いてこう言ったときにはその甘さがいくぶん失われていた。「だめよ、アフロディーテ。お座り。アテナと一緒に待っていなさい」

「この子たちなら大歓迎ですよ、ミセス・ヒギンボサム」ロスが言う。「それと、あなたもです、もちろん」

「とんでもありませんわ。この子たちは溶けかけの雪で鼻の頭から尻尾の先まで濡れていますもの。長居はしません」ジェインは戸口を少しだけ入ってドアを閉めた。

「ミスター・サザランドを探しているだけなので」

ロスは目を輝かせてトマスのいるところへ視線を移した。ジェインが不意にふり向く。ロスとはやさしい声で話していたのに、トマスに対しては感心しないという目つきで上から下までじろじろと見た。まるで彼がわざと隠れていて、彼女のスカートに泥だらけの足跡をつけた犯人も彼だと言わんばかりに。

ジェインがさっとロスに注意を戻した。「エルスペスはわたしが貸した本をもう読み終えました？」

「はっきりとは言えませんが、まだだと思いますよ」急に話題が変わって驚いたものの、ロスは気を取りなおして返事をした。彼の手がバーの下へと動いたので、本をジェインから見えないところに押しやったのだろう。「ゆうべは天気が悪かったので、店が満席で忙しかったんですよ」

「いいの。急がせるつもりはないから。いまのを読み終えたら三巻めを持ってくると彼女に伝えてくださいな」

ロスがうなずく。「きっと伝えますよ」

ジェインは半分ほど体の向きを変えてトマスをふり返った。「そろそろダノックに戻れますか、サー？」甘ったるい声を聞いた彼は、今朝の辛辣な口調が恋しくなった。だが、彼女が肩をいからせていることからして、ふたりだけになったとたんに口調が変わるのは確実に思われた。

「アイ、ミセス・ヒギンボサム」トマスはウインクをしてみせてから、笑いを必死でこらえているロスに会釈した。ジェインが勢いよく向きを変えて先に店を出たので、揺れるスカートの下の臀部の丸みを思いがけず堪能できた。「お先にどうぞ」

10

バリセイグにただひとつの大通りは幅が広かったが、薬屋と〈アザミと王冠〉亭は目と鼻の先だった。あまりに近かったため、トマスについて心が決まらないまま、気づくと彼と並んで城へ帰るでこぼこ道を歩いていた。

事実を吟味すればするほど確信が強まった。いったいどうしてそうなったのかはわからなかった――スコットランドの法律ってほんとうに変わっているもの！――が、英国陸軍の中尉であるトマス・サザランドが新伯爵になったのにちがいなかった。

この知識をどうすればいいのだろう？　彼を非難する？　諭《さと》す？　これまで自分が言ったり人から言われたりした嘘や真実の断片のなかでも、これほど衝撃的なものはなかった。平民のふりをした伯爵だなんて！

「居酒屋でなにか有益な情報は手に入りました、ミスター・サザランド？」

彼は答える前にためらった。「第一歩は踏み出したよ」

彼がミスター・ロスとちらりと交わしたまなざしが思い出された。古い友人同士ならではのおもしろがっているようなまなざしだった。彼は子どものころ、バリセイグで夏を過ごしたと言っていた。いまは自分の借地人をこそこそと探っている。なんのために？

それを突き止めるまでは、彼とは適切な距離を保つつもりだ。彼から腕を差し出されないように両手をマフの奥深くへと突っこんだ。

「その歩き方からして、きみは私になんらかの不満を持っているね」しばらくしてから彼が言った。

返事をするには歩みをゆるめて深呼吸しなくてはならなかった。「なにをおっしゃっているのかわから――」

「教えてほしい」とっさに否定しようとしたジェインのことばを無視する。「私がキスをしようとしたから怒っているのかい？　それとも、結局キスをしなかったから？」

彼を見上げると、唇をゆがめ目をきらめかせるなじみの表情がこちらを見ていた。胸のなかの燃える感覚が頬へと上がってくる。

「おあいにくさまですけど、ミスター・サザランド、あなたのキスのことを考えてこの七年を――この一時間も――過ごしたりしていません」

また嘘をついてしまった。わたしたちは嘘をつき合うしかないの？　それでも、それしか前に進む道はなかった。少なくとも、極端に危険でない道は。

トマスが首を傾げ、あのいまいましいえくぼを浮かべ、わざとらしい疑いの表情を向けてきた。「へえ、そうなのかい？」

断固とした足取りで城に向かってまた歩き出すと、冷たい空気に熱い頬を刺されるようだった。彼がやすやすとついてくる。

「昔からふたりのあいだには、その……火花のようなものがあったのを否定するのは無意味なんでしょうね」しばらくして打ち明けた。息切れしたみたいな声になってしまったのが悔しかった。

雪を踏みしめる音が大きく響く。「きみは否定したいんだね」それは問いかけではなかった。信じられないという気持ちがこもっていると思いたかった。

ほんとうに？　もうたしかなことはなにもなかった。

まあ、ひとつをのぞいて、だけど。

「あなたはあの脅迫状の件でダノックに来たわけではないですよね」

トマスの目に驚きがよぎった。驚きと、いくばくかの動揺が。自分の過去を見抜かれるのを半ば予期しながらも、正面から挑戦してくるとは思っていなかったかのように。

あとどれくらいのあいだ、おたがいの手の内を見せずにいられるだろう？

「それなのに、どうしてそう言ったの？」

返事がすばやかったので、真実だとわかった。「あの手紙を見てぎょっとしたからだよ。思わず保護本能が働いたとしか」気恥ずかしそうな笑みを浮かべる。

「あんなのは紙に書かれたことばにすぎないわ」

「単純な手紙はもっと重大なものの先触れということもある」言い募るトマスに、ジェインは信じられないとばかりに片方の眉をつり上げた。「最悪を想定して周囲の人間に害がおよばないようにできることをする、という軍人の面が出てしまったんだろうな」

ハイランドの戦士姿の彼がジェインの頭にふと浮かんだ。「それに、スコットランド人の面も」

トマスがうなずく。「それでも、きみが私の保護を必要としていないとすぐに気づくべきだった」

「そんなことに気づけるはずもないでしょう？」お世辞に気をよくせずにいられますように。「あなたはあの脅迫状の送り主がだれなのか知らないのだから。それに、わたしになにができるかも」

「でも、机にナイフが突き刺されていたからね」いたずらっぽい目の輝きが戻っていた。

「あなたがためらったのは、獰猛な番犬がいたからかもしれないと思っていたのだけれど」

静寂のなかで彼の笑い声が大きく響き、近くの岩肌や遠くの城壁にこだました。一緒になって笑うべきか気恥ずかしく思うべきか決めかね、ジェインは向きを変えて足早に歩き続けた。

何歩も行かないうちにトマスの小さなふくみ笑いが聞こえた。「いまのできみに出会ったときに背を向けられたのを思い出したよ。テンチリーの小さな店だったたな」

肩越しに彼を見たジェインは、気まずさで胃が変な具合になった。「あなたはそれを挑戦ととらえたんでしょうね?」

彼は両の眉を上げて一心にジェインを見つめた。「そうじゃなかったのかな?」

『わたし――」

続くことばが出てこなかったので、ジェインはまた歩きはじめた。彼はすぐについてはこなかった。少し歩いてからふり向くと、彼から全身をもの憂げに見つめられていた。「目にしたものが気に入った、とだけ言っておくよ」

「ばかげているわ。あなたが目にしたものなんて、わたしの――」いやだ。

「アイ」彼がすぐに肯定する。「そして、もっと見たくなった」

　これ以上自分の後ろ姿を彼に見られまいと体ごとふり向いた拍子に、雪で隠れていた凍った地面に足を取られた。トマスがすぐに反応して肘をつかんで転ばないようにしてくれた。彼の力強さだけでなくやさしさにも驚いてあえぐ。その腕はジェインを受け止め、ふたりで転ばないように張り詰めていたけれど、手はあざが残るほど強く肘をつかんではいなかった。もう大丈夫と判断したトマスが手を離しても、ジェインはしっかり立っていられる自信がなかった。

　それが彼の手につかまれたせいなのか、いきなりその手を離されたせいなのか、わからなかった。

「きみは自分が美しいと知ってい《ケン》るよね？」低い声だったので、そのことばはとても強烈に聞こえた。彼には珍しく、まじめな口調だった。

「いいえ、知り《ケン》ません」犬たちよりも怒りっぽい口調で言い返した。その犬たちは鼻を地面につけるようにし、羽根のような尻尾をもの憂げにふりながら、ふたりのそばをおとなしく歩いていた。疲れていつもの元気も出ないのだ。「鏡を覗けば、そこにあるものしか目に入りません。どちらかというと地味な顔、よくある茶色の髪、それに……ふくよかすぎる体」

「それなら、その鏡は磨いてやる必要があるね、ラス」トマスが頭をふる。「きみの髪は炒った栗みたいに濃くつやめく茶色だし、目は……」ジェインの頬を包んで弱々しい冬の太陽に向けて傾けようとしているのか、トマスの手が持ち上がった。それから彼女に触れるのを思いとどまったらしく、腕を体の脇に下ろした。「きみの目は珍しく完璧な夏の日の空を彷彿させる――雨の日や寒い日に思い出すような、夜の闇のなかで夢見る光だ」

トマス・サザランドに詩心があるなんて想像もしていなかった。彼の口から発せられたやわらかなスコットランド訛りを聞いて、いつもは安定している鼓動が少しだけ跳ねた。

「それから残りの点だが？」ジェインの曲線を見て取っていく彼が、賞賛で喉を鳴らした。その音や彼の表情のせいで、ジェインの息が荒くなり、胸が大きく上下しているのを強く意識した。「地味？　ふくよかすぎる？」嘲る口調だ。「きみのミスター・ヒギンボサムはもっとましなことばできみを口説いたことを願うよ」

きみのミスター・ヒ、ヒ、ヒ、ヒギンボサム。

ジェインの胸のなかの蝶があっという間に大きくて革のような翼を持ったコウモリ

に姿を変えた。彼の秘密で頭がいっぱいで、自分の秘密をほとんど忘れていた。

狼狽が顔に出ていたらしく、彼が顔をうつむけてさらに近づいてきた。「彼をとても愛していたのかい？　私たちが――私が立ち去ってすぐに結婚したんだから、きっとそうなんだろうね」

彼が立ち去ってから？　では、彼は知らないのだ……。

「わたし――」

「彼はきみを夢中にさせたんだね？」彼の声が揺らいだようだけど、わたしが勝手に想像しただけ？　それでも、いつもの嘲るような口調は消えていた。「それとも――それとも、私がサセックスに来る前から彼とは知り合いで、私が……無理やり割りこんだのかもしれないな」

「ちがいます」考える間もなく思わずそう言っていた。思った以上に心の内をさらけ出してしまったかもしれない。

けれど、彼は聞いていないようだった。「ゆうべきみに冷たい対応をされたのも当然だな。いまもまだご主人の死を悼んでいるのだから」顔を上げて黒いペリースを見る彼の目には、いつもの淫らなからかいの色はなかった。

もうたくさん。ジェインは背筋を伸ばし、顎を突き出した。「ミスター・ヒギンボサムはたしかにあらゆる適切なことばでわたしを口説いてくれました。どんな詩人にも負けないくらい。いつだって礼儀正しくやさしい人でした。交際中は特に思いやりを示してくれました。結婚したあとも、寛大すぎるほどでした」

ジェインのことばを聞いていくうち、彼の目が苦痛で暗く翳っていった。彼女の態度は断固としていたものの、決意は弱まりはじめた。彼の腕に手を置いて、自分のことばがもたらした打撃を和らげてあげたかった。ジェイン自身の身の上話は、人には隠しごとをする正当な理由があるという動かぬ証拠だった。

たとえば、新たにやってきた領主がなにかを決める前にこっそり状況を調査する機会を持ちたがるかもしれない。そういった場合、領主はおべっかを使われたり文句を言われたりせずに、相続したものを検めたがる可能性がある。思いがけず相続したことに、若いころの友人がどんな反応を示すか探りたくなるかもしれない。

そう、真実をつかむには嘘をつくのが手っ取り早い場合もある。

「完璧な紳士、理想的な夫だったみたいだね」トマスの声から陽気な訛りが影を潜め、すべての感情が絞り取られてしまったようだった。

わたしは真実がなんなのかきちんとおぼえているだろうか？　人を信頼することをおぼえているだろうか？

「ほんとうにそうでしたわ」揺るがない自分に驚いてしまう。「だって、わたしの創り出した人ですもの」

そう言ったとたん、はっと息を呑んだ。いまのことばを取り消したかった。けれど、一度口にしてしまった秘密は水銀のように逃げていき、ガラス瓶に戻すのは不可能だった。彼はこちらを凝視したままだったけれど、目を丸くしたその表情がなんなのかはわからなかった。

マフから両手を出したジェインは、スカートをたくし上げてくるりと向きを変え、城門に向かって飛ぶように駆けていった。

11

アテナとアフロディーテはトマスのそばに立ち、走り去っていくジェインの後ろ姿を困惑して見つめた。それから不安そうに顔を上げ、ようやく敵とともに置き去りにされたと気づくと、飼い主を追いかけて行った。あとに残されたトマスは彼女のことばの意味を考えこんだ。

〝ミスター・ヒギンボサムはい、い、い、いおりません〟彼がここに到着した夜、ジェインはきっぱりそう言ったのだった。

〝わたしの創り出した人ですもの〟

たしかに彼女がなにかを隠しているのではないかと疑っていた。でも、こんなことは思ってもいなかった。夫とその死をでっち上げたのか？　存在すらしない男のために喪服を着ている？　その瞬間の自分の感情をトマスはうまく整理できなかった。

「ジェイン、待ってくれ」

呼び止められたからというよりも足もとがすべりやすかったからかもしれないが、ジェインは立ち止まりはしなかったものの速度を落とした。

トマスの少し先に薄く細長い箱が落ちていて、はずれた蓋が犬たちに踏み潰されていた。ジェインが落としたのだろう。箱からなにか青いものが出ていた。体をかがめて箱と中身を拾い上げる。繊細な格子柄が刺繍された婦人もののシルクのストッキングだ。贈り物だろうか？　自分への褒美だろうか？

厚手の外套の深いポケットにそれをしまって彼女を追いかけ、城の内郭にすべりこまれる直前に追いついた。犬たちはそのまま駆けていったが、ジェインは止まり、頭と肩を落とした。

彼女から先に話し出しそうにないのが、あるいはまったく口をきくつもりがないのがはっきりして、トマスは言った。「よく……わからないんだが」

彼女の返事はくぐもっていた。「わたしが彼をでっち上げたの」

「でも、どうしてそんなことを？」彼女が隠しごとをしていたからといって、トマスには怒る権利も理由もないのはたしかだ。それどころか、彼の見下げ果てた小さな部分は、別の男の思い出と競い合わずにすむと知って喜んでいた。しかし、衝撃と驚きのせいで問いかけが大声になってしまった。

ジェインがはっと顔を上げた勢いで、頭巾がするりと脱げた。「ひとり暮らしの若い女性が、未亡人に認められている保護や自由を欲しがるのはどうしてだと思うの？」彼女の目が炎をたたえた。「想像もつかないかしら？」

「私は――」

ほんとうのところ、それについてはほとんど考えたこともなかった。同情の対象としか未亡人を見ていなかった。社会が課す制限に抵抗する手段として喪服を着ようと思う女性がいるなど、想像だにしていなかった。十七歳のとき、トマスは自分の進む道を好きに選べた。運命は彼の思うがままだった。人格もだ――英国陸軍がどれだけそうではないと言おうとも。十七歳のとき、ジェインも自立を望んでいるようだった。だが、自分の人生をほんの少しでも掌握するためには未亡人の〝ミセス・ヒギンボサム〟を演じざるをえなかったのだ。自立の味をわずかながらでも味わうために、自分なら彼女のしてきたことをするだけの強さを持てただろうか？

「それしか手段がなかったのは残念だ」低い声だった。「でも、きみが実は嘆きの未亡人でないとわかってうれしいよ」ポケットから明るい色のストッキングを取り出して差し出す。

ジェインはそれを受け取ったが、しぶしぶとか、用心深く、といった感じだった。まるで他人のものを受け取るかのように。几帳面に片手に巻きつけて丸くする。彼女はなぜそれを持っているのだろう？　偽の喪服を脱ごうと考えているのか？　私がダノック城に来たことと関係があるのか？

「ええ、夫を亡くしてはいません」丸めたストッキングをマフのなかに入れる。「だからといって、悲しんでいないということにはなりません」

なにを訊こうかとトマスが決めかねているうちに、彼女が説明した。

「家族を失いました。村の集会があったあの夜以来、家族には会っていません。あなたとわたしが踊ったり、おしゃべりしたり――」頬が赤くなったが、彼女は頭をさっとふってそれを追いやった。「――しているとき、母がわたしのあるものを見つけたんです。母にはとても認められないもので、それを父に見せました。リー・リチャードとジュリアに送ってもらって帰宅したときには、わたしの運命はすでに決まっていました。父から家を出て行くよう命じられたんです。荷物をまとめて、眠っている弟にお別れのキスをする時間だけしかもらえませんでした。家政婦が荷造りを手伝うふりをして、ずっと貯めてきたにちがいないお金をくれました。夜が明けるころには、ロンドン行きの乗合馬車に乗っていました。たったひとりで」

「ジェイン」ため息のようなうなりのような声がトマスの口から出た。ほかになんと言えばいいのかわからなかった。彼女がここに来るはめになった状況は、トマスの想像を遥かに超えるひどいものだった。しっかり考える前に行動する彼の一部分が、軍隊での華々しい冒険を渇望する彼の一部分が、いますぐテンチリーに行って彼女の父親の考えを正してやれと言った。だが、綿密で、ときに退屈で、常に危険な情報将校の任務を行なうべく訓練された彼の一部分は、軽率に行動してもなにも解決しないと知っていた。

そして、そのふたつのはざまに割りこんできたのは、ジェインの母親はなにを見つけたのかという疑問だった。

「七年のあいだずっと、〝娘はいない〟ときみの父上が言ったのはなぜだろうと頭を悩ませてきた」

ジェインの顔から血の気が引き、喉から苦しそうな音が漏れたので、吐きそうなのかとトマスは思った。手を差し出すと、彼女がその大きな手を取り、力強く握ってきたので驚いた。しばらくすると落ち着いたらしく、目を合わせてきた。そこには苦痛が見えた。慢性的な不治の傷がもたらすような鈍痛を。「あなたは約束を守ってくれたの？」トマスの手を握りしめたままささやく。「父を訪問してくれたの？　わたしを？」

「そうだよ」

宿命というものを信じていたなら、その約束はいまも守っていると言いたくなったかもしれない。ふたりのあいだを歳月と距離が引き裂いたにもかかわらず、自分はこうしてここにいると。

　ふたりはこうしてここにいると。

「どういうわけでバリセイグにたどり着いたんだい？」彼女は私のことを、彼女に語って聞かせた無為に過ごした青春時代の話を思い出してくれたのだろうか？　だが、どんなにがんばっても、バリセイグの村の名前を出した記憶はなかった。

　ジェインがほんのかすかだが身を引いたのを見て、彼は理解した。なにがあったのかをだれかに——トマスに——話す必要があったのだとしても、洗いざらい打ち明ける覚悟はまだできていないのだと。

　だが、少しためらったあと、彼の訊きたかった話とは少しちがったにしろ、ジェインは続けた。「ロンドンへの旅ではいろいろ学びました」思い出して身震いが出たようだ。「一軒で間借りを断られたあと、嘘をつく必要があるのだと気づいたわ。未婚の若い女がきちんとした部屋を借りられる望みはなくても、未亡人なら……？　ミセス・ヒギンボサムはうちの家政婦で、お金をくれたのが彼女だったから、その名前を借りたんです。そのうち仕事を見つけられたので、家政婦には利子をつけてたっぷりお礼をできたわ。そして、テンチリーからさらに離れる旅の話があったので、その機会をつかんだの」

ずいぶん端折った話なのはわかっていた。ひとつには、彼女はラトリフの名前を出さなかった。それでも、とりあえずのところはざっくりした内容でじゅうぶん以上だった。「ミセス・ヒギンボサムとは手紙のやりとりを続けているのかい？　故郷の友だちとは？」

過去に意識を向けていたジェインの目が大きく見開かれた。「まさか。父の手まわしで、テンチリーではわたしの名前を出してはいけないことになっているでしょうから。わたしとこっそり文通しているとわかったら、ジュリアの評判は破滅させられてしまうでしょうね。お友だちをそんな目に遭わせる危険は冒せないわ。やさしいミセス・ヒギンボサムがクビにされるようなこともできない」

「じゃあ、家族がどうなったかまったく知らないのか？」

ジェインは身がまえるようにためらった。「母は四年前に突然の病で亡くなったわ。それ以来、父はますますとっつきにくい人になってしまったの。少しだけど家族について知っているのは——弟がオックスフォードに入ったのが確実になってから連絡を取ったからなの。すべてわたしが悪いわけではないと、弟は理解してくれているのだと思う」

すべて？　彼女がなにをしたにせよ、父親がわが子を狼の群れのなかに投げこんでいい口実にはならない。トマスといまは亡き父親は常にそりが合ったわけではなかったが、ミスター・クウェイルがジェインにしたようには息子を見捨てはしなかった。

　またもやふたつの本能がトマスの胸のなかでせめぎ合った——ひとつは、ジェインのそばにとどまってこの先傷つかないよう守ってやりたいという強烈な欲望だ。もうひとつは、すでにジェインを傷つけた者を見つけ出して報いを受けさせてやりたいという戦士の欲求だ。

　ジェインがぶるっと震えると、つないだ手を通してトマスに伝わった。「寒いんだね」手をぎゅっと握ってから放した。ほんとうは彼女をこの腕に包みこみたかったのだが。「暖めてあげると申し出るのは紳士にあるまじき行ないだろうね」

「ミスター・サザランド」ジェインは頭をふってため息をついたが、ふざけた申し出が目論んだとおりに彼女の顔から悲しみをいくばくか拭い取った。そこに新たに浮かんだのは、不承不承の笑みだった。「あなたはご自分のキスの影響について考えすぎだわ」

　からかいに満ちたことばを聞いて、トマスの胸に居座っていた重苦しさがほんの少し軽くなった。「ネイ」ウインクをする。「私の心を苦しめているのはきみのキスなんだ」

ジェインの頬がぽっと赤くなった。「そんなことを言ってはだめです」ささやきほどに声を落とす。「見知らぬ者同士がこんなにキスのことばかり話すべきではありません」

「見知らぬ者同士？」新たに感じた胸の痛みを声ににじませないようにする。「おたがいをほんとうには知らないでしょう？　今朝わかったことといえば、ふたりともたっぷりの隠しごとをしているということだわ――わたしはミセス・ヒギンボサムを名乗っている理由を、あなたはバリセイグに来たほんとうの理由を」

ほんとうのことがトマスの舌の先まで上がってきた。慌ててそれを呑み下す。彼女にどんな真実を告げるにもふさわしい時でも場所でもない。すべてを明かすのは言うまでもなく。

彼女はすでに、マグナス伯爵に家を追い出されるのではないかと心配している。この瞬間に自分がそのマグナスだと告げれば、問題を解決するどころか増やしてしまいかねない。

トマスが返事をせずにいると、なにか――失望？――が彼女の目をよぎった。ジェインがまた震えると、頭巾が揺れた。「もうなかに入らないと。仕事がたまっているから」いつもの取り澄ましたようすが声に戻っていた。小さくお辞儀をすると、彼女はくるりと向きを変えてなかに入ってしまった。

トマスはついて行きたかったがこらえた。彼女からは予想以上に秘密を明かしてもらっていたから、今度はトマスがどのようにその借りを返すのが最善かを考える番だ。

まずは自分の部屋に戻って知り得た情報について考えようと、外郭に沿って歩いた。落ち着かない気持ちが彼を反対方向へ運んだ。まだ昼になっていなかったので、太陽が照っていてわずかにでも暖かいうちに窓のない部屋に引きこもるのは耐えられなかった。

ジェインの秘密をさらにつつきまわす気にはなれなかったので、代わりに城の秘密について考えることにした。アーチ道や錠のかかっていないドアのひとつひとつを覗き、城の衛兵詰所（だれもいなかった）や貯蔵室（ほとんど空だった）を探索していき、ついに厩《うまや》まで来た。厩にはロバが二頭と、彼が入っていったとたんに飛び出していったぶち猫がいた。音程のはずれた口笛を吹きながら粗い毛並みの二頭に梳き櫛をかけていたドゥーガンが顔だけふり向いた。ロバたちはトマスに見向きもせずに草を食み続けた。

「おはよう、ドゥーガン」帽子を傾けて挨拶する。もとは赤かったドゥーガンのあごひげと髪は白くなりはじめており、薄暗い厩のなかでもキルトのあちこちに丁寧に継ぎが当てられているのがわかった。

「アイ?」不安そうな声だった。ドゥーガンは人見知りをするが、心根のいい人間だ、とミセス・マードックは言っていた。

「仕事の邪魔をして悪かったね。城のなかがどうなってるかを知りたくて見てまわっていただけなんだ。ここでは馬はあまり使い道がないんだろうね?」ロバなら荷車を引かせたり、厨房の野菜畑を耕させたりできる。ハイランドの土地は、穀物を育てるよりも牛や羊を放牧するほうが向いている。ドゥーガンは黙ってうなずき、梳き櫛をかける仕事に戻った。厩を出ようとしたとき——なにしろ、話し相手を探していたわけではなかったわけだから——陰になっている空の馬房に目が留まった。

いや、空ではない。その馬房にあったのは馬でも飼料でもなく、埃をかぶった何枚かの防水帆布がかけられた奇妙な形をしたものだった。おそらくは壊れた荷馬車とか積み上げた木枠とかのつまらない物だろう。特に関心なさげにぶらぶらとそちらに三歩近づいた。

「ドゥーガン」防水帆布の角を指先で一インチほど持ち上げる。「これがなにか知って——?」

ドゥーガンの落とした梳き櫛が、藁を敷いた地面に鈍い音をたてた。「ああ、ネイ、お若いの《ラッド》」大声で言った彼の目が飛び出しそうになっている。馬房に隠されているものがなにかを知らないと言っているのか、それ以上詮索するなと警告しているのか、トマスにはすぐには判断がつかなかった。

どちらにしても、トマスの好奇心に火がついた。粗雑で埃だらけの帆布をつかむ。

ドゥーガンが一歩前に出る。「ミセス・ヒギンボサムに怒られます」

ミセス・ヒギンボサムだって？　トマスはジェインから聞いた話をすべて思い出した。彼女はほかになにを隠しているんだ？

「私が責任を持って彼女の怒りを受け止めるよ」そう言ってぐいっと引っ張った。いまこそ領主としての役割を果たすときだ。

最初のオランダ布の防水帆布は泥色の塊となって地面に落ち、馬車の泥よけと長柄をあらわにした。正確には二頭立て二輪馬車《カーリクル》だ。暗くてそれ以上はわからない。

残り二枚のうちの一枚に手を伸ばすと、ドゥーガンが手を揉みしだきはじめた。二枚めの帆布が取りのぞかれると、三枚めも詮索好きな目からカーリクルを隠そうとする弱々しい努力を諦めてどさりと落ちた。埃と藁がもうもうと舞い上がり、ふたつの馬房の隙間の隠れ場所から思いきって覗きこんだぶち猫は、ふたたび慌てて引っこんだ。

驚いたトマスは思わず低く口笛を吹いていた。「どうしてこんなものがここに？」

車輪と車体に黒の縁取りがされたつややめく赤色の競走用のカーリクルは、バリセイグからブライトンまでの全若者の垂涎の的となるだろう。厩の隅に射しこむ弱い明かりのなかでも、それは光り輝いていた。どういうわけか、これほど華やかな馬車が先代マグナス卿のものとは想像できなかった。そうなると、明らかな容疑者はひとりだけ。トマスもすでに気づいていたように、芝居がかったことをする才能を持つ道楽好きの小説家だ。そうとも。このカーリクルはロビン・ラトリフのものでしかありえない。

だが、ラトリフはなぜこの馬車でエディンバラに行かなかったのだろう？　天候が不安定だったからとか？　あるいは、思わしくない注目を集めるかもしれないという根拠のない心配からか。追い剝ぎなら、カーリクルそのものの価値は言うまでもなく、その乗り手も相当裕福だと考えるだろう。

だが、馬がどこにもいなかった。ただの馬ではだめだ。対になっていて、当然ながら黒馬で、血統がよく餌をたっぷりあたえられている馬だ。そんな馬の世話は年老いたドゥーガンの手にあまるだろう。

トマスの考えを読んだかのように、老齢の門番は体をかがめて帆布の角を持ち上げ、不安そうにそれをいじった。「ミセス・ヒギンボサムはきっと気を悪くなさる」そううめく。

「そうか。でも、だれが彼女に話すんだい？」トマスはドゥーガンの肩をはたき、にっと笑ってみせた。

「ミセス・ヒギンボサムにはわかっちまいます。帆布をもとどおりに戻したつもりでも、ひと目見たら動かされたと気づかれます。塗装をひっかきでもしたらどうなるやら」ドゥーガンは悲しげに頭をふった。トマスが運命を受け入れて、死刑執行人にその身を差し出すほうがましだと言わんばかりだ。

トマスは聞くともなしに聞いていた。カーリクルでの競走についてはあまりよく知らないが、うまく御すればどれほど速く走るだろうと考えずにいるのはむずかしかった。この付近に午後のひとっ走りに馬を一対貸してくれる人はいるだろうかと。

「もういいでしょう、ラッド」ドゥーガンが帆布をかき集めたので、トマスは重々しいため息をついてカーリクルを隠すのを手伝った。

三枚の帆布をかけ終えると、ドゥーガンは少し下がってきびしい目でできばえをたしかめた。そしてまた、絶望で頭をふった。「ばれちまいます。まあ見ててごらんなさい」

「ばれたらどうなるんだい？　私はただカーリクルを見ただけじゃないか。それくらいでミスター・ラトリフが怒るとは思えないが」

「は？」

「作家のミスター・ラトリフだよ。ダノックを賃借している。このカーリクルを所有している」

ドゥーガンの表情は、自分が〝頭が弱い〟と言われているのは知っているが、トマスのほうがひどいと思っていることをありありと告げていた。「これはミセス・ヒギンボサムの馬車ですよ。さっきからおれが言ってたことばをひとつも聞いてなかったんですか？」

「それはちがうだろう、ドゥーガン」トマスは笑った。「彼女はミスター・ラトリフのためにいろんな仕事をこなしているから、ときどき彼のカーリクルを点検するよう指示されていたとしても驚きはしない――どうして彼が自分で乗らないのかはわからないがね。だが、彼女はミスター・ラトリフに雇われている身だ。それに、女性だ。ぜったいに……」

ドゥーガンがますます大きく頭をふるので、トマスのことばが弱々しくなっていった。「ミセス・ヒギンボサムがこのカーリクルを御して城門をくぐり、だれにも触らせないようにとおれに言われたんですよ。ほんとうに颯爽としていたな」

トマスには想像ができた。やすやすと。頬を染め、勝利に輝く表情をした彼女が。ドゥーガンの話はばかげていると食い下がりたい気持ちがあった。だが、ラトリフは並はずれて寛大で人を疑わない男だと今朝知った。そこまでの男がいるなど、トマスは聞いたこともなかったほどだ。

ミセス・ヒギンボサム宛ての郵便物。

ミセス・ヒギンボサムの足もとには男嫌いで臆病なスパニエル犬。

そして、ミセス・ヒギンボサムの赤い競走用カーリクル。

もちろん、その名前は架空のものだ。ミスター・ヒギンボサムは完全なるでっち上げだとジェインから打ち明けられたばかりだ。

トマスはぼんやりと帆布のしわを伸ばし、カーリクル側面の輪郭をなぞった。ダノック城やバリセイグの村のだれもロビン・ラトリフを見たことがない。ラトリフのすべてがこの馬車と同じように謎に包まれている。

もしかして……それも彼女が創り上げたものという可能性は——？

その考えが完全に形になる前に摘み取った。

昔から、トマスは考える前に行動する性格だった。スコット将軍はそんな衝動を訓練でなおそうと最善を尽くした。情報将校は証拠を集めて考察する。結論に飛びついたりはしない。どんなにそそられても。

ドゥーガンに会釈をすると、トマスは背を向けて厩を立ち去った。

12

修道院の壁は、なかの人間を侵入者から守るために作られている。外に出るのは入るよりたやすい。アローラは指の関節にすり傷を負い、二番めにいいモスリンに繕えるくらいの裂け目を作った程度で脱出に成功した。錬鉄製の門を越えると、足を森に向けた。谷にはじとつく毛布のように霧がへばりついている。霧はたしかにアローラが逃げ出す助けにはなったが、謎めいた赤い光を隠してもいた。明かりの源を探り出す気満々で前に進む。葉がカサコソと鳴るたび、下生えのなかでポキリと音がするたび、アローラの心臓がどきどきした。

この十年間、修道院の壁の外に出ることは一度も許されなかった。周囲の風景で知っているのは、写生の腕を磨いているべきときに見晴らしのきくさまざまな場所から目にしたものだけだった。いまみたいに地面に立っていると、すべてがちがって見えた。ちゃんと正しい方向に向かっているのだろうか？

絶望に負けて戻りかけたとき、肩がなにかにぶつかって苦痛のあえぎ声が漏れた。暗闇と霧のせいで視力はほとんどあてにならなかったので、かじかんだ指で自分のぶつかったものを突き止めようと手探りした。その場に立ったままだと、壁は手が届かないくらいの高さと幅があった。では、これは柵ではなく、なにかの建造物なのだ。農夫の小屋だろうか？　世捨て人のあばら屋だろうか？

慎重に壁に沿って歩くと、やがて途切れた。声が聞こえてくる。少なくとも二、三人の男の声だ。アローラの知らない言語で話している。声は、小屋を建てるのに使われた板と同じくらい荒削りだ。森にたくさんいるとうわさされている山賊の隠れ家に来てしまったのだろうか？　奇妙な興奮がアローラの体を駆け抜けた。男性についてはほとんどなんの知識もなかった。

息を殺して壁の途切れ目から覗いてみた。少し開いたドアから漏れる明かりがアローラの足もとに落ちる。なかにいる男たちはあの奇妙な明かりを見ているかもしれない。うまく説得すれば、その明かりのところまで連れて行ってもらえるかもしれない。少なくとも――。

「おや、おや」耳もとで男の低い声がした。頬に男の息があたるほど近かった。鞭をひとふりするくらいすばやく男がアローラの口を手でふさぎ、がっしりとした体で押さえこんで動けなくした。「あんたみたいにきれいなお嬢さんが、なんでこんな夜に外をほっつき歩いてるのかな？」

「ミセス・ヒギンボサム？」

自分の書いている小説の主人公と同じように胸をどきどきさせ、ジェインはペンをぎゅっと握りしめた。そのペンを取り落として、今夜の成果を飛び散ったインクで危うくだめにするところだった。気を落ち着けようと深呼吸を二回してから、戸口に目をやった。〈アザミと王冠〉亭の女給、エルスペス・ショーが毛織の仕事用ドレスに前掛けをつけたまま、寒さで頰を赤くしてそこにいた。赤みがかったブロンドはゆるい三つ編みにされている。

「すみません。驚かしてしまいました？」若い女給は口では謝っているのに、唇はおもしろがってゆがんでいた。「ミセス・マードックにこの部屋にいらっしゃると言われたもので」

もう一度しっかりと深呼吸をしたあと、ジェインはまっ暗な空が見える窓に目を向けた。夜の遅い時刻に人が来るのが日常になったの？「こんな夜になんの用なの、エルスペス？」思わず山賊と同じようなことを訊いた自分に呆れそうになる。執筆中の小説のなかの天気のことしか考えていなかったのだ。けれど、今夜のバリセイグはいいお天気にちがいなかった。また雪が積もったのなら、エルスペスは暗くなってからダノックまで上がってはこなかっただろう。

ジェインは生まれてこの方ほとんどずっと、入ってくる邪魔にうまく対処してきた。トマスが簡潔に描写したように、気散じからの自由は大半の人が経験できない贅沢だ。ダノックに来る前は、執筆専用の部屋など持ったこともなかった。

とはいえ、今夜の邪魔はことさら折りが悪かった。落ち着いて仕事にかかるまでに午後を半分も使ってしまった。愚かにも自分が打ち明けてしまったことを思い返し、トマスについて抱いている疑念について考えこみ、それからまたもやキスの機会を逃してしまったのを後悔していたせいだ。夕暮れになるころには、いらだちが病的なまでに募っていた。

ジェインはいつだって自分の書いている世界にのめりこみすぎないよう努力しているのだが、今夜は不適切で危険ですらある男性に対して無分別にも惹かれてしまう自分の気持ちと相まって、アローラの陥りがちな罪――好奇心――があまりにも身近に感じられてしまった。たまたまだったとしても、脅迫状の送り主は正しいのかもしれない。わたしの小説は多感な若い女性の心と頭に危険な影響をおよぼすのかもしれない。

いらだち――邪魔が入ったことに対してだけではなく、自分に対しても――を呑みこみ、ジェインはペンを脇に置いた。エルスペス・ショーは友だちみたいなものだし、熱心な愛読者でもあるのだ。こんな無作法な態度を取られるいわれなど彼女にはない。

机から立ち上がると、エルスペスが本を持っているのが見え、彼女の都合のいいときに『魔術師の花嫁』の次の巻を貸すと約束していたのを思い出した。自分の物語が読者に人気だというのはわかっていたけれど、次がどうなるかを知りたいがために冬の夜に丘を登ってくる人がいるというのはいつだって励まされる。

けれど、ジェインがなにか言う前にエルスペスが目を丸くした。「あなたが着てらっしゃるのはなんなんですか、ミセス・ヒギンボサム？」笑いにむせながらたずねる。

紋織のシルクのゆったりしたドレスを見下ろす。「バニヤンよ」そっけなく答えた。男性は家のなかでゆるくて快適な服を着てもきちんとしていると見なされるのに、女性は部屋着でお茶を出しただけでも醜聞になるなんて不公平だ、といつも思っていた。そこで、ロンドンを発つ前にロビン・ラトリフの寸法でバニヤンを仕立てたのだった。執筆用の服としてとても気に入っていた。

「『魔術師の花嫁』の二巻を読み終えたみたいね」エルスペスの忍び笑いを無視して書棚のほうへ行く。

「あたしは二日前に読み終えてたんですよ」エルスペスが顎をつんと突き出す。「でも、ロスが返させてくれなくて。あの人ったら読むのが遅いんだもの」そう言ってウインクをした。

ジェインの唇がひくついて笑みが浮かんだ。「そうなの？」だからエルスペスは妙な時刻にここへ来たのだろうか？　ミスター・ロスは隠れて読んでいて、二巻を読み終えてすぐに次の巻を借りてくるよう彼女を寄越したのだろうか？　たしかに、二巻は読者に続きを知りたくてたまらない気持ちにさせる終わり方をしているけれど……。

またちょっとした誇らしさを感じてジェインの笑みが大きくなった。好奇心をそれほどまでにそそっているのがこのわたしだとわかったら、彼らはなんと言うだろう？

経験から、その問いに対する答えのひとつはわかっていた。だれかを――トマスを――信頼して、それ以外にも答えがあるかどうかを見つけ出す危険を冒せるだろうか？　トマスには意図していた以上をすでに話してしまっていた。隠しごとのなかでいちばん重要なものを打ち明ける勇気はある？

「まあ、あたしには手紙の件で行くようにって言ってましたけど」

「手紙？」ひんやりしたものがジェインの背筋を伝い下りた。彼女がきちんと綴じられた十二折判の本を渡すと、エルスペスが二巻を返した。

「ダノック城宛ての手紙がほかの人のもののなかに紛れこんでいたんですって」

「そうなの？　だれの郵便物に混ざっていたの？」

「ドナルドソン牧師のです」

村人のだれでもいいから彼以外だったらよかったのに、とジェインは思ってしまった。「それで、ミスター・ドナルドソンが〈アザミと王冠〉亭に戻しに来たの？」居酒屋に足繁く通っていると人から思われるのを牧師がおそれているのを彼女は知っていた。

「いいえ。ミセス・マッキントッシュが今日の午後に戻しに来てくれたんです」エルスペスはジェインの持っている本に顎をしゃくった。「汚さないように本にはさんでおきました」

ジェインは反射的に革装の本をきつく握って手紙をしっかり閉じこめるようにした。彼女が手紙に熱意を――少なくとも関心を――示さないことにがっかりしたらしく、エルスペスは顔をしかめた。

ジェインは頭を下げただけだった。「ありがとう、エルスペス」

体よく用ずみにされたエルスペスは、肩をすくめ、新しい巻を抱きしめた。言いつけは守ったし、ここに来たほんとうの目的も果たせたしで、満足していた。今夜はこれ以上ミスター・ロスのために働くつもりはなかった。

エルスペスが出て行くと、ジェインは机に戻った。珍しく静かな部屋に上靴の足音がやかましかった。いびきをかく犬たちはいなかった——おやつを目当てに毎晩ミセス・マードックのところに行くのだ。暖炉の火ですらが小さくなって、はぜたりシューッと音をたてたりしていなかった。

腰を下ろしてから机中央の原稿の上に本を丁寧に置き、赤茶色の表紙を長いあいだ凝視した。何人かの手の皮脂がついたため革の色が濃くなっている。型押し部分には丸いしみがついていた。おそらく居酒屋で濡れたコップがそこに置かれたのだろう。それに、表紙の下側の角が破れていた。使いこまれた印を見てジェインの心が温もった。ほかの村と同様に、バリセイグでもこの巻がまわし読みされたという証だからだ。『魔術師の花嫁』はイングランド中の人々の毛を逆立てさせ、眠りを妨害し、夢中にさせている。自分に自信が持てなくなったときには、それを思い出すようにしなければ。

ぎこちなく指を一本伸ばして表紙を持ち上げる。

手紙がこちらを見上げてきた。折りたたまれた紙の封蠟が血走った目のようだ。小型ナイフをトレイからさっと取り、驚くほどしっかりした手つきで封印を切り、なにかが紙にしみこまされていて触れたら危険かもしれないとばかりにナイフの切っ先で手紙を開いた。

なにを予期していたにせよ――ダノックの賃借契約更新の要求が通らなかったと知らせる事務弁護士からの手紙だとか、若い人々、特に若い女性の脳へのゴシック小説の有害な影響について長々と書かれた手紙など――こんな手紙を受け取る心の準備はできていなかった。

短い手紙は新聞から切り抜いたことばを貼りつけたものだった。大きさの異なる文字が乱雑に貼られているさまは、ジェインの――つまりロビン・ラトリフの――死を綴ってさえいなければ滑稽だったかもしれない。

目を閉じ、指を引き抜いて表紙がパタンと閉じるに任せる。この手紙の差出人も、前と同じなのだろうか？　手紙の作りが異なるので確信はなかったけれど、そうであってほしいと願いそうになる。もし同一人物でないのだとしたら、奇想を凝らした物語を書いたばかりに、自分の死を望む人間がひとりではなくふたりもいることになってしまう。

一瞬、手紙を本ごと暖炉に投げこもうかと考える。そうすれば、脅迫状の差出人など取るに足りない相手にしてしまえるからだ。

でも、彼――または彼女――はわたしの注意をすでに引いている。手紙を灰にしたところでなにも変わらないし、頭と胸で激しい音をたてている恐怖が鎮まるわけでもない。どうすれば恐怖は鎮まってくれるのだろう？

「トマス」

ジェインの奥深くからそのささやきがこみ上げてきた。もっと感傷的だったり愚かだったりしたら、魂からこみ上げてきたと言っていたかもしれない。

彼の名前を口にしたおかげで静まり返った部屋の魔法が解け、ジェインはぱっと目を開けた。断固たる表情を浮かべてふたたび本を開き、手紙を手に取って調べた。自分の本が万人に受け入れられるなどという幻想は抱いていない。批判は気にならなかった。でも、これは……。どんな人がこちらの居場所を突き止め、新聞から文字を切り抜いて狡猾でおそろしい脅迫文を作るという手間暇をかけたのだろう？　宛先が同じように変わった書かれ方をしているかをたしかめようと手紙を裏返す。いったいだれが――？

指からすべり落ちたことに気づく前に、手紙が机にひらひらと着地した。紙の中央に、先日届いた脅迫状と同じ子どもっぽい字だけが書かれているのが目に飛びこんできた。まったく同じ……ただ、ひとつだけ大きなちがいがあった。この手紙はミセス・ヒギンボサム宛てのものでも、ミスター・キャンフィールドから転送されてきたものでもないということだ。ふたたび目を閉じたが、その文字は炎で書かれたかのようにまぶたに焼きついていた。

スコットランド、インヴァネス州バリセイグ
ダノック城
ロビン・ラトリフ様

燃える目をゆっくりと開け、部屋の奥に視線を据える。先日の手紙と今回の手紙のあいだに、脅迫者はラトリフ――ジェイン――の居場所を突き止めたのだ。

アローラがヒーローらしからぬ男の腕に落ちたページの下を破り取る両手が震えた――もう震えを止める力は残っていなかった。相手が読めることを祈りながら、そこに短い文を書き殴った。

トマスは狂人からわたしを守れるだろうか？　わからなかった。

守るという彼の約束を信じていないのだとしたら、彼になにを望んでいるのだろう？

勇気をかき集め、立ち上がって呼び鈴を鳴らした。

＊

トマスは結局、ジェインがラトリフではないかという疑念を彼女に突きつけないことにした。外郭を二周歩いてから門番小屋に戻ったが、気分は少しも落ち着いていなかった。留守のあいだにエズメがやってきて、居間を整えベッドに風を当ててくれていた。ありがたいとは思ったが、あまりに整いすぎていて、いまの気分にはそぐわなかった。師であるスコット将軍と同じで、すべてがきちんとしていると思考が働かないのだ。

雪が陽光をさらに明るくしている外とくらべ、門番小屋はすべてが暗かった。ランプを灯し、ゆうべは疲れすぎていてできなかった探索を隅々までした。差配人のミスター・ワトスンに送られていなければならない領地の古い記録、外套二、三枚、二十年も流行遅れの三角帽子が樟脳と一緒に衣装だんすに押しこまれているのを見つけた。部屋の隅にはめこまれた戸棚には、ロビン・ラトリフの全作品が入っていた。

本の背を指でなぞりながら、これを読めば著者についての自分の仮説が正しいかどうかが明らかになるだろうかと考えた。スコット将軍の話によれば、ラトリフの作品は広く読まれて非常に人気があるとのことだったが、これを書いているのはジェインではないかと疑うようになったいま、これらの本を自分が読むのは彼女の私生活を侵害するような感じがした。今日はすでに彼女の秘密をいくつか知った。小説のなかにはさらなる秘密が隠されているのだろうか？　あのおぞましい脅迫状を送ってきた人間について探るのであれば、そいつがなにに怒りを抱いたのを知るのは有用だ。

ランタンからろうそくに火を移して部屋を明るくし、ソファに寝そべり片足を床につき、『魔術師の花嫁』の第一巻を開いた。

何時間かのちには第二巻を読み終えそうになっていた。孤児になったかわいそうなオフィーリアが森で発見されて、明らかに出自の異なる小作人に育てられる物語に完全にのめりこんでいた。足でブーツを脱いで両足をソファに上げ、ひざを立ててそこに本を置くという、少年時代以来の姿勢になっていた。エズメがトレイで運んできてくれた夕食にもほとんど手をつけず、オフィーリアが無数の残酷な仕打ちに耐えるようす、ルスヴェイン卿の城からたびたび聞こえる奇妙な音、卿の陰のなかで生きるために奮闘する人々の身の毛もよだつような物語に夢中になっていた。いつもお行儀がよく、ときに取り澄ましたジェインとは異なり、小説の語り口は豊かで官能的だったため、彼女がほんとうにラトリフなのだろうかと自信がなくなりそうだった。

脅迫状の送り主がなにに怒りをおぼえたのか、まるでそこに論理があるかのように、ときどき読む手を止めて理解しようとした。やらなければいけないことも忘れて架空の登場人物にのめりこむのは危険だと見なすのであれば、読者にとってこの本はたしかに重大な危険をはらんでいる。

それに、もちろん、気味の悪い城と、領民に対しての務めをほとんど果たさない謎めいた領主という問題もある。この物語の土台がダノック城と先代マグナス卿なのだろうことは容易に察しがついた。

現伯爵もその一部かもしれない。

しかし彼の思考のほとんどを占めていたのは、この物語がジェインの経験をどれだけ反映しているのだろう、ということだった——ヒロインもジェインも若い女性で、周囲の人間とは完全に異なる才能を持っている点が同じだ。

第二巻の第十二章でオフィーリアの育ての家族が衝撃的な申し出を受け入れたせいで、トマスはがばっと身を起こして両足とも床についた。闇の魔術に手を染めていると言われているルスヴェイン卿が美しく無垢な若い女性との結婚を望んで莫大な金を差し出し、貧しい夫婦は少しもためらわずに娘を卿に売り飛ばしたのだ。

自分の推測が正しかったのだ、とトマスはますます確信を強めざるをえなかった。ジェインは家族から受けた残酷な仕打ちに触発されてこの物語を書いたのだと。ヒロインと同じく、ジェインも信頼している人々に裏切られ、過酷な世界でひとり立ちを強いられた。

急いで読み進める彼の手の下でページがはためいた。涙を流すのを拒み、誇らしげに城へ上がっていくオフィーリア。魔術師の気配すらない空っぽの城。彼女の眠りを破る地下牢からの叫び声やうめき声。今朝居酒屋を訪れたとき、心のなかでロスを笑ったことを謝らなければ。ルスヴェインとオフィーリアが顔を合わせる運命的な場面がいまにも出てくるのではないかと期待しているときに邪魔が入ったら、トマスだって腹を立てただろう。


止める人間がいなかったので毎日のように城を歩きまわっていたオフィーリアだが、拷問道具やおそろしげな実験室は見つからなかった。気がつくとたいてい広大な図書室にいて、壁をおおう本の数々を驚嘆の思いで見上げていた。ある晩、書棚に沿って歩きながら埃だらけの本の背を指でなぞっていると、声がした。

「どうして一冊も本を開こうとしない？」

陰のなかで椅子の横に立っている人物が見えた。その椅子に座ってオフィーリアを見つめていたのだろう。いまのことばで、彼がそうしていたのははじめてではないとわかった。

ルスヴェイン卿にちがいなかった。とはいえ、オフィーリアが想像していたより若く、半分もおそろしい顔立ちではなかった。目鼻立ちは鋭く、血色が悪く、黒っぽい髪が顔を縁取ってはいたものの、醜いというわけではなかった。

オフィーリアはひざを折ってお辞儀をした。「字を習ったことがないからです、閣下」

続く数章でルスヴェインはオフィーリアに読み書きを教え、不似合いなふたりがどんどん親密になっていき、トマスの視線がページを走っていった。やがてオフィーリアは毎晩寝る前に、ルスヴェイン卿が忘却薬と呼ぶもの――世間知らずの若い女性には強い酒だとわからなかった――を飲むあいだ本を読んで聞かせられるようになった。残り少ないページで魔術のうわさは真実ではなかったと明かされるのだろうとトマスが予想したちょうどそのとき、ルスヴェインがオフィーリアのために中身があふれそうなゴブレットを持って図書室に入ってきた。

「キュピディオだよ」ルスヴェインは彼女に飲むよう命じた。

ルスヴェイン卿は徹底した教師だったので、オフィーリアはその酒の名前の意味をちゃんと理解できた。けれど、結婚の誓いをついに果たすのに惚れ薬など必要なかった。愚かだろうと、オフィーリアはすでに彼に激しく魅了されていた。それでも、言われたとおりにゴブレットの中身を飲み干し、唇についた甘い滴をなめ取った。

「どうだい？」彼は腕を組み、厳格ながらも期待に満ちた表情をしていた。

はやる気持ちを隠そうともせず、オフィーリアは彼の前にひざまずいた。ほんとうのところ、なんの変化もなかったのだが。腹部の深いところでそよいでいる欲望の震えは、惚れ薬のせいではなかった。「あなたを喜ばせる方法を教えてください、閣下」

第二巻・完

三巻を取ろうと慌てたせいで、ティーポットに残っていたお茶をこぼしてしまった。そのほとんどをひざで受けたので、冷たくなっていたのは幸いだった。残りはソファや絨毯にこぼれたが、本はかろうじて濡れなかった。

お茶を拭き取っていたとき、ノックの音がした。

小さく悪態をつきながら大股に事務室を横切り、重いドアを力任せに開けた。外はまっ暗だった。遅い時刻にちがいない。濡れた服に冷たい風が吹きつけ、悪態は大声になった。「くそったれ。いったいなんなんだ?」

年配のミセス・マードックが頭巾のついたマントから非難がましい目つきで見上げてきた。「まあ、ずいぶんですこと」嚙みつくように言い、たたまれた紙を突き出した。「ミセス・ヒギンボサムからこれをあなたに渡すように言いつかって来たんですよ」

謝罪のことばは、立ち去っていくミセス・マードックには届かなかった。戸口から彼女を見送り、無作法なふるまいをした罰として濡れた服に冷たい風がしみこむに任せた。彼女が城内に入るのを見届けてからなかに入る。暖炉の前で手紙を開くと、ちぎった紙に殴り書きされたものだった。

〈ロビン・ラトリフが城にいて、今夜あなたと話したいと言っています〉

思いがけない内容だった——しかも奇妙に謎めいている。この内容、そして急いで持ってこられたという状況は、なにか問題が起こったことを示唆している。書かれている文字はかなり震えているため、ジェインが書いたかどうか確信が持てない。自分の推測はまちがっていたのかもしれない。ジェインがラトリフであるならば、それを明かすのになぜこの瞬間を選んだのか？

真実を打ち明けざるをえないなにかが起きたのだろうか？

お茶のしみがついた服を最後にさっと拭うと――幸い、チョッキと上着はずっと前に脱いで脇に放ってあった――ブーツに足を突っこみ、着古した外套に腕を通した。真夜中の招待なのだから、きちんとした服装でなくても仕方ないだろう。

城内に入るとだれもいない大広間を抜け、狭くて曲がりくねった南塔の螺旋階段を精一杯急いで上がった。書斎のドアは開いており、こちらの姿を見られる前に室内やジェインの姿をはっきりと見られた。彼女は深く考えこんでいるらしく、暖炉の前をうつむきながらうろついていた。長く太い三つ編みが肩に垂れていて、トマスがはじめて会ったときのように若く見えた。

用心しながら戸口をくぐったが、犬たちの姿はどこにもなかった。驚いたジェインが足を止め、はっと顔を上げた。トマスはお辞儀をした。「城にロビン・ラトリフがいるという手紙を受け取ったんだが。彼はどこに？」

ジェインは彼をたっぷり凝視したあと、両腕を広げた。「ここにいます」

どうやら彼女は芝居がかった明かし方をしてトマスを驚かそうとしたようだ。そしてトマスはあらかじめ疑念を持っていたにもかかわらず、それが本当だとわかると彼女の思惑どおりに驚いた。

ジェインは男性用の部屋着とおぼしきものに身を包んでいた。彼女が動くと、濃い紫色のシルクが明かりをとらえた。とはいえ、背の低い彼女にぴったりに誂《あつら》えられているから、紳士物ではなく彼女の服であるのはたしかだ。まさに自堕落なゴシック小説家が着そうな服だった——そして、トマスの頭からミセス・ヒギンボサムの陰鬱な喪服姿を完全に拭い去るものだった。

トマスは一歩近づいたが、彼女が片手のてのひらを向けて制止した。真実の暴露はまだ終わりではないらしい。「今夜また脅迫状が来たのをお知りになりたいだろうと思って」もう一方の手をひらりとやって机を示したが、視線は彼に据えたままだった。

「マグナス伯爵さま」

13

ジェインは、自分のなかでもっとも深く暗い秘密をだれかに明かしたらほっとするだろうと期待していた。相手の秘密を言い当てたら勝利感を味わえるだろうと思っていた。ところが、無防備に感じた。動揺していた。

それとも、そのふたつの感情は脅迫状のせいかもしれない。

トマスが机に向かうのを目で追う。称号で呼んだのに、表情にも物腰にもなんの反応も出ていない。ひょっとしたら、まちがっていたのかしら？　彼が手紙を手に取り、あまりに長いあいだじっと見ているので、こちらの存在を忘れたのかもしれないと感じる。そのあと彼は手紙を机に戻し、顔を上げないままたずねた。「私の正体をどれくらい前から知っていた？」

じゃあ、やっぱりまちがっていなかったのだ。大きく息を吸いこみながら、彼がこちらを見てくれたらいいのにと思う。「ゆうべ、あなたは否定したけれど、きっと新しい伯爵さまに送りこまれてきたのだと思ったの。でも、今朝村にいたとき、その伯爵さまが最近エディンバラで姿を目撃されていて、現状を確認するために近々ダノックにいらっしゃるだろうと聞いたのよ。そして、あなたがはるばるやってきたことや、バリセイグにご家族がいたことなどを考えて、あなたこそが伯爵さまなのだと気づいたの。すべての断片がぴったりつながったのよ」

「そうかな？」トマスが顔を上げて彼女を見た。いつもの陽気な表情は消え、ジェインが予想もしていなかった苦々しさや自己不信の陰が取って代わっていた。「最初から疑っていたのなら、きみがキスしてくれなかったのも驚くべきではないんだろうね」

ジェインはずっと隠れ、否定し、嘘をついてきた。それでどうなったというの？

『あのときキスをしていればよかったわ』

トマスが机の前にまわってきて腰をもたせかけ、胸のところで腕を組んだ。「ほんとうに？」

ジェインはうなずき、机の上の手紙をちらりと見たあと、急に乾いた唇をなめた。

「わたしにも気晴らしがあってもいいと思うの」

目になじみのいたずらっぽい温もりが少し戻ったものの、トマスはなにも言わなかった。

『わたしがロビン・ラトリフだと明かしたとき、あなたはそれほど驚いていなかったわね？」

しぶしぶ認めるように、彼が片方の肩をすくめた。「きみからの今夜の手紙と雪がパズルの最後の断片だった。今日は馬車の出入りがなかったから、謎めいたラトリフはずっと城内にいたことになる。今朝きみからヒギンボサムや家族のことを聞いて、ほかにももっと隠していることがあるんじゃないかと考えた。きみと別れたあと、外郭を散歩してロバの世話をしているドゥーガンと出くわした。彼は止めたんだが、空の馬房を覗いたら——」

「カーリクルを見つけたのね」ジェインは唇をとがらせ頭をふった。自分に許したちょっとした贅沢だ。そのうちほころびが出るだろうとは思っていた。

「赤いカーリクルだった」トマスがウインクをする。「私が想像していたダノックの賃借人に完璧にぴったりの馬車だ。だが、ドゥーガンはきみの馬車だと言って譲らなかった。ほかの情報と考え合わせて、見えているものを疑いはじめた。そこで、確証を得るために午後はずっと『魔術師の花嫁』を読んで過ごした」

ジェインはあのおそろしい手紙にちらりと目をやってから彼に視線を戻し、挑むように顎を上げた。「それで？」

皮肉な笑いとともに彼は組んでいた腕をほどき、外套の前を開けた。

つかの間、ジェインは彼が薄いキャンブリック地のシャツしか着ていないことに気を取られた。シャツは体にぴったりの着古した鹿革のひざ丈ズボン《ブリーチズ》からほとんどはみ出ていた。クラバットもつけていなかったし、シャツのV字の襟もとからは、日焼けした肌と胸毛が覗いていた。

「三巻めに急いで手を伸ばそうとしたせいで、ティーポットに半分残っていたお茶をこぼしてしまったんだよ」

濡れた服が腹部から下の硬い筋肉に挑発するように貼りついていた。「まあ」先刻エルスペスが来てくれたおかげで、『魔術師の花嫁』の第二巻と三巻のあいだに劇的な中断があるのをやすやすと思い出せた。ジェインの頬がまっ赤になる。「その先がどうなるか知りたいのかしら？」

彼の表情は……ジェインには適切に表現できなかった。いたずらっぽい、かしら。そそられている。それに、少なからず感銘も受けているように見える。「それくらいは、私にだって見当がつけられるよ」

ジェインはまた彼を上から下までじっくりと見た。彼はあまりにもハンサムだ。あまりにも自信たっぷりでもある。「おことばですが、マグナス伯爵さま、それは甚だ怪しいと思いますわ」

彼は笑ってみせたけれど、そこにまた陰がよぎった。トマスは称号を口にされるのが好きではないようだ。「もし私がまちがっているとしたら、ロビン・ラトリフの読者はとてもがっかりだろうね」

彼はわたしをからかっているのよ。それでも、そのことばは不安になるほど急所のそばを突いてきた。「たしかにそういう読者もいたわ」

今度は彼がジェインをじっくり見る番だった。とはいえ、トマスは彼女の顔から視線をはずさなかったが。「そのなかにはきみのご両親もいたんだね。母上がきみのあるものを見つけて嘆いたと言っていただろう。それはきみの書いた物語だったんだね?」

ジェインはうなずいた。「母だけだったら、いずれわたしを許してくれたと思うの。でも、父が――」隠しておいた場所から記憶が危険な弾丸のようにすばやく飛び出してきた。娘の罪のおそろしい証である原稿を彼女の顔の前でふるバサバサという音。怒りを吐き出す父の口角にたまっている唾の小さな泡。その間ずっと母の頬を流れる涙。たいせつな原稿が客間の暖炉に投げこまれて、立ち上る渦を巻く煙。「父は空想の気配がするものはどんなものも認めなかったわ――いいえ、いまも認めていないんでしょうね。小説なんてその最たるものなの」

　トマスの目がぎらりと光り、ジェインはどきりとした。わたしのために怒ってくれた人がいままでいただろうか？　鼻から鋭く息を吸い、ゆっくりと吐くトマスの胸が上下した。それでも少しも気が静まっていないようだったけれど。「それで、お父上は――」

「原稿を燃やしたの」そう言ったあと、トマスのこわい目つきから逃れてあのとんでもないソファに腰を下ろした。「父の弁護をするわけじゃないけれど、あれはたしかにかなりお粗末な散文だったわ。幸い、写しを自分の部屋のゆるんだ床板の下に隠してあったの。ロンドンに着いて最初に原稿を持ちこんだ出版社は、灰の山のままにしておくべきだと言った。貸本屋に買ってもらう本には、わたしが書くような場面はぜったいに入れてはいけないんですって」

「それできみはその助言をロビン・ラトリフに伝えたんだね？」トマスは机を離れて彼女のそばに来て、彼のために作られたと言わんばかりに革の椅子に腰を下ろした。

　今度はジェインが苦笑気味に笑う番だった。「そうよ。でも、ロビン・ラトリフはその助言を受け入れなかった。幸い、それでもペルセポネ出版がその本にけっこうな金額を払ってくれたわ」

　トマスはうなずき、前かがみになってひざに肘をついた。「ほかにも……きみの作品に腹を立てた人はいるのかい？　ただの批評ではなく。その、手紙は何通……？」

ジェインは机にちらりと目をやった。「ああいう手紙のこと？　ほかには一通もないわ。わたしは――」ことばが途切れた。トマスが立ち上がって手紙を手に取り、椅子に戻って目の前に掲げたからだ。彼の指先に毒がしみこむ前にジェインはその手紙をひったくりたかった。「そうね」なんとか声を出す。「長年のあいだに、わたしの小説はつまらないごみだとか、特定の本にぼうっとなっているあいだは娘たちが使いものにならないとかいう不満をわたしやミスター・キャンフィールドに送ってきた善良な人々はたくさんいたわね。でも、ほんとうに動揺するような手紙は昨日まで読んだことがなかった。それに今夜までは……こわいと感じたこともなかった」

「こんなものを見たら、だれだって恐怖を感じるよ」当然といった口調だ。トマスが手紙をためつすがめつすると、もとあった場所から切り取られてまったく別のおそろしいものになるべく糊づけされた文字のぎざぎざの端が少し浮いているのを炉火がとらえた。「この差出人は、切り貼りという方法と文言そのものの両方できみをこわがらせたかったんだ。こんなことをしておきながら完全に匿名性を固持しようとしている……。それが犯人の目的だ」

自分の反応が予想外のものでも大げさすぎるものでもないとわかって、ジェインはほんの少し心がなだめられた。「でも、それだけじゃないの。裏返して宛名書きを見て。いつもは出版社から転送されてくるから、ロビン・ラトリフはダノック城宛てで郵便物を受け取ったことが一度もないのよ。それなのに、こ、この差出人は、か、彼が――じゃなくて、わたしが――」

トマスは空いているほうの手で安心させるように彼女の手をぎゅっと握った。彼の手は温かかった――あるいは、その瞬間まで気づいていなかったけれど、ジェインの手が氷のように冷たかったのかもしれない。「差出人は自分がなんでも知っていると思っているかもしれないが、それはちがう。たとえば、そいつはジェイン・クウェイルではなく男に脅迫状を送っていると思っている」

「でも、もしその人があのドアから飛びこんできたら」言いながら肩越しにふり返る。

「そんな思いちがいが重要？」

トマスは彼女が目を合わせてくるまで手をきつく握った。「重要になるかもしれない」

もちろん、彼には重要だと断言してもらいたかった。わたしは完璧に安全だと請け合ってもらいたかった。それでも、正直な返事には慰められたし、彼が隠しごとをしているにもかかわらず信頼しようという気になった。

「あなたは〝しようとする〟と言ったわよね——こういう手紙は匿名性を固持しようとするものだと。それって相手がそれに失敗する場合もあるということ？」

トマスは脅迫状をもう一度検め、片方の肩をすくめ、凝りをほぐすかのように首をねじった。その間もジェインの手を放さなかった。「こういう問題に対処するには、私よりも遥かに優秀な人たちがいることを理解してほしい。細かい点を見逃さない目を持っている必要があるんだ」親指の爪でそのことばを強調する。「切り貼りされた文字の形を見てごらん。oの頭が小さく欠けているだろう？　特定の印刷物から切り抜いたものだろう。容疑者の居場所を絞りこむには、どの新聞や雑誌が使われたのかを突き止めなければならない。特徴が『ロンドン・タイムズ』紙のものと合致したら望み薄になるが、『ブリストル・マーキュリー』か『エディンバラ・ガゼット』だったら、少なくとも脅迫状がどの地域から送られたものか見当をつけられる」

けれど、ジェインは手紙を見てはいなかった。彼を見て、軍で体得した重要な技能について話したことを思い出していた。出所のたしかでない新聞用紙を特定する能力は、ふつうの軍人に求められるものではないだろう。

でも、過去七年以上を特別任務に就いていた人なら……。

「軍でなにをしていたと言ってましたっけ？　浜をぶらぶらしていた、だったかしら？　それには謎めいた手紙を解読することはふくまれていないと思いますけど……」

トマスの手のなかで手紙に不穏なしわが寄ったが、彼はジェインが心配したように手紙を握り潰しはしなかった。彼は手紙もジェインも見ていなかった。床を見ていた。

「それには答えないほうがたがいのためだ。少なくとも、いまは。どんな兵士も危険な任務に就いているが、自分の任務について話せば話すほど、戻れる可能性が低くなってしまう。それに――」ジェインを見て微笑んだが、目は笑っていなかった。

「――きみは私に永遠にダノックにとどまってほしいとは思っていないだろう？」

彼はバリセイグにとどまるつもりがなかったの？　軍に戻りたがっているの？　それはいい知らせだ、とジェインは自分に言い聞かせようとした。ここを追い出されはしないということだから。けれど、何年もここに住んできたから、ダノックとバリセイグがもっといい管理者を深刻に必要としているのを知っていた。指揮力のある人を。それに、ほんとうのところ――あまり気づきたくはなかったけれど――いまだに彼を好きだったから、世界の反対側で危険な任務に就くよりはここにいてほしかった。

「もちろんだわ」ジェインはわざと明るい声で言った。「大きなお城だけど、マグナス伯爵さまとロビン・ラトリフがときどき出くわしてしまうのは避けられないでしょうしね」

トマスの笑いは嘲るような、おもしろくもなさそうなものだった。ジェインの指関節を親指でなで、指先をぎゅっと握ったあと、ようやく温もってきた彼女の手を放した。「やめてくれ。頼む」

「あなたを称号で呼ぶなということ？　でも、伯爵さまでしょう」

それを聞いてトマスはさっと立ち上がり、階段へと続く閉めていなかったドアに目をやった。「私はグラスゴーの学校長と、その彼が徒歩旅行で出会ったハイランドのただの娘の息子だ。もっと重要なのは、英国陸軍の中尉だということだ。だから無理なんだ……」

尻すぼみになったことばがふたりのあいだの宙を漂った。

「無理なの？　それとも、その気がないの？」ジェインがついに口を開いた。

トマスは部屋と、それが象徴するものを見て取っていった。「こんな決断を迫られることになるとは思ってもいなかった。これまでの私と、これからなるよう期待されている私は相容れないように思われる」

「というよりも、硬貨の表と裏じゃないかしら」やさしい口調でジェインは言った。

「両方を同時に最優先するのはもちろん無理でしょう。とがった切っ先の上で永遠に均衡を保とうとする――とっても危険よね――のでないかぎりは。でもね、ダノックはまさにあなたのような経歴と教育と経験のある人を必要としているのだと思えるの」

「私の経歴ね」トマスが鼻で笑う。「アイ、この辺りの住人は、私をいたずら好きの少年としておぼえているだろう。彼らはぜったいに――」

村人たちの性格をよくわかっているジェインは、自信たっぷりに言った。「受け入れてくれるわ。そのうち」

彼の疑わしげな表情は少しも変わらなかった。「まあ、それまでのあいだは自分の得意とすることを貫くよ。手紙を調べよう。一緒に」そう言って彼女に向かって脅迫状を突き出す。「気づいたことを教えてくれ」

ほんの少しためらったあと、ジェインは驚くほどしっかりした手で手紙を取った。はじめのうち、ことばが目の前で無秩序に泳いだ。彼に同情する自分のなかで、〝無理なんだ〟ということばがこだました。でも、彼にも退屈しのぎが必要なのは明らかだったから、自分がそれを提供しようと思った。彼のために。

「ここよ」ジェインは人差し指で手紙を指しながら彼のほうに向けた。「この言いまわしは『マンスリー・レビュー』のものだわ。〝くだらなくて吐き気を催す散文〟──前にそう書かれたのをおぼえているの。『魔術師の花嫁』についていちばんすてきな批評だったわ」

その文言を読みなおすトマスの顔が翳る。「低俗な三文文士だな」ぶつぶつと言った。

「その人もわたしをそう呼んだと思うわ」声に笑いをにじませる。「あら、わたしのために怒ったりしないでちょうだい。彼らの神聖なページにわたしが入りこんだことが真の勝利なのだから。わからない？　わたしの本は人気があるから、『マンスリー・レビュー』はゴシック小説の存在を認めざるをえなかったの。あれはおそらくいちばんのお気に入りの批評になるかもしれない」

驚きと感興がないまぜの表情を浮かべ、トマスは頭をふった。「つまり、この脅迫状を作った人間はきみの本の批評を読んだってことだ」

「そのようね。それから、ここの〝お粗末で破廉恥で、純真な読者にはそぐわない〟というのは、『クリティカル・レビュー』に載ったものだわ。この批評が掲載されたあと本が飛ぶように売れたから、ミスター・キャンフィールドは増刷しなければならなくなったの」

「ここの新聞用紙は？」ジェインの横に腰を下ろし、彼が意気ごんだ。「これに心当たりはあるかい？」

「ちょっと自信がないわ」脅迫状に貼りつけられた切り抜きひとつひとつに集中するのは、全体を受け止めるより遙かにたやすかった。それでも、すぐ横にトマスがいる――一緒に手紙を持って調べているせいで触れ合いそうな彼の体から熱が伝わってくるし、コロンと濡れた毛織の外套とこぼしたお茶のぴりっと甘い香りが混ざり合っているし――せいで強く気が散らされた。「わたしを〝地獄の炎に焼かれる宿命の堕落した売春斡旋人〟とか呼んでくれているこっちの長い切り抜きはどうかしら？　紙質がちがうでしょう」

「本から切り抜いたんだろう」トマスが思案する。「奇妙だな。自分の主張を伝えるために半ペニーで買える新聞を切り抜くのはまだわかる。だが、高価な季刊誌や本を切るかな？　この差出人がだれであろうと、ある程度裕福な男のようだ」

「それとも、頭がいかれているかね」ジェインが指摘する。「それと、どうして男なの？　これを送ってきたのは男性だという確証はあるの？」

「いや、ないよ」トマスがしぶしぶ認めた。「差出人が女性だったら、〝おまえの罪深いことばを鵞ペンでその体に刻んでやる〟という脅しを実行に移す可能性が低くなって、きみも少しは安心できるんだろうね」

ジェインの胸から震えるような笑い声が出た。「それはどうかしら、女性だって鵞ペンの先をとがらせるくらいはできるもの。なんなら、そのこつを教えてもらいたいくらい。執筆には先のとがった鵞ペンが必要だから」

ぞっとするような冗談を聞いてトマスはきつく目を閉じたが、唇にはうっすらと笑みが浮かんでいた。「今夜はそろそろ終わりにしよう」目を開けたとき、彼はジェインを見ずに手紙に目を向け、丁寧にたたんで外套の胸ポケットにしまった。「戸締まりを確認しておくよ」立ち上がる。「ドゥーガンが気をつけてくれている。犬たちも――」

「あの子たちはミセス・マードックと一緒にいたほうがいいわ。彼女はひとりきりだから」

トマスが動きを止める。「きみは？」

今夜、ジェインは彼を無理やり恐怖と向き合わせた。今度は自分が恐怖と対峙する番かもしれない。でも、わたしがおそれているものはなんなのだろう？

彼を望んでしまうこと？　彼を必要としてしまうこと？

それとも、またもや彼を失うこと？

ジェインはひとりでいるのに慣れていた。でも、孤独でいることにはもううんざりだった。

彼女は課題を克服するときのように小首を少し傾げた。「今夜は一緒にいてほしいの、トマス」彼を名前で呼んだことよりも、自分が彼を誘ったことのほうが少しだけ衝撃は大きかった。けれど、いまさら彼をミスター・サザランドと呼ぶのは正しくないように思われたし、彼が不本意ながら名乗るはめになった称号で呼んで傷つけたくはなかった。「そうすれば、危害に遭わずにすむと思うから」

七年ぶりにふたりが顔を合わせたのは昨夜のことだった。あれからずいぶんのことが変わったと同時に、ほとんどなにも変わっていなかった。ふたりのあいだの空気がバチバチと音をたてるようだった。

「ジェイン」ささやき。懇願。トマスの視線が彼女を通り越し、続き部屋になっている寝室のドアに据えられた。とうとう彼はうなずいた。「わかった。ここの居間で見張っていよう。だが、頼みがある。あのとんでもないソファに寝るなら毛布が欲しい。それから――」外套の襟を立てながら、立ち去ろうと背を向ける。「――寝室のドアに錠をかけるのを忘れないように」

期待の熱は、彼が体をかがめて戸口をくぐって出て行くのを見つめるうちに腹部で溶けて冷たい不安の丸い塊になった。がっかりして顔をうつむける。

その拍子にシルクのバニヤンに炉火が反射して、指がインクのしみで汚れているのが目に留まった。唇に思わず笑みが浮かんだ。そうよ、彼から聞きたいと思っていた別れのことばはあんなのじゃなかったわ。

幸い、ロビン・ラトリフは気乗り薄のヒーローの扱い方を知っていた。

14

外郭の安全がすでにしっかり確保されているのをたしかめたあと、トマスはドゥーガンを起こしてミセス・ヒギンボサムに危害をくわえようとする人間がいるかもしれないと告げた。ラトリフの名前は出さなかったが、いずれにしろドゥーガンはジェインに弱いらしかった。彼は理解力に難があると思われているらしいが、トマスのことばをたちまち理解した。

「城門を閉じておくんですね？　だれも出入りさせないんですね？　アイ。おれがしっかり見張ってミセス・ヒギンボサムをお守りします」

トマスは彼に礼を言って門番小屋に戻り、旅行鞄の底に隠しておいたナイフを取り出してブーツ内側の隠し鞘にすべりこませた。見えない敵にそなえて武装するのには慣れ親しんでいたので、どこか落ち着く気分ではあったが、まさかダノックでこんなことをするとは予想もしていなかった。

だが、自分はなにを予想していたというのだろう？

ジェインから聞いた話を思い出す。人生のすべての瞬間が自分をここへ導いた可能性にはじめて思い至る。トマスの人生という糸はよじれ、解きほぐすのが不可能といわれているゴルディオスの結び目になってしまった。収拾のつかないこの状況を剣で両断すべきだろうか？（ゴルディオスの結び目を解けるのはアジアを支配する者のみという神託があったが、アレグザンダー大王がこれを剣で両断したことにかけている）だが、ジェイン――彼女自身が心配ごとでいっぱいのはずなのに、トマス自身以上にトマスという男に信頼をおいている親愛なるジェイン――はこのごたごたの一部で、彼の過去と現在を結びつけている結び目だ。

居間に腰を落ち着け、先刻自分がやらかしたへまをとりあえず正そうとしてみた。床には『魔術師の花嫁』の第二巻が置かれている。

〝その先がどうなるか知りたいのかしら？〟

ああ、そのとおりだ。彼女はどうして私に戻ってきてほしいと頼んだ？　そして私はどうしてそれを聞き入れたんだ？

彼女が保護を必要としていて、それをあたえるのが自分の務めだからだ、と自分自身に言い聞かせることはできる。だが、それが真実のすべてではなかった。ふたりはたがいに相手に危険なものを望んでもいるのだ。

七年間、口づけの記憶で頭がどうかしてしまいそうだった。それ以上の記憶に苦しめられることにでもなれば、どうなってしまうのだろう？

切望と渇望の震えが走ったが、そこに希望のようなものも混じっていた。あるいは、苦痛の兆候か。

賢い人間ならば、この果てしなく続く夜にはなにかほかの気晴らしを計画していただろう。トマスは顔をしかめて本を手に取り、ポケットに入れてろうそくを消してまわった。

内郭を通り、すべてに錠がかかっているのを確認し、それからミセス・マードックの部屋を探した。アフロディーテとアテナがいなければ、しばらくうろつくはめになったかもしれない。二頭はトマスの足音が近づいてくるや否や遠吠えをはじめたのだ。彼が思っていた以上に優秀な番犬なのかもしれない。

ミセス・マードックの居間のドアが勢いよく開いた。「だれ？」

「私ですよ。すみません。ただ――」

「わかっているべきでしたよ」家政婦が頭をふってなかに戻ったので、トマスはそれに続いた。居心地のよさそうな部屋で、磨き抜かれたクルミ材の作業台とその両側に置かれた赤紫色の座面の椅子二脚でほとんどいっぱいだった。飾り穴のあるブリキのランプが放つ光は刺繍の施されたクッションや薄緑色の壁を照らしており、テーブルの上にはミセス・マードックの裁縫道具入れと開いて伏せた本が置かれていた。本を読んでいるところを邪魔してしまったのかもしれない。表紙から小説らしいとわかる。ジェインの作品だろうか？

家政婦はポケットに手を入れ、犬たちになにかを投げて静かにさせた。「チーズの削りくずですよ」前掛けで手を拭いながら説明する。「静かにはさせられますけどね、これをやったあとは犬たちの風下では眠らないほうがいいですよ。わかると思いますけど」

陰鬱な気分だったにもかかわらず、笑いでむせそうになった。「教えてもらってよかったよ」犬たちはミセス・マードックと同じくらいのしかめ面で彼を見ていた。だが、彼女が言ったとおり、二頭はお座りをして静かになった。「邪魔して申し訳ないが、ミセス・ヒギンボサムからの伝言で、今夜は犬たちをあなたのところで預かってほしいとのことなんだ」

ミセス・マードックは顎を胸につけるようにして疑念をにじみ出させた。「どういうことです？　この子たちをここで預かる？」鼻にしわを寄せる。先ほどの自分のことばを思い出しているのかもしれない。

「ちょっと落ちこむ知らせを受け取ったんだ。それで私を呼んだんですよ」不本意ながら、家政婦が一時間前に持ってきた手紙に言及した。

「悪い知らせだったんですか？　あたしが奥さまのところに行きましょうか？」家政婦の声に不安を聞き取った犬たちが首を前に伸ばした。彼女のそばへ行きたいのだ。

「いや、大丈夫。でも、彼女を休ませてあげたいから、犬たちを預かってほしい。邪魔が入らなければぐっすり眠れると思うんだ」ほとんど自分自身に向けて言ったのだが、険しい顔をして犬たちを交互に見た。アテナは首もとの毛を逆立てたが、アフロディーテは服従するように薔薇模様の絨毯に身を伏せた。

ミセス・マードックの灰色の目が、トマスがきちんとした格好をしていないのを見て取った。「このあと門番小屋に戻るんですね？」

彼が意図したとおり、ミセス・マードックは別れの会釈をイエスととらえた。あるいは、そのふりをした。

「お休みなさい、ミスター・サザランド」

「お休みなさい、ミセス・マードック」

静かに歩くよう気を遣って大広間を横切り、螺旋階段を上る。ジェインの書斎のドアはきしみながら開いたが、室内は静まり返っていてほとんどまっ暗だった。薪はほのかに赤く光る熾となっており、ジェインが彼のために一本だけつけたままにしてくれていたろうそくは消えかけていた。

暖炉からのかすかな明かりで別のろうそくを見つけて火を灯し、部屋を隅々まで調べた。空っぽだった。彼に言われたとおり、ジェインがもう寝たと知って驚いた。

そして、ありがたく思うべきだと自分に言い聞かせようとした。

ジェインは毛布と枕を用意してくれていたが、あのソファで待っているのが惨めな夜であるという事実はそんなもので隠しようがなかった。ソファに頭か足のどちらかを上げて横になることはできるが、両方上げるのは無理だ。小さなテーブルのろうそくの隣りに本を置き、外套を脱ぎ、毛布を手に取ると、ソファではなく革椅子で楽な姿勢になろうとした。

だが、快適すぎてはだめだ。なにか起こる可能性は低いとは思っていたが、見張り中に眠っているところを襲われてはかなわない。本を手に取ってろうそくを引き寄せる。今日の午後の経験から判断して、この巻の終わり方のせいで何時間も眠らずにすむだろう。

彼には先が読めないだろうと断言したジェインをおぼえていたので、第三巻の第一章が第二巻終わりの続きの場面からではなく、罪悪感に苦しんでいるオフィーリアの育ての家族——きっとジェインも自分が出て行ったあとに家族が後悔していると思いたかったのだろう——がいる小屋からはじまっているのがわかっても驚かなかった。

ルスヴェイン卿の金がどうしても必要だったのはたしかだが、オフィーリアを怪物の巣窟に送りこんだのは不当な扱いだったと家族は気づいたのだ。仲間を集め、三つ叉や大鎌や松明で武装し、大胆不敵な救出の準備をした。

そのころ図書室では、オフィーリアがルスヴェインの足もとに顔をうつむけてひざまずき、待っていた。トマスは椅子に深く座ったが、そのくつろいだ姿勢は轟く期待感とは不似合いなものだった。

図書室の絨毯は足の裏にはふかふかだけれど、薄いモスリンのドレス越しにはひざをチクチクと刺した。重々しい沈黙のなかで、わたしの鼓動は彼の耳に届いているかしら、とオフィーリアは訝った。それでも顔を上げず、椅子の肘掛けを驚くほどきつく握っている色白で指の長い彼の手に視線を据えたままでいた。彼を怒らせてしまった。失望させてしまった。

永遠とも思える時間が過ぎたころ、彼の手が動き、袖を縁取るレースがもの憂げに手首の上ですべり、認め印つきの金《きん》の指輪が明かりを受けてきらめいた。彼はゆっくりと手を伸ばし、指先でオフィーリアの喉に触れた。冷たく、軽く、荒れ狂うような触れ方だった。

脈を取るかのようにしばらくそのままでいたあと、手を顎へと動かし、彼女の顔を上げさせた。親指の腹でそのふっくらした唇をなぞる。黒っぽい目を重たげな半眼にして、彼は自分の手の動きを熱心に見つめた。オフィーリアは彼のために進んで唇を開いた。

「とてもきれいだよ、きみ」その声はざらついていた。彼の手よりも。「ほんとうにきれいだ」

鍵が差しこまれるくぐもったきしみ音がして、だらりと座っていたトマスははっと体を起こして本を落とした。

ジェインがためらいがちに三歩入ってくる。「あら、いたのね」先ほどよりはたしかな足取りでもう三歩進み、トマスの前で止まる。「眠れなかったの」

ふたつの本能がせめぎ合う。レディに礼儀を示して立ち上がるか。ブリーチズの膨らみを見られないよう座ったままでいるか。

体の反応をいまいましい本のせいにしたかった。だが、ジェインの姿も本と同じくらい影響していた。寝間着の下の官能的な曲線が、ろうそくの明かりを受けてほとんど隠されていない状態なのだ。三つ編みからほつれた髪が頬を、顎を、首を愛撫していた。つかの間、本を読んでいるあいだに眠ってしまい、夢のなかでこんな像を呼び起こしてしまったのだろうか、と訝った。

現実だろうと熱に浮かされた空想の産物だろうと、彼女があと二歩進み出て私の前にひざまずいたら、ブリーチズのなかで放ってしまうことになる。そうなったらおしまいだ。

だがもちろん、ジェインはそんなことをしなかった。

彼女は腕を組み、胸の頂をトマスから見えなくした。「来てくれるかどうか確信がなかったわ」

彼女がそう思っても責められなかった。何年も前に突然テンチリーを発ったことにしろ、自分の正体とダノックに来たほんとうの理由を隠そうとしたことにしろ、疑われて当然のふるまいをたっぷりしてきたのだから。

折りの悪い情熱を落ち着かせるため、トマスは深呼吸をして椅子の上で身じろぎし、薄着のジェイン以外に考えるものはないかときょろきょろした。この体を冷ましてくれるなにか。みぞれに雪に……あのおぞましい手紙だ。

わずかな一瞬、彼女が自分にここにいてほしがったほんとうの理由を忘れていた。だが、彼女のほうはもちろん忘れていなかった。ろうそくの明かりが、心配で眉根に寄ったしわを鋭く浮き彫りにしていた。

トマスはなめらかな動きで立ち上がり、毛布をさっとつかんで彼女の肩にかけ、自分が座っていた暖炉そばの椅子にいざなった。

「戻ってくると言ったはずだよ」火かき棒で燠をかき立ててから薪を足した。

「その前の話よ。書きつけを送ったときのこと」トマスの視野の隅にこちらを見ている彼女が映った。それからジェインは床に視線を落とし、声も落とした。「応えてくれるかどうか不安だった」

「ロビン・ラトリフの頼みという形にする必要などなかったんだよ」手を払い、彼女をふり向く。「きみの頼みでも私が来たのはわかっているだろう？」

ジェインは彼のことばを払いのけた。「いいえ」

トマスはぼんやりした彼女の視線の先に大胆に入り、顔を上げて自分を見るよう強いた。「いまはわかっただろう」

彼女の頰に赤みが差した——喜びで、だとトマスは思った。ジェインは胸にかかった毛布の縁をいじったが、彼がかけてくれたものだと思い出したようで、太腿の下に手を入れてしっかり押さえこんだ。

トマスは片手のてのひらを差し出した。「さあ立って。もう遅いからベッドに入るべきだ」

「子どもじゃないのよ」唇をとがらせる。

だが、結局は手を出して彼の手に重ねた。彼がふざけた感じでその手を引っ張って立ち上がらせた——そして、ふたりの体がぶつかった。

そんなことをするつもりはなかった。一瞬体勢が崩れ、ちょっと勢いを見誤ったのだ。だが結果的に、うれしくなるくらい温かく、すばらしくやわらかな彼女がトマスの腕のなかにいた。

ジェインは小さくあえいだ。〝まあ！〟とは叫ばなかった。体がぶつかったのはそれほど驚きではなかったが、その感触には驚いたとばかりに。それでも、さっと離れはしなかった。

そしてトマスも、神よ助けたまえ、すぐに彼女を放さなかった。「アイ」ささやき声で返事をする。「きみはどこからどこまでおとなの女性だ。だが、きみを守るのであれば、私たちは——」

「なに？　無理なの、それともいやなの？」ジェインはわがもの顔に彼の胸に手を置いた。心臓の上に。「今夜ふたりのあいだになにかあったら、わたしの弱みにつけこんでしまうと心配しているのかしら。あなたが男性で、わたしが女だから。あなたがスコットランドの獰猛な戦士で、わたしが苦難の乙女だから。あなたが領主で、わたしがあなたの卑しい賃借人だから」

あまり意味のない否定のことばが出かかったが、ジェインにさえぎられてしまった。

「わたしが外聞の悪い本を書いていることをお忘れ？」人差し指の指先で鎖骨の下に挑発的な模様を描かれると、そこ以外の場所でその指が魔法を紡ぐ場面がトマスの頭にいきなり浮かんだ。「おかげで鼻持ちならないほどお金持ちになったわ」ジェインは顔を傾け、黒っぽいまつげの下から彼を見上げた。「ずいぶん前から自分のことは自分でしてきたのよ」

自分のことは自分でしてきた。彼女が経済面についてだけ言っているのだとはトマスには思えなかった。邪な彼女の指が太腿のあいだにすべりこむところを想像などしたが最後、トマスの決意は木っ端みじんになってしまうだろう……だが、そもそも決意などほとんど残っていなかった。トマス自身も長いあいだ、自分のことは自分でしてきた。長すぎるほど。

トマスがためらうのを見て、彼女は下唇を噛んで大きく見開いた目で彼の顔を探った。トマスにはそれが、小説の登場人物がしそうな仕草に思われた。オフィーリアがルスヴェインを誘惑するときにした仕草に。無垢な人間の考える誘惑。

だが、これはジェインの本のなかの話ではない。

トマスは彼女の腕をなで上げた手を顔の横に添え、唇を噛むのを親指でやめさせた。

「私たちのために作ったきみの筋書きだと、次の章ではなにが起きるのか教えてくれ」

「そうね」自分の提案がきわめて実際的だとばかりの落ち着いた声だったが、頬は明るいピンクに染まっていた。「今夜自分たちの気をそらしていることに屈服したら、明日の朝にはすっきりした頭で目覚められると思うの。ちゃんと集中できるようになれば、あのばかげた手紙を書いたのがだれかを突き止められるでしょう」

どちらの問題もそういう風にうまくいきはしないと言うべきだろうか？ 自分が本領を発揮しなければ、脅迫者の正体は謎のままに終わるだろう。それに、ふたりのあいだの引力に屈服しても、ジェインが思っているようにろうそくを消すことにはならないはずだ。少なくとも、彼のほうは。

それどころか、導火線に火をつけることになりかねない。

もしかすると、彼女はその板ばさみ状態を完璧に理解しているのかもしれない。

「ほんの数日したら、わたしたちのどちらかはダノック城を出て行くことになるわ」ジェインが続けた。「わたしがここにとどまってロビン・ラトリフで居続けるか、あなたがとどまってマグナス伯爵になるか」

きっとそれ以外にも選択肢はあるはずだ。ふたりの選べる道が。

その思いは、ジェインの手が下がってまた激しく鼓動する心臓の上に置かれると、さっとどこかへ消えてしまった。「ふたりとも一度だけのむじゃきな口づけを忘れていなかったわ。これからの七年も二十七年も、キス以上のことをしたらどうなっていただろうと考え続けたい？」

まさか。

脳の奥深くでは、そんなことばよりもましな答えをちゃんと声に出して言うべきだとわかっていた。ロマンティックで美しいことばで。

その代わりにトマスが選んだのはキスだった。今回のキスは甘くやさしいものではなかった。深くて多くを要求するものだった。

必要とあらば、男が二十七年間思っていられる口づけ。

顔の横に添えた手をそのままに、トマスは唇を重ねた。あまりに勢いこみすぎて引かれるのではないかと心配になるほどだった。けれど、ジェインは一歩近づいてそのやわらかな体を彼の硬い体にぴったりとつけた。トマスははじめは飢えたように、それからゆっくりと唇を動かし、彼女のしなやかで引き締まったすばらしい体の感触に浸り、キスを返してくれるよう説得した。閉じられた唇のあいだを舌で愛撫すると開いてくれたので、彼女の甘さを味わえた。

キスをやめたら後悔するとわかっていた。脳を離れた血液の一部が戻り、これがどんなにとんでもない考えだったかを思い出すことになる。この先何年も今夜のことを考え、ずっとキスを続けられたのにやめてしまった瞬間を思い出し、自分自身を、ついでに宇宙を呪うだろう。

だからトマスはふたりとも息が苦しくなるまでキスを続けた。ジェインの指がこちらのシャツを握り、空いているほうの腕が腰にまわされるまで。自分の足が動き、彼女を寝室へといざなっているのに——それとも、いざなっているのは彼女のほうなのだろうか——気づくまで。それは、ふたりともに学びたがっているダンスの最初のステップだった。

足が硬いものにあたり、トマスは立ち止まった。ジェインは少しだけ顔を離して警戒するようににらみ、彼が言おうとしていることに反発しようと口を開いた。それから彼の視線を追って床を見ると、かわいそうな『魔術師の花嫁』の第三巻がそこに落ちていた。

ジェインの片方の口角がくいっと上がった。「これをベッドに持っていくつもりだったの？　軽い読み物で時間を潰そうって？」

トマスは体をかがめて彼女に軽くキスをしたあと、太腿で彼女を寝室のほうへ押しやった。「今夜は必要なだけ楽しめるだろう」

今度はジェインがよろめいた。ほんの少しだけ。トマスが手を貸すまでもなく自分で体勢を整え、一歩進んだ。けれどその目に不安の陰がよぎった。「トマス？」

「なんだい？」

彼女はトマスのクラバットがあったはずの場所から上へは目を上げなかった。「わたしの書くものは、そのほとんどが想像の産物だと言っておくべきだと思って。その、実体験による情報は持っていないのよ」

「驚いたとは言えないな」この会話の行く先がわからなかった。「婚約者を殺したかもしれない闇の魔術師ときみが個人的な知り合いだとは思っていなかったし」

このぱっとしない返事を聞いて、ジェインは眉根を寄せた。トマスははっと理解した。世間的には彼女は外聞の悪いロビン・ラトリフか、ある程度の経験を持つ未亡人のミセス・ヒギンボサムだが、彼女自身はいまもトマスが出会ったときの無垢なミス・クウェイルのままだと伝えようとしているのだ。

「知らなかったのかい、ラス？」ささやくように言ってジェインのこめかみにやさしいキスを落とす。「愛の行為にとって、想像力がもっとも重要なんだよ」

つかの間、ジェインは彼を信じていいのかどうかわからない、という表情をした。それからほんの少し邪な笑みを唇に浮かべた。彼女はろうそく立てを手に取り、トマスを引っ張って寝室に入った。

15

ジェインが彼の手を放し、ろうそく立てをベッド脇のテーブルに置いたときも、トマスはあの気安くいたずらっぽい笑みを浮かべていた。彼は錠に鍵を挿すと、腕を交差させてシャツをつかみ、ブリーチズから引き抜いた。なめらかな動きでお茶のしみがついた服を頭から脱ぎ、放り投げる。

少なくとも腰から上は、ジェインがすでにちらりと見た部分同様に隅々まで日焼けしていて、いまはろうそくの明かりで暖かな色合いになっている。彼には半裸で歩きまわる癖があるか、南国の太陽はシャツをも貫いて肌を焼くほど強いかだろう。胸もとには黒っぽい毛が菱形に生えている。胸骨のあたりがいちばん濃く、それが徐々に凧の尻尾のように細くなってブリーチズのなかに消えていた。

それ以上視線を下げることはジェインにはできなかった。引き締まった筋肉質の腕と胸だけでもじゅうぶんだった。見えている素肌の隅々まで指を這わせたかった。彼が危険な目に遭った証拠である、肋骨近くの細長い傷跡もふくめて。あのシルクのような胸毛に頬を寄せ、彼の男らしい香りを吸いこみたい。それに……。

「順番にするのが公平というものだよ」彼が小声で言い、ジェインが目を上げると挑発的に両の眉を上げていた。訳知りの温かい色をたたえたそのまなざしを受けて、ジェインは太腿をぴたりとつけた。ゆったりした寝間着のおかげでその動きは彼には見られなかった。

はっと息を呑み、ジェインは肩にかけた毛布を床に落とし、寝間着の首もとのリボンに手をかけた。細いシルクのリボンを巻きつけた手を見下ろす。「その……ろうそくを消すべきではないの？」

「そんなことをしたらおもしろくないじゃないか？」

トマスは彼女に見させてやった。今度は彼女を見たかった。さっきも言ったとおり、それが公平というものだ。それでも、ジェインはためらっていた。トマスは隠そうとしたものの、美しく繊細なオフィーリアがルスヴェイン卿に嬉々として従う場面を読んだときの体の状態をジェインに見られていた。「ロ、ロビン・ラトリフの小説に出てくるヒロインとは残念ながら全然ちがうの」

これ以上ばかげたことばがあるだろうか？　だれだって、彼女を見ればわかる……。

先刻の彼との会話があったため、ジェインはふくよか以外のことばを必死で探した。寛大な気分のときに母が娘の体つきを描写するのに好んだ表現はがっしりしているだった。ドレスの仕立て屋からは、クリスマスの鵞鳥であるかのように丸々していると言われたことだってある。

トマスは彼女に近づき、リボンに手を伸ばした――いや、彼女に手を伸ばした。彼の温かな手がジェインの手を包んだ。せっつくのではなく、そわそわしている彼女の手を止めるために。「ヒロインをヒロインたらしめるのは容姿じゃないんだよ、ジェイン。心意気と、心の強さと、勇気なんだ。きみには全部そなわっているじゃないか」トマスは指一本で彼女の顎を上げ、目をそらせないようにした。「いや、それ以上だ」

心意気。勇気。ええ、わたしならできる。これを望んでいる。そっと触れる彼の手の下で、ジェインは人差し指にリボンを巻きつけて結び目をほどいた。少し引っ張っただけで寝間着の襟もとがゆるみ、肩からすべり落ちた。最新流行のドレスには似合わない大きな胸を超えて。やわらかでふっくらした腹部を超えて。えくぼのある太腿の下へ。そして床に落ちた。

トマスが後ずさりすると、彼女は目を閉じた。心臓が胸に激しく打ちつけている。だめ、わたしには勇気なんてない。心意気もない。どうしてこんなに――?

「まわって」

うなるように発せられたことばを聞いて、ジェインの肌がチクチクした。でも、それは恐怖からではなかった。寝間着に足を取られないようゆっくりと注意深く体をまわす。

沈黙が落ち、ジェインは胸を腕で隠し、彼がなにを考えているかを想像しないようにした。

でも、ふたりが出会ったときについて彼が言っていたことを忘れるのは無理だった。彼に臀部を見せてしまうくらい小生意気だった自分。そして、彼は……。

「ほっそりした女性が好きな男がいるのは否定しない」小声でも荒っぽさは消えていなかった。「だが、きみのような作家なら、すべてのヒーローが同じではないことを忘れてはだめだ」しゃべりながらジェインに近づいていったが、まだ触れなかった。「すべての男が少量の気取った食事を好きなわけではない」彼の体が発する温もりを感じ、ジェインは身震いした。「私はたっぷりのごちそうのほうがいい」

トマスが彼女の肩の曲線に沿って熱いキスを落としていくと、やわらかな肌にあごひげが当たってチクチクし、身震いが渇望のおののきに変わった。「今夜きみはなにを望んでいる、ジェイン？」彼の分身が答えを求めるようにジェインの臀部をつついた。

彼はジェインに心の強さがあると言ってくれた。でも、いまこの瞬間は、頭のなかがごちゃごちゃだった。手のつけられないほど暴れている想像力。以前たまたま――小説執筆のためにはじめて〝調査〟したときに――発見した本の淫らな絵。血管を激しく流れ、脚のつけ根の秘めた場所をうずかせる、新たな衝動となじみのある衝動。するとそのわななく欲望と陶然とする空想のすべてが一気にひとつになった。差し迫った原始的な欲求だ。「わ――わたしは――」ことばを紡ごうとしたせいで胸が大きく上下した。「あなたに抱きしめてもらいたい。お願い――ただ抱きしめるだけでいいの」

彼のほうを向こうとしたとき、体に腕をまわされた。ジェインはその力強さに身を任せ、彼の肌の感触に浸った。ふたりとも荒い息をしているせいで、ジェインの背中を彼の胸毛がくすぐった。トマスが彼女の頭のてっぺんに唇をつけ、そのまま動かなくなった。

こういう形になったら、男性は手で胸だとか恥丘を包むものだと思っていた。けれどトマスは、いまはまだそこまで親密になるときではないとわかっているようだった。いまジェインが必要としているのは先ほど頼んだことだけだと。抱きしめてくれる彼の腕の感触が欲しいだけなのだと。ジェインがずっとがまんしてきた人との触れ合い。

ずっとあたえてもらえなかった保護と理解。

そうやってどれくらいじっとしていたのか、ジェインにはわからなかった。どちらが最初に動いたのかも。けれど、ついにジェインは彼の腕のなかで向きを変え、彼の首に両腕をまわし、うずく胸の頂を彼の胸毛にこすりつけた。トマスは広げた手を背中に置いて彼女を引き寄せ、もう一方の手で臀部をもの憂げになで、そしてキスをした。

前のキスが燃えさかる炎のようなものだったとしたら、これは甘く癒やすようで、ふたたび一緒になる純然たる喜びのためのやさしい愛撫だった。トマスの舌がじらすと彼女も恥ずかしそうにそれに応え、たがいのため息を味わい、相手の息を深く吸いこんだ。体を欲求が駆けめぐっていたが、ジェインはそれを抑えこんだ。こういうじゃれ合いも望んでいたからだ。今夜があたえてくれるものすべてが欲しかった。

それ以上が欲しかった。

ああ、どうしよう。

罠にかかった雌鹿が必死で自由を求めるように、心臓が飛び跳ねた。それ以上ですって？　わたしはとんでもない過ちを犯しかけているのだろうか？　満足して目覚めなかったら？　うずきとともに目覚めたら？　残りの人生の毎朝……。

うめき声を出してしまったらしい。トマスがキスをやめて見つめてきた。片方の眉がつり上げられている。「ジェイン？」

躊躇したらどうしていいかわからなくなる。彼のうなじの毛を握っていた手に力をこめる。「あなたが必要なの、トマス」その声は驚くほど落ち着き払っていて、ミセス・ヒギンボサムらしく、必死さはみじんも出ていない――と思いたかった。「ベッドに連れて行って」

それを聞いて彼の顔にいつもの笑みが浮かび、頬にえくぼができた。彼の目のなかに垣間見たものを忘れそうになる。「いつもは命令に従う男じゃないんだが、きみのためなら例外を作るよ」

ジェインが高いベッドによじ上って豪華な寝具のあいだに身を落ち着けるあいだ、彼はブーツを脱いでブリーチズの前垂れに取りかかった。

ブリーチズを完全に脱いだとき、トマスはこちらに背を向けていたので、日焼けしていない臀部の丸みと筋肉質の太腿をジェインは堪能できた。では、太陽は彼の全身を焼いたわけではないのね。

そのとき彼がふり向いて、ジェインはそのすべてを目にした。彼がこちらに向かってくると、欲求の証が揺れた。刺激的であると同時に少しばかりどきりとする光景だった。目をそらしたい気持ちもあったけれど、気恥ずかしさのせいでこの経験を一瞬でもむだにするのは耐えられなかった。彼は少し手前で足を止め、自分自身に手を這わせた。ジェインをからかいながら、それを差し出しているのだ。「私もベッドに上がってもいいかな？」

ジェインはごくりと唾を飲んでうなずいた。頭のなかは、退廃的な空想や、禁制のエッチング画や、人間には無理ではないかと疑っていた姿態でいっぱいだった。自分がまちがっていたかどうか、この一夜ではっきりする。

とはいえ、ジェインの望んでいるものはあまりにも陳腐で、トマスのような人生を送ってきた男性には退屈だろう。あおむけになって脚を広げ、奥深くに彼を受け入れ、その重みに耐え……。

トマスがベッドに入ってこようと上掛けをめくってマットレスにひざをつくと、彼女はぶるっと震えた。彼が横臥すると、その体温が肩からひざまで感じられて震えが大きくなった。

「寒いのかい？」

トマスは毛布に手を伸ばしたが、彼女は首を横にふった。「た――たぶん少し神経質になっているのかも。勝手に思っていたの。あなたが――」曖昧に半円を描くように手を動かす。「その、上に乗ってきて、それで……」

彼はくすりと笑って頭をふった。「そのときが来たら、喜んでそうしたいよ。でも、まずはご婦人が先だ」

彼が器用な手つきでリボンをはずして三つ編みを解くと、ジェインはその官能の波をひんやりとした肌に感じた。長年の凝りをほぐすように指先で頭皮を揉まれる。

「よくなったかい？　じゃあ、少しだけこっちに転がって」

ジェインは言われるまま、彼の胸に背中をつける形になった。片腕でジェインの頭を支え、もう一方の腕を腰にまわしたその体勢は、先刻と同じだった。けれど、いま彼の両手はジェインの体を探索していた。はじめは軽く触れるだけだったのが、だんだん確固たる手つきになってくる。彼はジェインの耳に賞賛のことばをささやき続け、容姿に対する疑念を取りのぞいていった。

「芸術作品のようだ」ひざの少し上から腰へ、そして丸みを帯びた腹部へとたどっていく。「こんなにやわらかい。硬い体の男が求めるのは女性のやわらかさなんだよ」

ジェインの臀部下のくぼみに休んでいる彼の分身がわが意を得たりとうなずいた。

それから探索の手が胸を片方ずつ包み、トマスの喜びのうめき声が彼女のなかで振動した。「ああ、ラス、胸の頂の形や色を想像して、ずっとこれを夢見てたと告白するよ。だが、現実は想像を遙かに超えていた」

その瞬間まで、ジェインは流行のボディスで隠しにくい乳輪に不満を持っていた。けれど、彼の親指が花びらのようにやわらかなその部分を何度もなでると、その大きさと形のいい面に気づきはじめた。人差し指と中指で頂をつままれると、思わずうめき声が出た。さらに強くつままれると、その快感と苦痛の入り交じった感覚を求めて胸を突き出した。叫び出すまで吸うと約束されると、全身がこわばって震えた。

「自分のことは自分でしてきたと言っていたけど、そうでもなかったのかな？」トマスがからかう。

ジェインの胸のなかで衝撃が燃え立った。彼はほんとうに、わたしが……自慰のことを言ったのだと思っていたの？　いつもの彼女なら、トマスがなんの話をしているのかわからないと弁解していただろう。だって、ありえない！

いいえ、たまになら……。

トマスの手が下りていき、彼女の秘部の毛をもてあそんだ。「達せそうなら、私に身を委ねて」そう駆り立てる。否定しようとしたジェインのことばは喉のどこかで消散した。彼はジェインの太腿を広げさせ、片脚を自分の脚にかけて触れやすくした。

「ああ、そうだよ、ラス。こんなに濡れている。こんなに欲しがっている」

彼の指が襞をかき分けてくるとジェインは身もだえした。はじめのうちは蕾を避けられていたからだし、それから気も狂わんばかりのやさしさで円を描くように愛撫されたからだ。「お願い」ざらついた小声しか出せなかった。

肩に触れる彼の唇がもの憂げな笑みになる。「そんなにかわいらしく頼まれたら断れないな」快感の中心に意識を集中した彼は、あっという間にジェインを絶頂で粉々にするあいだも耳もとで賞賛をささやき続けた。

ぐったりしたジェインは、彼が腕を抜いてベッドに横たえられたときも小さな声の文句しか出なかった。まだ行ってしまってはいや。まだその手や熱を奪わないで。だが、トマスは立ち去ろうとしたわけではなく、彼女の上に乗ってきて脚で太腿を開かせた。口づけは荒々しく飢えたものになっており、それに応えようとする間もなくトマスの唇と舌が喉もとから胸へと下りていき、ふたたび欲求が募るまで頂を吸った。

最後にさっと舌を這わせたあと、トマスは上半身を起こしてたこのできたてのひらで彼女の太腿の内側をなで上げていった。皮膚が薄い繊細な恥丘の両側を親指でさする。ジェインは秘部をだれかに見られるなど、それもむき出しの渇望を浮かべた目で見られるなど、夢にも思ったことがなかった。目にしたものを彼が気に入ったらしいのは、ジェインにもわかるほどだった。

「もっと時間があったなら、ここにキスをするのにな。ここにも。きみがまた絶頂を迎えるまで」親指の腹でまた蕾をなでられて、ジェインはびくりとした。彼のことばに衝撃を受けたふりはできなかった。彼の唇がもたらす魔法に興味などないふりはできなかった。

気散じが欲しかったのだったとしたら、それは長い指が一本入ってきて、じきに二本めも入ってくるという形で実現した。「だが、これが一夜だけのことなら……」彼が分身――あの露悪趣味の本では〝男根〟と呼んでいて、あのときもいまも顔が赤くなった――を手に取ってそれを濡れたジェインのなかにすべりこませた。

彼が入ってきたら痛みがあるだろうと思っていたし、たしかに最初は引き延ばされる感じがした。けれど、絶頂を迎えたあとでしなやかでやわらかくなっていたので、体はトマスが言っていたとおりに彼の硬さを喜んで迎え入れた。ふたりの体が結びつくと、彼はジェインの頭と肩を腕のなかに閉じこめ、指を絡み合わせ、口や顎や額にキスをした。彼が腰を突き出すと、胸毛がジェインの胸の先をチクチクとこすった。二度めの絶頂は思ってもいなかったほど早く訪れ、ジェインは腰を上げて彼を迎え、またベッドへ沈みこむほど突かれるとその力強さをうれしく思った。

じきに彼の動きが不規則になり、呼吸はざらついた荒いあえぎ声になってきた。

ジェインが彼を締めつけはじめたとき、喉を絞められたような叫び声とともに彼が分身を引き抜いた。種をジェインの腹部に出し、トマスは半分のしかかるようにくずおれた。彼女は目を閉じ、この経験を細かなところまで記憶に刻みつけようとした。彼の汗のにおい。マットレスに押しつけてくる彼の重み。ふたりの情熱の名残である濡れた熱と心地よいうずき。

あとになったら、新たに得た知識をそういう思い出にふさわしい暗い引き出しにしまおう。でも、いまは、書斎の柱時計が二時を打つのに耳を傾け、彼を起こしてもう一度体験するのはいけないことかしらと考えていた。

16

はじめは、なぜ目が覚めたのかトマスにはわからなかった。豪華なベッドで横向きに体を起こし、部屋にさっと目を走らせた。朝焼けか？　いや、その時刻はとっくに過ぎていた。ここの窓は城のほかの部屋と同じく細長く、東側に面している。陽光が部屋にたっぷり射しこんでいて、トマスは眠たげに瞬きをして目をこすった。

隣りではジェインがこちらに背を向け、枕に髪を広げた格好でまだ眠っている。上掛けから色白でふっくらした肩が覗いており、指先でその曲線をなぞりたくなった。ああ、彼女はほんとうにきれいで官能的だ。ゆうべは三回彼女を抱いたが――考えていたより二回多く、適切な回数よりも三回多かった――恩知らずの下半身は硬く切望した状態で目を覚ました。思わず彼女に手を伸ばしかける。

いや、だめだ。トマスは自分を叱り、頭を枕に戻して目を閉じた。彼女とは一夜だけだと話していた。そして、いまはどう見ても朝だ。

うつらうつらしたつもりはなかったが、声が――少なくともふたりの声で、ひとりは動揺している――居間から聞こえてきてはっと目が覚める。さっき目が覚めたのも話し声のせいだったのだろうか？　ドアに目をやると、錠にはまだ鍵が挿してあったのでほっとする。

ところがその直後、寝室のドアが殴られたかのように震えた。がばっと起き上がる。居間からまたくぐもった状態の差し迫ったやりとりが聞こえた。

「ジェイン！」トマスは誘惑的な肩を揺すりながら、鋭い口調の小声で耳もとに話しかけた。「起きろ！　だれかがドアを壊そうとしている」

顔にかかった髪をかき上げ、ジェインは体を起こして上掛けで胸を隠した。トマスがベッドにいることにも、彼のことばにも驚いているらしい。「な――なんて言ったの？」

だが、トマスはくり返す必要がなかった。その瞬間、またなにかがドアにぶつかり、低いうめき声と叱りつける声が続いたからだ。それから鍵穴のそばで話す声がはっきりと聞こえた。「まったく、ドゥーガンったら、さっさとお立ちよ、役立たずだね。ミセス・ヒギンボサム、聞こえますか？　ああ、どうしたらいいの？」

「ミセス・マードック」トマスとジェインが同時に言った。きっと勝手な想像だろうが、トマスには彼女が……おもしろがっているように見えた。

この状況を楽しんでいるかどうかにかかわらず、ジェインは寝室に突撃しようとしている家政婦を止めようとベッドから苦労して下りた。すぐにベッドの足もとの長椅子から部屋着をさっと取って羽織ったため、トマスには裸の曲線をちらっと目にする時間があっただけだった。

「隠れて」ジェインは彼の服やブーツをかき集めてトマスのほうに押しやった。「わたしはミセス・マードックがいったいどうしてしまったのか訊いてみるから。衣装だんすがいいわ」トマスが化粧室かどこかの戸口を探してもたもたしていると、ジェインがいらいらと言って古い衣装だんすを指さした。「ほかにあなたが隠れるのにぴったりの場所はないわ」

ぴ、ぴ、ぴったりという表現は大げさだった。衣装だんすは背が高く奥行きがあったが、喪服やらミセス・ヒギンボサムの変装をする前のものと思われる明るい色や淡い色のドレスでいっぱいだったからだ。なかに隠れながらブリーチズを穿くのは無理だった。両開きの扉をきちんと閉めることすらできなかった。

しかし、扉の隙間には利点があった。ジェインが驚くほど落ち着いて寝室のドアまで行き、鍵をまわして大きく開けるのが見えたからだ。がっしりしたドアにもう一度突撃しようとしていたらしきドゥーガンが、頭を低くして飛びこんできて、床に転がった。

やさしいジェインはドゥーガンに駆け寄り、かがみこんでその肩に手を置いた。

「大丈夫、ドゥーガン？　怪我は？」

「怪我をしていたところで、それも彼の仕事のうちですけどね」ミセス・マードックが戸口からきっぱりと言った。アフロディーテとアテナが彼女の背後から部屋に飛びこんできて、心配そうにジェインのにおいを嗅いだ。「まったく、奥さまのせいであたしたちすごくこわい思いをしたんですからね」

「こわい思い？　どういう――」

「奥さまはいつもはドアに錠なんておかけにならないでしょう。具合でも悪いんですか？　十五分ほどもノックしたり声をかけたりしましたけど、返事がなかったのでドゥーガンを呼びに行ったんです。もうすぐ十時ですし、なにがなんだかさっぱりで……」見るからに心配そうに頭をふる。「それに、部屋が荒れていたのもありましたし……」

「部屋が荒れていた？」動揺しているアフロディーテをぼんやりとなでてから立ち上がる。「どの部屋？　あなたでもドゥーガンでもいいから、なにが起きているのか話してちょうだい」

「エズメがミスター・サザランドに朝食をお持ちしたら」家政婦が少しばかりじれっ

たそうに説明する。「門番小屋にはだれもいなくて、お茶のトレイはひっくり返っているし、服は旅行鞄から飛び出しているしというひどい状態だったので、ミスター・サザランドにおそろしいことが起きたんじゃないかと心配になったんです」

「おれがエズメの悲鳴を聞きました」ドゥーガンが彼らしくゆっくりと整然と続きを引き取った。「んで、言われてたとおりに外郭を調べました。ゆうべはだれも出入りしてません」

「だれにそうしろと言われていたの？」

「ミスター・サザランドですよ」ミセス・マードックが割りこむ。「どうやらダノックに侵入者があるかもしれないとドゥーガンに注意しておかれたみたいです。あたしには教えてくれませんでしたけどね」

「そうね……」トマスにはジェインの顔は見えなかったが、その声に微笑みがにじんでいるように思った。「ドゥーガンが門番だからじゃないかしら」

ミセス・マードックはレモンを囓ったみたいに唇をすぼませた。「それはとにかく」鼻をくすんとやる。「問題はないかとここへ上がってきたときのあたしの驚きを想像してくださいな。紙は散らかっているし、絨毯には溶けた蠟が固まっているし、本は何冊も床に落ちているし……」彼女は身震いしたが、トマスにはやや芝居がかっているように思われた。彼のおぼえているかぎり、床に落ちたのは一冊だけだ。もっと散らかっている部屋だって彼女は見たことがあるはずだろう？「奥さまが書斎をそんな風にはけっしてされないとあたしは知ってます。少なくとも進んでそんな風にはされないと。それに、こんなのもありましたし」勝ち誇った声で言い、のっぴきならぬ証拠を取り出す。トマスの着古した外套だった。「ミスター・サザランドのです。椅子の後ろに放り投げられてました。だれかが隠したみたいに……」

「ミスター・ラトリフが脅迫状を受け取ったの」ジェインがこともなげに口をはさみ、家政婦の骨張った手から外套を取り上げた。トマスは彼女の落ち着いた声に感銘を受けた。「だからわたしも警戒していたのよ。遅くまで仕事をしていたけれど、ミスター・サザランドには見張りを頼んだの。城内を見まわってもらったのよ。きっとわたしが寝たあとに彼が居間に入ってきて、部屋が少し暖かかったから外套を脱いだんでしょう」

当然ながら、そのことばは疑念を持って迎えられた。一月のハイランドの城に〝少し暖かい〟場所などあるはずもないからだ。

だが、ミセス・マードックの注意はすぐにほかのものにそれた。「ドゥーガン、なにをいじってるの？」

なにが家政婦の目に留まったのかに気づいたトマスは、彼女がそちらに気を取られたのをもはや幸運とは思えなくなった。

「変わったナイフじゃないですか？」ドゥーガンが手のなかのそれを前に出した。

「床に落ちてました」

トマスは反射的に手に持ったブーツを探った。空だった。くそっ。この部屋でなにがあったかを隠すために、ジェインがすべての証拠を彼に押しつけたときに落ちてしまったのだろう。

「わたしのよ」空いているほうの手を伸ばし、ジェインがドゥーガンからナイフを取り上げた。その拍子にどちらか、あるいは両方の指が切り落とされはしないかとトマスは息を呑んだ。だが、またジェインに驚かされる結果となった。いまも顔は見えないままだが、彼女が驚くほど器用にナイフを扱うのが見えた。「状況からいって、武器を持って寝室に錠をかけるのが最善だと判断したの」

トマスは少しだけ緊張を解いた。ドゥーガンはジェインの説明に完全に満足したようだった。ミセス・マードックのほうはそれほどではなさそうだったが、一時的にせよジェインは安全だとほっとして、とりあえずのところはあれこれ訊くのをやめたらしい。しびれを切らしたようにドゥーガンに身ぶりをしたあと、家政婦は部屋を出て行こうと向きを変えた。

関連がなくもないふたつのことが起こり、つかの間の勝利の幻想が消散した。

衣装だんすの扉がきしみながら勝手に開いた。驚いたトマスが下を見やると、アテナが隙間に鼻を突っこんでいた。追い払おうと指先をさっと動かすと、アテナは喉もとで低いうなり声を発した。

動きか音に気づいたミセス・マードックが戸口で立ち止まって顔をしかめた。

「ドゥーガン以外にも男性がいて気をつけてくれるのは安心ですけど、ミスター・サザランドはいまどちらに？」

ジェインが家政婦の視線を追って衣装だんすに顔をめぐらせたので、心配そうな表情がトマスに見えた。アテナがなにを見つけたのかをミセス・マードックが自分でたしかめようとしたら一巻の終わりだ。私のジェインに創造力があるのは疑いようもないが、家政婦が衣装だんすの扉を開けて、裸の男がブーツを胸に抱きしめ、ジェインのドレスのゆったりしたスカートでそれ以外の部分をおおってそこに隠れているのを見つけたら、有名なロビン・ラトリフですら彼女をなだめる話をでっち上げるのは無理だろう。

「アテナ、おいで」ジェインは命じたが、犬は知らん顔だった。「エズメが朝食を持っていったとき、彼は門番小屋にいなかったと言った？　厨房は見てみた、ミセス・マードック？」家政婦と衣装だんすのあいだに体をすべりこませ、彼女とドゥーガンをドアのほうへと追い立てる。「彼は大きな人だし、ひと晩中起きていたのなら……相当お腹が空いているんじゃないかしら」

トマスの腹が図々しくも大きく鳴って彼女のことばに賛同し、それに驚いたアテナがキャンと吠えて耳を倒した。

ようやくドゥーガンとミセス・マードックが出て行ってドアの閉まる音がした。トマスが驚いたことに、ジェインは鍵をかけもせず、笑いをこらえきれずにオーク材のドアにもたれた。不思議そうに首を傾げて主人をじっと見たあと、アフロディーテは衣装だんすを調べているアテナに加勢した。

トマスは三つ数えてから扉を開けて衣装だんすを出た。二頭はさっと飛びすさり、それからにおいを嗅ぎながら衣装だんすのなかに入った。そして、止める間もなく、トマスが落としたブリーチズを見つけて激しく引っ張り合いはじめた。

「こら、やめなさい。だめよ」彼を助けようとドアから離れたジェインが、むせながら叱る。トマスの下半身を横目で見ながら通り過ぎ、犬たちから戦利品を取り上げた。

「すぐに着たほうがいいかもしれないわ」そう言って彼に向かって外套を放る。

それを受け取るにはブーツを放すしかなかった。ブーツはドスンドスンと床に落ち、危うくつま先を直撃するところだった。物音のせいで渋面を向けられたが、その表情はすぐに和らいだ。

「ちょっとぼろぼろになってしまったみたい」犬の鋭い歯によってブリーチズの太腿部分に開けられた穴に指を突っこむ。「エズメは繕い物が得意なの。でも、とりあえずのところはがまんしてもらうしかないわね」乱れたベッドにブリーチズを置いたあと、きびきびと髪を三つ編みにしながらドアに向かう。「わたしはミセス・マードックを忙しくさせておくから、その隙に門番小屋に戻ってきちんとした服を着てちょうだい。遅れないように」

「遅れないように？」きちんとした服を着る？　ベッドに倒れこんで二、三時間眠りたいと思っていたのだが。できればひとりでではなく。

ジェインが肩越しをふり返る。今度は目をそらさなかった。「教会に行くのによ。今日は日曜日だもの――忘れていた？」トマスは顔をしかめたらしい。彼女が片方の口角をゆがめて苦笑いになったからだ。「きっとふたりともにとっていいことだと思うの」

彼女はそんなに昨夜のできごとを過去のものにしてしまいたいのか？　トマスは同

意の印に短くうなずいた。「その前にナイフを返してほしい」

ジェインが近づいてきて、彼の差し出したてのひらに危険な武器を置いた。「あなたが捨て鉢なことをせずにいてくれるよう願っているわ」

昨日、彼女はトマスに心を開いてくれ、ほかの人間には見せたことのない面を見せてくれた――それに、今回にかぎってはトマスは彼女の魅力的な体のことだけを考えているのではなかった。今朝持ち上がる問題については心の準備ができていると思っていた。避けられないぎこちなさ。どんなにつらくても、自分たちのあいだにあったものは変わってしまったという実感。

だが、こんなおどけた態度は想像以上にこたえた。トマスの知っているジェイン――飾り気がなくて、機知に富んでいて、頭がいい――はいまもまだ彼女のなかにいて、解き放たれるのを待っている。そしてトマスはというと、彼女とまっ逆さまに恋に落ちている。

またもや。

「ことと次第によるな」トマスがナイフをねじると陽光を反射してきらりと光った。「牧師さまの説教はどれくらい退屈なのかな？」

正直に言うかどうか迷ったジェインは、頭をふりながら笑った。「死ぬほど」

17

大広間にひとりで立つジェインは、手袋をした手で頭巾のなかのきついお団子に触れ、それからその手で毛織の黒いペリースのやわらかな襞をなでつけながら、昨夜の冒険について考えていた。

体はあいかわらず健康で丈夫でまったく変わっていない……幸いボディスで隠れている、トマスの激しいキスが残した跡と、太腿のあいだの不快でもないうずきをのぞけば。今朝の自分の知性は願っていたほど冴えていないけれど——睡眠時間がほとんど取れなかったときの影響を考えていなかった——完全にだめになってはいなかった。

心はどうだろう？　指先が左胸の上に向かった。よかった、完璧に安定した鼓動を刻んでいる。ゆうべの心配はなんでもなかったのだ。ゆうべのことが今日に影響する必要はない。

明日にも。

大きく息を吸い、板石の大広間を突っ切って内郭を通り、中庭に出ると、毎日曜日に村に礼拝に行く使用人たちが灰色の空の下に集まっていた。継ぎ当てだらけのキルトをまとったドゥーガン、まだ非難がましい表情のミセス・マードック、早く家族と一緒になりたがっているエズメ、料理人に皿洗い女中が暖かい厨房を離れて一月の外気にさらされ震えていた。ドゥーガンが落とし格子を上げてくれていたので、ジェインは小さな集団に行きましょうと身ぶりをした。

ちょうどそのとき、門番小屋のドアがきしみ音とともに開いた。みんなに合流しようとトマスが頭を下げて戸口をくぐる。灰色火山岩と寒々した景色を背景にした緋色の軍服は、はっとするほど明るく見えた。ペリースのスカートをつかんでいたジェインの手に力が入り、先ほどまで安定していた鼓動がちょっぴり速まった。十七歳だったときと同じように。あんなにハンサムだなんてずるい。

彼は二歩でジェインの横に来た。「〝きちんとした服〟って言われたからね」ジェインの頭のなかを読んだかのように彼が言う。

彼がみんなに会釈をすると、使用人たちはまた歩きはじめた。ミセス・マードックだけがその場に残り、トマスをじろじろと見てから満足そうに顎をつんと上げ、仲間のあとを追った。

「ミセス・マードックに嫌われなくて幸運だったと思うべきよ」ジェインはいつもの落ち着いた声を出すよう努めた。

「そうだね」彼は例によっていたずらっぽい口調だった。「でも、それよりも私に対するきみの評価が上がったかどうかを知りたいんだが」

「ばかを言わないで。そんなことを訊くの——？　教会に向かっているときに——？」ジェインは激しい口調の小声で言いながら、みんなの後ろ姿に目をやった。彼女の声など届かないくらいずっと先を行っていたのだが。

トマスは首を傾げ、帽子のつばの下からいたずらなウインクを送ってきた。「がっかりさせなかったとわかってうれしいよ」

ジェインは口を開いたものの、最近しょっちゅう経験しているように、言い返すことばが出てこなかった。顔がかっと熱くなる。ふうっと息を吐いて顔を背ける。無言のまま五、六歩進んだあと、こう言った。「ふたりとも、ミスター・ドナルドソンのお説教を聞けるような精神状態にあるのかどうか、よくわからないわ」そのあとぎゅっと唇を結んだ。それは、微笑みをこらえるためでもあった。「それとも、まさにそういう精神状態にあるのかしら」

トマスの目がきらめいた。「牧師さまは私たちに地獄の業火を雨のごとく降らせるだろうか？　罪を犯した人間を震えさせるような人かい？」

まるでジェインがすでにじゅうぶん震えてなどいないかのように。

ミセス・マードックがちょうどそのときに肩越しに鋭い視線を送ってきた。並んで歩き、頭を寄せ合って笑っている自分たちがどう見えるか、ジェインには想像がついた。ミセス・マードックは明らかになにかを疑っているようだったけれど、もしすべてを推測でもされたら……。

「いい朝ですよね？」トマスが声をかけると、年配の家政婦がくすくすと笑ってからまた歩き出した。彼の思いどおりにならない女性などいるのだろうか？

「そのドナルドソンという牧師はどれくらい前からここの教会にいるんだい？」村の境界にさしかかったときにトマスが訊いた。

「ほんの数週間前からよ」トマスが驚いた顔になる。「前の牧師さまのミスター・パーカムの健康状態が秋に悪化してね。それでわたしが勝手ながらマグナス伯爵の――」しまったとばかりに謝罪の目を彼に向ける。「――あなたの土地差配人であるミスター・ワトスンに手紙を書いて状況をお伝えしたの。出しゃばりすぎだったら申し訳ないけれど、権力を持つ地位にいる人に知らせておくべきだと思ったのよ」トマスがそっけなくうなずく。「それからいくらも経たないうちに、ミスター・ドナルドソンがやってきたの。副牧師として、だったのでしょうね。そういうものが長老派教会に存在するのだとすればだけれど。でも、せっかく副牧師さまがいらしたのに、ミスター・パーカムはクリスマスのころには見る影もないくらいにやつれてしまわれて。クリスマスの翌日の朝に家政婦がようすを見に行くと、眠っているあいだに亡くなっていたの。そのあとは、反対する人もいなかったので、ミスター・ドナルドソンがそのまま……主任牧師の役割を果たすようになったの」

長い無言のあと、トマスは言った。「若い男かい？」

「年齢的にはそうだけど、精神的にはちがうわね」トマスが理解できずに眉を寄せると、ジェインは「すぐにわかるわ」と言っただけだった。

バリセイグの村のはずれに建つ教会は、二面が教会墓地に、もう一面が牧師館に接していた。数少ない会衆には大きすぎるほどの石壁のなかに入ると、城の使用人たちは後方の信徒席に座っていった。ジェインはなにも考えずにいつものダノックの席に歩いていった。支払っている賃借料を考えたらその権利はあると思っている。

自分の勝手な想像だと思いこめそうなほどかすかなためらいを見せたあと、トマスが色褪せた紋章の描かれた信徒席の扉を開け、ジェインの隣りに腰を下ろした。何代か前のマグナス伯爵の名前が書かれた荘厳な銘板の下だった。

彼は会衆の注目を集めていた――もちろん、集めないわけがない。隠れようとしていたのだったら、緋色の軍服はお粗末な選択だったと言わざるをえない。会衆がざわつくのが聞こえたが、ミスター・ドナルドソンが入ってくるとまた静かになった。

彼が牧師になってからは、歌と見なされる調子のはずれた震え声とぼそぼそとした祈りのことばで礼拝が淡々とはじまるようになったのだが、今日も例外ではなかった。ジェインは聖書のことばに、座り心地のよくない信徒席に、内陣に射しこむ光のいたずらに集中しようとした。白いズボンに包まれたトマスの太腿の形だとか、肩がこすれ合いそうになったときのその幅と力強さ以外ならなんでもよかった。今朝は頭が痛いふりでもするべきだったのかもしれない。

教会は自分の罪をまったく後悔していない女の来る場所ではなかった。

ミスター・ドナルドソンは二十五歳前後の長身痩軀で、髪と目は黒っぽい。スコットランドで生まれ育ったにもかかわらず、耳に心地よいあの巻き舌の訛りはほとんどない。そのほうが重々しく立派に聞こえるとでも考えて故郷の訛りを捨てたのではないか、とジェインは思っていた。

バリセイグの村人たちはそんな彼の努力を評価していないようだった。ミスター・ドナルドソンが説教壇に上がると、会衆が肩を落としはじめた。全員が同時にため息をついたかのようだった。ジェインは指が痙攣しそうになるほどきつく信徒席の端をつかみ、今週は小さな共同体の楽しみのなにが攻撃されるのだろうと身がまえた。

もちろんミスター・ドナルドソンには前任者のようなバリセイグでの四十年の経験はないし、それどころか四十年分のどんな経験もない。彼の出身地エディンバラのような都市の罪は、ハイランドの片田舎の人生からはあまりにかけ離れていて笑えるくらいだ。バリセイグの村人に〈アザミと王冠〉亭で享楽にふけるのはやめろとか、賭けごとはけっしてしないと誓えと告げたところで、たいしてなにもなし遂げられない。なんといっても、一七九六年にミセス・ショーがカード・ゲームのホイストで全財産を失った件が、ジェインがやってきたときでもまだ話題にされていたくらいなのだから。

だからといって、バリセイグの村人たちに欠点がないというわけではない。七つの大罪のうち大食や怠惰はほとんど目にしたことはなかったけれど、憤怒と嫉妬はときおりある。それに、彼らだって人間なのだから、ときにはふけってもおかしくない――。

「淫蕩」

静まり返った会衆に向かってミスター・ドナルドソンがそのことばを叫ぶと、石弓から放たれた鉛の重りのようにドスンという音とともに落ちた。ジェインの背後のどこからか鼻で笑う音がして〈十二歳の少年らしく肉体の罪に関心を持っているエドワード・ショーにまずまちがいない）、鼻で笑った人物の頭をはたく音（こちらはミセス・ショーか彼女の娘のひとりだろう）が続いた。ジェインは信徒席をつかむ手にさらに力をこめた。こみ上げてくる笑いをこらえるためでもあり、教会で考えてはいけないような方向に思考がさまようのを防ぐためでもあった。

けれど、ふたつめの目的に妨害が入った。トマスがひざに置いていた手をすべらせて彼女の手を包み、手の甲の繊細な肌に指先で官能的な模様を描いたのだ。

手を引き抜いてひざの上できちんと組むのが正しい反応だろう。

それなのに、この二十四時間のどこかで、彼に触れられることに慣れてしまっていた。お行儀よくいる意志を失っていた。

「キリストと使徒たちは、肉体の誘惑を避けるよう私たちに何度も何度も命じました」ショー家のふるまいにもほとんど動じず、ミスター・ドナルドソンは続けた。「ただ避けるだけではいけません。私たちに罪を犯させる手を切断するか、目をえぐり取るのです。私たちの罪深き性質を抑制するために、淫蕩の誘惑に抵抗するために、犠牲が、暴力が必要であるならば――」大げさな抑揚にまたもや忍び笑いが起きたが、今度はエドワードではなかった。「――正当でない情熱を打ち負かす最善の手段として、正当な情熱を行使するよう命じられているのです。ですから、誘惑へと導こうとする者たちを淘汰もしなくてはなりません」締めくくりに向かって熱を入れたところで若い牧師は会衆を見まわし、ある特定の人々の顔を長めに見つめた。「慎みのないドレスを着る女性。卑しい欲望を刺激する酒の提供者。下品な物語の語り手」

それを聞いたトマスがふざけて手をぎゅっと握ったので、ジェインはびくっとした。おかげでミスター・ドナルドソンの注意を引いてしまったけれど、牧師はつかの間彼女を見たあと続けた。

「私たちのなかには、悪魔の仕事を喜んで引き受ける人間がいます。悪魔の仲介者とはぜったいにかかわりを持たないようにするのです」ジェインは視野の隅でトマスの頬にえくぼができるのをとらえた。自分のことを言われているとばかりだ。「聖パウロの訓戒に従って悪を憎みなさい」ミスター・ドナルドソンが締めくくった。

礼拝の終了を告げる賛美歌に紛れて、トマスが彼女に顔を寄せてささやいた。「牧師はいちばんいい部分を省略したね。〝善とは親しく結びなさい〟を」思わせぶりに眉を上下させる。

神への冒瀆になるだろうが、トマスのたくましい腕のなかでつい最近経験した感覚を思い出さずにいるのは無理だった。震えるあえぎ声が出そうになって、なんとか咳でごまかした。

小さな集団が教会の外に向かい出すと、またガヤガヤと会話がはじまった。「トミー・サザランドじゃないか、たまげたな」というミスター・ショーの大声を聞いて、ジェインは村人たちの好奇心について自分が勘ちがいしていたと気づいた。

トマスは彼女の肘に軽く触れてから、若いころの彼を知っているらしき年配男性のもとへ行った。そこからトマスは挨拶の渦に呑まれ、彼が最後にバリセイグに来たときには少女時代を卒業したばかりだっただろうエルスペスから頬にキスまで受けていた。ダヴィーナ・ロスと静かに話していた鍛冶屋のミスター・キャンベルが、手を差し出しながら向かっていった。トマスはその手を払いのけて抱きしめ、相手の背中をバンバンと叩いた。

ジェインはそれを見て微笑んだが、なにかが胸のなかでしこりになった。自分がマグナス伯爵だとわかったら、みんなはどう接してくれるだろう、そもそも接してくれるのだろうか、とトマスは考えているだろうか？　おそらく考えているだろう。それでも、過去にどんないたずらをしたにしろ、ここの人たちに愛されていたのもわかっているはず。村人たちはまた彼を迎えられて喜んでいる。

まさにいるべき場所で――ロビン・ラトリフが彼の城を占領していなければ。

ジェインはあちこちで礼儀正しく会釈しながら、すばやく出口に向かった。どうしても外の空気が吸いたいのに、ミスター・ドナルドソンが出口の前に立って最後の障壁となっていた。少しひざを曲げてお辞儀をし、さっと通り抜けようとする。

だが、牧師はあっさりと引き下がるつもりはないようだった。「今朝のお客さまはどなたですか、ミセス・ヒギンボサム？」笑顔のつもりなのか、大きな黄色い歯を見せた。「もちろん、軍服を着た男性のことですよ」

友人たちに囲まれた笑顔のトマスが見たくてふり返りたかったが、なんとかこらえた。「サザランド中尉ですわ。何年か赴任していた西インド諸島から最近帰国されたんです」

「ダノック城の客人ですか？」詮索好きだと思われるかもしれないことなどまるで気にしていないようだ。

いつもなら、聖職者に白々しい嘘はつかないようにしている。しかもいまは教会のなかだ。けれど、今日は物語を紡ぐ自分の才能がありがたかった。すべての真実を語る権利はもはや彼女にはなかった。

「わたしの雇い主のミスター・ラトリフは、冬の終わりまでまたエディンバラに滞在すると決められたんです。ただ、お城に住む人間を守ってくれる紳士がいないのはよくないと思われたようで。牧師さまならきっとわかっていただけるでしょうが」ジェインはそう言って板石に視線を落とした。ミスター・ドナルドソンについてはよく知らないけれど、女が自分で自分の面倒を見られるなどと信じる類の人ではないと感じたのだ。

「たしかによくわかりますよ」ジェインが顔を上げると、牧師は引きつった表情をしていた。「ただ、ミスター・ラトリフがそう考えたと聞いて少しばかり驚いていますが。これまで耳にした話だと、そんな……気遣いをするような人には思えなかったのでね」

ジェインはなんとか笑みらしきものを顔に浮かべた。「次のお説教ではうわさ話の悪について会衆に訓戒を垂れられるのがよろしいのでは、ミスター・ドナルドソン？」

牧師は奇妙な感じに顔をひくつかせた。ジェインの提案に同意したいのに、罠を疑っているかのような。「それで思い出しましたよ。礼拝のあとで牧師館に来ていただく時間がおありかどうかをたずねようと思っていたのです。われわれの小さな村をもっと活気あるものにするために、中心的なご婦人方の協力を取りつけたいのです。〈アザミと王冠〉亭で経験するようなものよりもっと健全な娯楽を考える、ちょっとした委員会みたいなものを作るのはどうかと思いまして」

ジェインが曖昧にうなずくと、牧師は手を叩いて喜んだ。こんなに熱烈に感情をあらわにする彼を見るのははじめてだった。「すばらしい。では、ミセス・アバーナシーに声をかけて――ミセス・ショーはどうでしょうか？　彼女の息子さんの不滅の魂が心配なのですが」

牧師が薬屋の女将さんをつかまえようと急いで立ち去ったので、ジェインは答えずにすんだ。思いきってふり向くと、トマスはまだ友人たちと話していた。牧師館に行かずにすむ口実はほとんどなかった。けれど、トマスと一緒にダノックに戻る約束をしていると言えば早めに解放してもらえるかもしれない。もちろん、そんな約束はしていなかったけれど。先の話はふたりとも避けていたから。

ふたり一緒の将来を持つのは可能なのかしら？

ジェインはほかの女性を待たずに牧師館へ歩き出した。牧師館は教会と同じく石造りの美しい建物で、一階と二階にそれぞれふた部屋あるだけで小さな田舎家と変わらない。ミセス・マッキントッシュはお休みをもらっているはずなので、小さな牧師館にだれもいなくても驚かなかった。玄関を開けると慎ましい廊下があり、同じくらいの幅の階段に続いている。壁は灰褐色に塗られていて、木の床は掃き掃除がきちんとされているが、絨毯も敷物もなく硬いままだ。左右に居間と書斎のドアがある。

ジェインは頭巾を下ろしてペリースのボタンをはずし、流行遅れながら快適な調度類のある居間で待つことにした。居間の壁紙は色褪せ、絨毯は好意的に見てもすり切れているとしか言えない。前任のミスター・パーカムは亡くなった奥さんの思い出の残るものをひとつも変えたがらなかったのだ。独身のミスター・ドナルドソンは、調度類のようなものに関心がないか、気にならないかなのだろう。

ほんとうは十五分も経っていないのだろうけれど、永遠とも思えるくらい待ったあと、花柄のチンツの椅子から立ち上がり、細い廊下の反対側にある書斎に入った。そこの窓からは教会の正面が見えるはずだ。ミスター・ドナルドソンはミセス・ショーとそのお友だちから逃れられていないか、ほかの人も誘おうとしているのかもしれない。

居間の装飾は簡素だったけれど、書斎には書棚、大きな机、窓辺の革椅子二脚、仕事台がところ狭しと置かれていた。だいたいにおいて気むずかし屋の牧師なので、物を置ける表面という表面に本や小冊子や新聞紙や紙が乱雑に積まれているのは意外だった。慎重に窓辺へ行ったが机の端からはみ出た本の角をかすめてしまい、本とそこにはさまれていた紙が落ちてしまった。

もとの場所に戻そうとかがんだとき、その本が『魔術師の花嫁』だとわかって声を出して笑った。きっとビリビリに引き裂く楽しみのために手に入れたのだろうけれど、ほかの楽しみのためもあったかもしれない。

　皮肉な笑みを浮かべて紙類を集めていると、怒りに任せた下線がいくつも引かれているのに目が留まった。本にではなく、ほかの紙――『魔術師の花嫁』のいろいろな書評を切り抜いたもの――に。鉛筆で強調された残酷な言いまわしは、ゆうべの手紙とひどく似ていた。慌ててその切り抜きを本にはさんでもとの場所に置いた――少なくとも、牧師に気づかれないくらいもとどおりであることを願った。

　足を速めて今度は仕事台に向かった。カーテンの隙間から外を覗こうと思ったのだ。けれど、ミスター・ドナルドソンがやりかけの仕事をちらりと見ずにはいられなかった。机と同じように仕事台の表面も本やさまざまな大きさの紙類でおおわれていた。いろんな種類の新聞。なかにはずいぶん昔のものもある。糊の瓶。それに、折りたたみ式小型ナイフのような、とても鋭い道具。

　仕事台の中央には本が置かれていて、主として小説を読むことと読書にふける若い女性の堕落についての批評が書かれた『女性の美徳について』という小論のページが開かれている。

ある種の書籍について、なんと言えばいいだろう。聞くところによると（われわれは読んでいないため）、そういった書籍は非常に不届きであり、そのようなものを読む女性は本質的に――

最後のことばはそばにあるナイフで丹念に削り取られていた。

ジェインはその最後のことばがなんであるかを知っていたけれど、頭は真実から慌てて逃げた。窓のそばにいるからこんなに寒いの？　ジェインはぶるぶる震えていた。この部屋で仕事をするときは、ミスター・ドナルドソンは暖炉に火をいれなくちゃ。

――売女である。

それが削り取られたことばだった。脅迫状のぎょっとする主張と同じく。〈売女の読者にとって、おまえは下劣な売春斡旋人だ〉

表紙の題名を見なくても、その本がなにかはわかった。どうしてゆうべそれに気づかなかったのだろう？　四十年前のものとはいえ、フォーダイス牧師が『若い女性のための説教』で著わした考えをいまも支持している人たちはいる――ミスター・ドナルドソンもどうやらそのひとりらしい。

顔を上げると、牧師が教会からこちらに向かっているところだった。逃げる時間はない。居間に戻ってこれを見なかったふりをする時間すらない。だからドアに向き、一時間前に信徒席をつかんでいたように後ろ手で仕事台の端をきつくつかんで待った。ミスター・ドナルドソンが玄関を入ったところで足を踏み鳴らして泥を落とし、むき出しの手を温めようとこすり合わせているあいだも待った。居間に入ってそこにいるべきジェインがいないことに気づくのを待った。足音が書斎に向かい、戸口に彼が姿を現わすのを待った。

「ああ、ミセス・ヒギンボサム。ここにいらしたんですか」ジェインの顔を見てとてもうれしそうだ。

「ほかの人たちはどこに？」

「はかの人たち？」彼は三歩で机のところへ行き、乱雑な状態には耐えられないとばかりにジェインが落とした本をまっすぐにした。片づけている牧師を見ているうちに、理性を失った笑いがこみ上げてきたけれど、なんとか呑み下した。「ああ、ご婦人方のことですね。会合は別のときにしたほうがいいと考えなおしましてね。ご婦人方の努力をむだにしたくはないので」

「ど、どういう意味ですか?」

「ロビン・ラトリフのような狼がダノック城にいるあいだは、私の群れは常に危険にさらされるということです。無垢な羊たちが自由に跳ねまわれるようにするには、まず捕食者を狩るのが羊飼いの務めですからね」牧師は不自然な隠喩もためらわずに使う人なのだった。

「手紙を書いたのはあなたね」

「手紙?」少し驚いたように眉がつり上がった。つかの間、彼は知らん顔を貫くつもりのようだった。だが、結局満足げにうなずいたので、ジェインは重い気分になった。だれかにそれを話す機会を彼女にあたえるつもりならば、こんなに簡単に認めはしないだろう。

「二通とも受け取ってもらおうと思っていた人に届いたようでよかったですよ」ミスター・ドナルドソンが続ける。「最初の手紙を彼が見る可能性はほとんどないと思っていました。居場所がわからなかったので、ロンドンの出版社に送るしかありませんでしたからね。まさかほんとうに転送してくれるとは」しゃべりながら骨張った手で机の上に散らかったものを触り、ときどきまっすぐにしたり積み重ねたりした。「あなたがあれを目にしてしまったのは申し訳ないと思っています、ミセス・ヒギンボサム。ラトリフ宛ての郵便物は秘書が開けるものだと気づいているべきでした」

「書記です」

ジェインはそう言いながら、微笑んでしまいそうになった。〝書記〟と口にするたびに、そのことばを聞いたときのトマスのふざけたようすを思い出してしまうのだろうか？　この先自分の言うことやすることすべてには、トマスの思い出がついてくるのだろうか？

牧師の目がぎらついた。まちがいを正されるのが、それもよりによって女性にそうされるのが、お気に召さないようだ。

おあいにくさま。牧師が死ぬほど驚愕するところを見たくて、真実を話したくなった。「ええ、そうなんです」彼の険しいまなざしに負けじと言った。「ロビン・ラトリフの本はすべてわたしが清書しました」

「あんな忌まわしい小説を作る過程に女性がそんなに深くかかわるなんて、想像もおよびませんでしたよ」吐き出すように言いながら、机の本を取り上げててのひらに打ちつけ、空の暖炉に放り投げた。

「あなたは——ロビン・ラトリフを捜してバリセイグにいらしたんですか？」

「まさか、とんでもない。エディンバラでたまたまマグナス伯爵の土地差配人であるミスター・マシュー・ワトスンと知り合いになったのです。お気の毒なパーカム師についてのあなたからの手紙を受け取ったとき——」牧師が小さく舌打ちをしたが、心からの哀悼を表わしているとは信じがたかった。「——ミスター・ワトスンはご親切にも私のことを思い出してくださったのです。私にはここでの状況はかなり絶望的に思われました。どうやらミスター・パーカムはずいぶん前からご自分の群れを適切に導けなくなっていたようで。目の前で罪が大手をふっていても止められなかったのですから。たとえば、あのおぞましい居酒屋ですよ」牧師が身震いする。「とはいえ、そのときはまだ最悪の事態を知りませんでした」

「最悪の事態とは？」

「ラトリフが、彼の書く悪党のようにダノック城にこもっていると教えてくれたのはミセス・アバーナシーでした。ほんの数日前に郵便物を持ってきてくれたときにその話が出たんですよ。もっと前にどうしてだれも私に教えてくれなかったのか」

やさしくて親切なミセス・アバーナシーは、まさか害のない村のうわさ話をドナルドソン牧師がこんなことに利用するとは思ってもいなかっただろう。

ミスター・ドナルドソンはため息をつき、頭をふった。「あなただって、その手で止められたというのに」

「なにを止めるんですか？」

「下劣な本ですよ。原稿を暖炉にくべてしまうことだってできたでしょうに」

文字がびっしり書かれた原稿が炎のなかで丸まる場面が頭にぱっと浮かんできた。恐怖だったものが憤怒に変わった。

「そんなことはぜったいにしません」

顔を上げた牧師の目は、冷酷でほとんどまっ黒だった。「驚いたと言えればよかったのですが。ときには狼と同じくらい雌狼も羊の群れにとっては危険になります。そういうわけで、あなたのせいで選択肢がかぎられてしまいました」

「選択肢ですって？」自分で選べる自由を必死で勝ち取ってきたのだ。だれにもそれを取り上げさせはしない。

ミスター・ドナルドソンが彼女とドアのあいだに立って、手狭な部屋で唯一の通り道をふさいだ。トマスは彼女の居場所を知らない。だから、彼が助けてくれるとあてにはできない。でも、自分を救う方法が見つからない。

ジェインは近づいてくる牧師になんの抵抗も見せなかった。ミスター・ドナルドソンは彼女の首を絞めようとするかのように両手を上げた。

18

トマスは、教会の外に残ってあちらこちらで固まっておしゃべりしている信者を見まわした。ジェインの姿はどこにもなかった。待っていてもらえると期待する権利などないとわかってはいても、失望にぐさりとやられた。ミセス・マードックもいなかった。ふたりはきっと一緒に帰ったのだろう。

危険はないかとカリブ海を監視していた鋭い目が、もう一度バリセイグの村人たちを見ていった。がっしりした体つきの農夫が数人と、赤い頬をしたその家族たち。薬屋らしき眼鏡の男。痩せこけた牧師。この場所でジェインの身になにか起きるかもしれないと思うなど、ばかげていた。

だれかがトマスの肩に手を置いた。「お袋に挨拶に来てくれよ」テオ・キャンベルだった。質問ではなかったのでトマスは返事をせず、鍛冶屋の仕事場のほうへ歩き出し、石造りの魅力的な牧師館を通り過ぎた。

「お袋さんは元気なのかい？」トマスはたずねた。

ミセス・キャンベルはトマスが知るかぎりの昔から未亡人で、どうして再婚しないのかとときどき思ったものだった。何度も求婚されているのは知っていた。それでも、植民地で反乱が起きたあと、ともにニューヨークを逃れてきた夫に対する忠誠心を尊敬していた。国王に忠義を尽くした大半の自由黒人と同じく、キャンベル夫妻も入植者が予想外に勝利を収めたときには自分たちの将来の自由がどうなるか不安を持っていた。そこでカナダの新たな植民地まで護衛するという英国陸軍の申し出を受けたのだった。

はじめての冬を迎えたあと、荒涼たるノヴァスコシアに心を折られ、通りがかったスコットランド人の毛皮商人から受けた助言に従って、旅ができるようになると英国を目指した。毛皮商人は幼少時代を過ごしたハイランドについてあまりに懐かしそうに話していたので、若い夫婦もやがてハイランドを故郷とした。テオはここで生まれた。ミスター・キャンベルはただひとりの子どもがこの世に生を受けたすぐあとに他界し、教会墓地に眠っている。

「元気にしてる」テオの返事はロスの返事と同じだった。だが、昨日もそうだったが、相手の声に心配と頑固さを聞き取った。「冬になるとリウマチがひどくなるから、思ったほど外出できなくなるんだ。ダヴィーナとおれが結婚したら少しは楽になるだろう」

礼拝のあとテオが若い女性と話しているところを目にしたが、それが自分の知っていた少女だったとは気づかなかった。何年も昔、そばかす顔で髪をきつい三つ編みにした彼女は、兄の秘密を漏らすことに喜びを感じていた。「ダヴィーナ・ロスのことか?」

真剣な顔でトマスをじっと見たあと、テオは焦げ茶色の顔いっぱいに大きな笑みを浮かべた。「アイ」

ダヴィーナがテオのどこに惹かれたのか想像するのはたやすかった。体の強さ——上着の縫い目が引っ張られすぎなほどに肩幅が広い——がいまでは性格の強さに合致している。一緒にいたずらをしていたころは、テオが三人のなかでいちばん年下で、石に刻まれたかのような二頭筋もまだなかったのに、トマスとロスがほんとうに困った事態に陥るのを回避してくれたものだ。

「どうしてまだ結婚していないんだい?」トマスはたずねた。「ロスが反対してるんじゃなきゃいいが」妹が親友と結婚するのを見るのは、男にとっては複雑な気持ちにちがいない。ロスは、テオが女性たちとつき合うのを楽しんでいると昨日言っていたばかりじゃなかったか?

「ああ、ロスならエルスペスと結婚すると決めさえすれば問題ない。ダヴィーナが言うには、ヒースの花が咲く前に結婚するのは縁起が悪いんだそうだ」そう言いながらも、背後の教会をふり返る。

結婚を先延ばしにしている件に新しい牧師が関係しているのだろうか？

その問いは発せられないままに終わった。ちょうどそのとき、キャンベル家に着いたからだ。主室ではごうごうと燃えさかる暖炉の前で色とりどりのキルトをひざにかけたミセス・キャンベルがうたた寝をしていた。

「お客さんだよ、母さん」テオが体をかがめて母親の頰にキスをした。

「ミスター・ドナルドソンじゃなきゃいいけど」体を起こし、慌てて見まわす。

その視線が自分に留まったのを見て、トマスはお辞儀をして前に進み出た。「トマス・サザランドです」そう言う前にミセス・キャンベルは思い出していたようだった。

「またお会いできてうれしいです」

彼女はふざけて顔をしかめ、息子のキスを受けた側とは反対の頰を軽く叩いた。

「それがほんとうなら、トミー、キスはどうなったのかしらね？」トマスがキスをすると、ミセス・キャンベルは彼の手を取って少し体を離してじっくりと見つめた。

「軍服なんか着ちゃって、ひとかどの人間になろうとしたんだね」

「アイ。たいして出世できませんでしたが」

「昔みたいに、うちのテオとエリゾー・ロスに見守ってもらわないとだめなんだよ」

彼はさっと友人に目を向けた。「ふたりに会えなくてほんとうにさみしかったです」

だが、彼らにどうして真実が告げられるだろう？　バリセイグに戻ってきたほんとうの理由がみんなの知るところになれば、ふざけてつついたり抱きしめて背中をバンバン叩いたりといったことはなくなってしまうだろう……。まあ、ミセス・キャンベルなら伯爵が相手でも平気でやるかもしれないが。

ミセス・キャンベルは向かいの椅子に座るようトマスに勧めた。テオはテーブルの椅子を持ってきた。キャンベル家全員がこの小さな部屋で生活していたが、白壁も簡素な家具もすべてとてもこざっぱりしていた。

十年少し前には、鍛冶屋の仕事場は冷えきり、隣接する家はあばら屋も同然だった。テオがいつどうやって鍛冶屋になり、いまにも倒れそうなあばら屋をちゃんとした家にしたのか、トマスは知らなかった。テオが成功したのはだれの目にも明らかだが、グヴィーナがそれを分かち合ってくれるまで満足しないだろう、というのは容易に想像がついた。

「ショー家の人たちには会ったかい？」キルトの毛玉を節くれ立った指で取りながら、ミセス・キャンベルがたずねた。

「教会で会いましたよ」

「エドワードは若いころのあんたよりたちが悪いんだよ、トミー」そう言って頭をふる。

「まさか」トマスは笑った。「そう見えるだけでしょう。私はバリセイグにほんの何週間かいただけだけど、エドワードはずっとここでいたずらができるんだから。私の場合は必死だったな」

「あいつは責任感の強い子だ」テオがまじめになって言う。「親父さんが怪我をしてからはいい子になったが、あの農場はひとりで切り盛りするのは無理だ。エルスペスは賃借料をどうやって払ったらいいかわからない、とロスに言ったそうだ」

「ミスター・ワトスンがショー家を追い出そうとしてごらん、ただじゃおかないから」ミセス・キャンベルがきっぱりと言った。彼女なら土地差配人の妨害をしかねないな、とトマスは思った。

「そんなことにはならないかもしれないですよ」トマスは小声で言った。

ショー家でも苦しんでいるほかのだれでも、トマスは助けてやれる立場にある。ミセス・キャンベルの苦痛をもっと和らげる方法はないか、医者を連れてきて診てもらうことだってできる。だが、ここにとどまることになったら……。

うつむくと緋色の軍服が目に入った。英国軍人とハイランドの領主のどちらを選べばいいのだ？　グレート・ブリテンを守るという誓いを履行するか、バリセイグの人々を守るか。両方は無理だ。

「やかんを火にかけておくれ、テオ」ミセス・キャンベルが言う。

トマスは頭をふって立ち上がった。「私は……」さまざまなことばが浮かんだが、結局ただこう言っただけだった。「もう行かなくては。でも、また近いうちに来ます」

彼女がトマスのキスを頬に受け、テオが玄関まで見送った。「おまえが故郷に戻ってきてくれて、みんな喜んでるんだ」

またそのことばだ。故郷。たしかに故郷に帰ってきたかもしれないが、こんなにどうしたらいいのかわからないのははじめてだった。礼の会釈をすると、寒い外に出た。

また雪が降ってきそうな低い空の下、トマスはバリセイグを二分する広い通りをダノックに向かって歩きはじめた。三、四人の元気な者がまだ教会のそばに残っていたが、ほかの者たちはすでにそれぞれの家に散っていた——あるいは、ミスター・ドナルドソンが〝卑しい欲望を刺激する酒の提供者〟と攻撃したにもかかわらず、居酒屋に行ったのか。ロスが礼拝に来ていなかったのが目立っていた。〈アザミと王冠〉亭の前を通ったとき、入ろうかとつかの間迷ったがやめておいた。ひとりになる必要があった。考えるために。

西インド諸島ではじめて任務に就いたときは、静けさそのものが脅威だった。ときには正気を失いそうになった。静寂の必要性と望ましさは頭では理解していた——敵兵がうじゃうじゃいる島にいるよりは孤独を選ぶ——が、それでも捨ててきた仲間とのいつもの親交が欲しくてたまらなかった。情報将校の仲間との。この村の友人たちとの。

そのうち孤立状態には慣れたが、重圧であることに変わりはなかった。肩にのしかかる。魂にのしかかる。いまではドミニカは遙か遠くになったが、重圧は取りのぞかれたのではなく、単にその性質を変えただけだった。バリセイグにとどまっても、やはり孤独なままなのではないか？　テオもロスもじきに身を落ち着けるだろうに、近寄りがたく手が届かないマグナス卿は、城にひとりきりで鎮座しているしかない。もはやトミー・サザランドではなくなるのだ。

教会まで来たとき、結婚式を口にした際のテオの目を思い出した。バリセイグにとどまるにせよ出て行くにせよ、ドナルドソン牧師には去ってもらわなければと思った。この共同体が必要としているものを理解している人間を代わりに据える。それは——。

牧師館の窓でなにかが動いたのが目に入り、トマスはただちに警戒態勢に入った。

カーテンが揺れただけだと自分に言い聞かせようとしたが、帆や旗は見えないかと暗がりやまばゆい海に目を凝らして何年も過ごしてきたせいで――身にしみついた習慣はおいそれとは変わらないのだ。反射的に周囲に目を走らせる。先ほどの動きが別の脅威から気をそらすためのものである可能性もあるからだ。それから、ふたたび窓に視線を戻した。

仕切り窓の額縁のなかにふたりの姿があった。ドナルドソンとこちらに背を向けている女性だ。ふたりは抱き合っているように見えた。苦笑いが出そうになる。他人の罪を責め立てておきながらあんな快楽に浸るとは、ひどい偽善者だ。カーテンを閉めるくらいの良識を働かせてもよさそうなものなのに。

ふたたび歩き出そうとしたとき、訓練を積んだ目が女性の毛皮の縁取りのある頭巾に留まった。豊かな茶色の髪がほつれている。

ジェインの頭巾だ。ジェインの髪だ。

それに、ドナルドソンの手は彼女の背中でも腕でもなく、首をつかんでいた。

走り出したことに気づく間もなく、牧師館の玄関に飛びこみ、ジェインの名前を叫びながら先ほど目にした部屋を目指した。侵入者をたしかめようとドナルドソンがさっと顔をめぐらせるのが書斎の戸口から見えた。牧師は見下した冷笑に唇をゆがめながら、ジェインの首を絞め続けた。

そして、ぎくりとしてあえいだ。「このくそ女――！」ジェインに突き飛ばされてドナルドソンがあえいでよろめき、机の角で頭を打って床に倒れた。

ジェインは自身の震える両手を見下ろし、劇的なできごとに困惑しているようだった。トマスが彼女の視線を追うと、血が両手を汚し、黒いペリースにさらに黒っぽいしみとして広がっており、小さなナイフの刃がきらりと光っていた。

「ジェイン！　怪我は？」トマスは家具を押しのけながら駆け寄った。

しゃべろうとしたもののことばが出ず、ジェインは首を横にふり、たじろいだ。色白の喉には早くもあざができはじめていた。

では、血はドナルドソンのものか。トマスの登場にドナルドソンが気を取られた隙に、背後のテーブルに置かれていたにちがいない折りたたみ式の小型ナイフで相手を刺したのだ。だが、どうして牧師が――？

「彼が手紙の送り主だったの」ジェインが苦しそうな声で言った。

手紙？「しっ」なだめるように言って彼女を抱き寄せる。「話そうとしないで」体はじっとしているのに、彼の思考はめまぐるしく動いていた。自分は彼女を守れなかった。ドナルドソンと脅迫状を結びつける重要な手がかりを見逃したのだ。いまだってもう少しで通り過ぎるところだった。ジェインがもがいてカーテンが揺れなければ——。

新たな人間が登場して、トマスはそれ以上自己非難をせずにすんだ。薬屋の夫婦だった。トマスが牧師館に駆けこむところを見たのだろう。

「なにがあったんですか？」

「ミセス・アバーナシー」ジェインが小声で言った。なにが起きたのかトマスが気づく間もなく、ハイランドではめったにお目にかかれない最新流行の服に身を包んだブロンドの薬屋の女将が彼を押しのけ、血を気にも留めずにジェインを抱きしめた。

夫のほうはドナルドソンのそばにひざまずいた。「刺されているぞ！」トマスに説明を求める目を向けた。

「こいつはジェ——ミセス・ヒギンボサムを絞め殺そうとしたんです。頭がいかれているにちがいない」

ミスター・アバーナシーの眉が眼鏡の縁の上でつり上がった。信じられないという思いをふり払い、またドナルドソンを調べた。腹部近くの傷とみるみる膨れてきた頭のこぶを調べられて、ドナルドソンがうめいた。「しばらくは頭がずきずきするでしょうな。だが、刺し傷は浅いから、化膿さえしなければ大丈夫でしょう」

それを聞いたトマスの手は、ブーツからナイフを出してとどめを刺したくてひくついた。

「ミセス・ヒギンボサム？」また別の声が戸口からした。エルスペス・ショーと、その後ろには動きがゆっくりの父親がいた。エルスペスは机に向かい、まだだれも見ていなかったものを目にしてぞっとした表情を浮かべた。教会で見る牧師からは想像もできないほど乱雑に積まれた本や紙の山々だ。

「あなたが持ってきてくれた手紙だけど、エルスペス」静かにさせようとするミセス・アバーナシーを押してジェインが言った。ドナルドソンに首を絞められたせいで声はまだざらついている。

「ミスター・ラトリフ宛てのですか？」

「あれは殺しの脅迫状だったの」ジェインの目は声と同じように弱々しかった。「ミスター・ドナルドソンが書いたのよ」

若いエルスペスの顔が熱があるかのようにまっ赤になった。「なんてこと。ミセス・マッキントッシュはあの手紙をあたしに渡したとき、まちがって牧師さまの郵便物に混ざってしまったんだって言ったんですよ。ミスター・ドナルドソンが半クラウンのお駄賃をくれて、ダノック城にそれを持っていって、まちがって配達されたって説明するよう言ったって。うちは喉から手が出るほど――」父親がエルスペスの肩に手を置いて黙らせた。

ドナルドソンはエルスペスの絶望を、家族を助けたいという心からの願望を食い物にしたのだ。説教壇から辛辣なことばを吐くからといって、牧師にこんなことができるなど、エルスペスだけでなくだれに想像できただろう?

それでも、ダノックの領主であり訓練を受けた情報将校でもある自分ならわかっていなければいけなかった、という思いをトマスはふり払えなかった。

「ミスター・アバーナシー、牧師が意識を取り戻す前に背中で手首を縛ってください」トマスが言うと、みんなの目が彼に向いた。薬屋の主人がうなずき、片手でポケットを叩いた。女将が黙って優雅なシルクのリボンをほどいて夫に渡す。そのあいだに、トマスは次の命令を下した。「だれか治安官を呼んできてほしい」

虚ろなまなざしが返ってきた。ミスター・ショーは頭をふった。どうやらこの地域には治安官は配置されていないらしい。

「それなら、私がこの男を治安判事のところへ連れて行きます」

ミセス・アバーナシーの胸に頭を預けていたジェインがトマスを見た。治、治安判事は、あ、あ、あなたよと口の動きで伝える。

トマスは、彼女がいまも手にしている血のついたナイフで刺してくれたら、と願わずにいられなかった。何マイル四方もの地域で最高位の紳士であるマグナス伯爵が、当然ながら治安判事なのだった。

こんな状況で、トマスが自分の責任から逃れ続けられるはずもなかった。

荒々しく咳払いをすると、彼はミスター・ショーに言った。「言わなければならないことがあります。あなたは古くから私を知っていますよね、サー。亡き母アン・マグワイアのおかげで自分がバリセイグの人間であるのをとても名誉に思っています。母を知っている人はみな、やさしくて寛大なレディと知り合いで幸せだと――」

「アイ、ラッド」ミスター・ショーが口をはさんだ。こんなときに家系を長々と説明されて困惑するのも無理はなかった。「同じことがきみのお祖母《ばあ》さん――安らかに眠りたまえ――にも言える」

トマスは感謝の印に会釈した。「私は知らなかったのですが、それに父も知らなかったと心から信じていますが、母と祖母の血を遡ると高貴な氏族《クラン》につながるのです。本家の家系からかなり遠くはありますが。でも、どれだけ遠戚であろうと、親族であることに変わりはなく、そのため私が長い家系図のなかで最後のマグワイアとなったのです」

ドアの側柱にもたれて体を支えていたミスター・ショーが、続きを悟ったかのように体を起こした。

「みなさんは」トマスは部屋全体を見まわした。ジェインのことはちらっと見ただけだった。「亡くなったマグナス卿にもマグワイアの血が流れていたのを知っていると思います」

ミセス・アバーナシーがはっと息を呑んだ。「まあ、舞台のお芝居よりもおもしろいわ。それで、あなたが新しい伯爵さまだって言うの？」からかい口調だったが、とまどいも混じっているようだった。

トマスが大きく息を吸いこんだが、先に口を開いたのはジェインだった。

「そうよ」

衝撃の間があったあと、ミセス・アバーナシーが慌てて深いお辞儀をし、彼女の夫も立ち上がって黙ってお辞儀をした。エルスペスはどうしたらいいのかわからないようで、助けを求めて父親を見た。ミスター・ショーはただひとり、断固たるまなざしでトマスを見つめた。

「それはけっこうだ、ラッド。それで、きみはこれからどうするつもりなのかな？」

トマスはショー家のふたり、薬屋の夫婦、あおむけに倒れたまま身じろぎすらしていない牧師にまで目をやった。頭のなかでは、スコットランドにおける彼の責任を数え上げるスコット将軍の声が聞こえていた。〝領地の状態や借地人たちの要望を確認し……春の種まきまでに管理方法を決めればいい……〟

トマスは冒険に満ちた人生を求め、送ってきた。それでも、スコット将軍の言ったとおり、これが自分の務めとなった。バリセイグの人々に伯爵の失敗をうわさされ続けていいのか？

最後にジェインを見る。彼が見たこともないほど青白い顔で、遠く虚ろなまなざしをしていた。ああ、彼女をこの腕にかき抱き、すべてうまくいくと安心させてやりたい。いまの痛みだけでなく、これまでのすべての苦痛を癒やしてやると誓いたい。この先のあらゆる害悪から守ってやりたい。

〝ぴったりのラスと出会って身を落ち着ける気になるかもしれないしな……〟

自分がなにを見逃していたのか、トマスはいきなり気づいた。スコット将軍がどれほど知恵者なのか、やっと理解した。

抜け目のない古狸め。

昨日は、どちらにするかという風にしか考えていなかった。ダノックを去るのは自分かジェインかと。だが、もちろん別の道もあったのだ。それがわかるまでしばらく時間はかかったが。

「バリセイグの人たちへの務めを果たすつもりです、ミスター・ショー」ジェインに日を据えたまま言う。「ダノックをわが家にするつもりです」

たいへんな仕事になるのはわかっている。だが、神の思し召しがあれば、ひとりでやらなくてもすむだろう。

19

その晩遅くに雪が降りはじめた。ジェインは書斎の窓辺に立ち、冷たい菱形窓に額をつけて外を見つめていた。トマス、ミスター・キャンベル、ミスター・アバーナシーがミスター・ドナルドソンを見張っている牧師館の屋根に雪が積もるところを想像した。牧師が目を覚ましたら、投獄され裁判を受けることになる。なにがあったかというわさは、いまごろ雪片のようにバリセイグ中を舞っているだろう。

朝になってミセス・マードックが朝食のトレイを運んできたときも、雪はまだ降っていた。ジェインは『山賊のとらわれ人』の原稿を広げて机についていた。城全体に落ちた尋常ならざる静けさは、仕事をやりやすくしてくれるはずだったけれど、折りたたみ式の小型ナイフを手に取って鵞ペンを削り、書きはじめることができなかった。

〝ダノックをわが家にするつもりです〟

「ミスター・ドナルドソンが意識を取り戻したと朝早くに知らせがありましたよ」部屋に入ってくるなり家政婦が言った。「ミスター・サザ――伯爵さま――がインヴァネスの監獄に彼を連れて行きました」

「この天候では戻りは遅くなるわね」ふつうなら午前中に到着する旅は、少なくとも九一日かかるものになるだろう。

ミセス・マードックがうなずく。「雪が積もっていようと、明日には戻ってくるとおっしゃってました」

明日は二月二日だ。聖燭節だ。伯爵が賃借人や使用人と会い、給金を払い、賃借料を集め、新たな賃借契約に署名する日。

「これはどこに置きましょうか、奥さま?」家政婦はトレイを置く場所を探して机の上を見た。

ジェインは手をひらひらとやった。「ありがとう。でも、お腹は空いていないの」

〝ダノックをわが家にするつもりです〟

「じゃあ、お茶だけでも? なにか口に入れないとだめですよ、ミセス・ヒギンボサム。昨日あんなことがあったんですから――」

「わかったわ」そうは言ったものの、お茶を飲む気はなかった。ミセス・マードックに出て行ってもらいたかっただけだ。「わたしの旅行鞄を持ってきてくれるようドゥーガンに言ってね」

「旅行鞄ですか?」

追い出されるのを心配するあまり、自分にはまだ選択する権限があるのを忘れていたのだ。今回は自分の意思で出て行くつもりだ。「先延ばしにしすぎたから」

ミセス・マードックの顔が心配で曇った。「ここを出て行かれるんですか？　あたしはてっきりあなたと――」

「お茶をお願いね、ミセス・マードック」ジェインの声はいまもしゃがれていた。「それと、旅行鞄も。用はそれだけよ」

静寂は思考に影響すると言われている。ジェインは考えまいとした。考えたら自分の判断にまちがいがなかったかと後悔してしまいそうだからだ。

喪服と血のついたペリースを残して服を荷造りした。やりなおすときは――やりなおしてみせる――もうミセス・ヒギンボサムではなくなる。ダノック以外の場所の思い出を持たない犬たちが、暖炉前のクッションに丸くなり、すねていた。

本をパラパラとめくりもせず、原稿にも一瞥もくれず、荷物に詰めた。新たな地に到着したら、原稿が遅れた理由を説明する手紙をミスター・キャンフィールドに送ろう。文句は言われないはずだ。彼はロビン・ラトリフの機嫌を損ねられない。

翌朝にはすべての荷造りが終わっていた。机の中央に革装の本が一冊残されているだけだ。自分の仕事に満足してひとつうなずくと、呼び鈴の紐に手を伸ばした。

けれど、呼び鈴を鳴らす前にミセス・マードックがやってきた。旅行鞄や円筒形の箱《バンドボックス》を感心しないというまなざしで見たあと、折りたたんだ紙をぐいっと突き出す。「マグナス伯爵さまからこれをあなたに渡すよう言われました」

「彼がここにいるの？」

「アイ、奥さま。大広間にいらっしゃいます」

ジェインは荷物以外は空《から》の部屋を見まわした。「彼に話したの？」

ミセス・マードックが唇を真一文字に結んだ。「いいえ、奥さま」

ジェインは大きく安堵した。「ありがとう。説明は自分でしたかったから。ドゥーガンにこの荷物を荷馬車に運んでもらってね。それと、エズメに〈アザミと王冠〉亭で乗合馬車の運賃を払ってもらっておいて」

「でも、ミセス・ヒギンボサム――」

ジェインは手を上げて制止した。いまだに震えているものの、だいぶよくなってきていた。この手が人を刺すだなんて、だれに想像できただろう？

「階下へ行って彼と話してくるわ。十五分経ったら犬たちを連れてきてちょうだい」

ミセス・マードックが困惑顔でうなずくと、ジェインは紙を持っていないほうの手でスカートをたくし上げた。これが最後と螺旋階段を下りながら、トマスが石壁に触れていた――自分のものだと思っていたのだといまではわかっている――のを思い出すまいとした。

〝ダノックをわが家にするつもりです〟

彼が言っていたことを思い出したとき、ジェインは自分が公平でなかったと認めざるをえなかった。彼が伯爵の衣をまといたがっていなかったのを知っていた。でも、牧師館でのあのできごとがあったせいで、彼はみんなに真実を話さなければならなくなったのだ。

階段を下りきったところで足を止め、勇気をかき集めた。廊下を十歩ほど行くと大広間へのアーチのついた入り口に来た。数日前とはちがって明るく、大きな暖炉では火が轟々と燃えさかっており、会話が石壁に跳ね返って響いていた。中央には大きなトレッスル・テーブルがあり、椅子に座ったトマスが――マグナス卿が――向かい側に立つ男性の言ったなにかに笑ってのけぞった。

犬たちが嚙んでエズメが繕った鹿革のブリーチズを穿き、傷だらけのブーツにくすんだ緑色の毛織の上着を身につけたトマスは、農夫と言っても通りそうだった。例によってクラバットの結び目は呆れるほどゆるめられていた。

言い換えれば、いつもどおりにハンサムで魅力的ということだ。

いつもは安定した鼓動を刻む心臓が、彼を見たとたんに激しく打ち出した。強い、と彼はジェインを形容した。けれど、これに立ち向かう強さが自分にあるかどうか心許なかった。

彼をベッドに誘ったとき、退屈しのぎが必要なだけだと自分に言い聞かせた。一夜かぎりのものを求め、彼はそれに情熱的に気前よく応えてくれた。幸い、これまでの人生で――自分というものを保つために――よいものもふくめて思い出をしっかり閉じこめて錠をかけておく経験をたっぷりしてきた。もう少しで、自分には彼が必要だと思うようになって、そのお返しになにかを差し出してしまうところだった。

一夜のできごとですべてが変わるようなことは二度とあってはならない。

いま、ジェインは物陰に隠れたまま、次々と伯爵を訪れてくる賃借人たちとの会話に耳を傾けた。賃借契約を細かく見ていき、ときおり好ましくない条項を削除したり賃借料を変更したりしている。ミスター・ショーは脚を引きずりながらやってきて、怪我を理由に座るよう勧められたが、立ったまま金を丹念に数えて出しはじめた。

トマスがその半分をテーブルの上で押し戻した。「貸出金です」受け取れないと言うミスター・ショーをさえぎる。「それと、この春はエドワードの手伝いに息子ふたりを寄越すとジェイミー・マッキンタイアが申し出てくれました」

思いもよらない親切を受けてミスター・ショーは安堵ですすり泣きしそうな顔になったが、なんとかこらえてぶっきらぼうに握手をし、賃借契約に署名をした。ジェインの喉も涙で詰まりそうだった。寛大でおおらかなトマスの性格が村人たちに歓迎されているのは明らかだった。でも、寛大すぎるのも考えものだ。伯爵向けの救貧院がもしあったら、彼はすぐにそこに入るはめになるだろう。

ミスター・ショーの脚がちゃんと治ったか、反抗期を卒業したエドワードがどんな青年になったか、ダヴィーナ・ロスがミスター・キャンベルと式を挙げたときの天気がどうだったか、ミスター・ロスがついにエルスペスと似合いの夫婦になれると気づいたのはいつだったかなど、村人たちの将来を知ることがないのだと思うと不思議な気がした。トマスの管理するダノック城がどんな場所になったかもわからずじまいになるのだ。

トマスにも二度と会えない……。

最後の賃借人が大広間を出て行き、トマスが帳簿にかがみこんで書きつけをしているとき、ジェインは自分を励ますようにきっぱりとうなずいて板石の上をきびきびと歩き、テーブルの手前で立ち止まった。

彼が立ち上がったとき、椅子が板石をこする大きな音がした。「ジェイン——やっと来てくれたか」トマスは彼女の手を取ろうとしたが、ジェインは体の前で両手を組み合わせたままでいた。そのせいで持っているのも忘れていた紙がしわくちゃになった。「大丈夫かい？」両手を下ろし、ジェインを上から下までじっくりと眺め、指の形をしたあざを隠すために首に巻いた襟巻きに長く目を留めていた。「いや、大丈夫なはずがないな。あんなことがあったんだから。でも、安心してほしい。彼は監獄に入れられた。この目でしっかりと見届けたよ。彼は二度と人を傷つけられない」

それに対してジェインはなにも言わなかった。この二日間、彼女がバーソロミュー・ドナルドソンのことなどほとんど考えなかったと知ったら、トマスはきっと驚くだろう。

ぎこちない間があったあと、握り合わせたジェインの手に向かって彼が顎をしゃくった。「それを受け取ったんだね」

ジェインは震える手で紙を広げた。そこに書かれている内容が理解できず、三度読みなおす。

「ダノック城の賃借契約？」仰天して顔を上げる。

「アイ」

ジェインは丁寧に紙をたたんで彼に向かって突き出した。「ずいぶん気前がいいのね。でも、必要ありません」トマスが受け取ろうとしなかったので、とにかくかかわりを持ちたくなかった彼女は契約書をテーブルに放った。「どこかに小さな家を買おうと思います――お城も競走用の赤いカーリクルも大きなベッドもほんとうには必要ないので」ベッドと聞いてトマスの目が燃え上がった。ジェインは気づかないふりをした。「家を借りる立場の人間は、いつだって家主の言いなりでしょう。あなたもご存じのとおり、わたしは自分で自分のことを決めたい女なの」

「ジェイン」彼はささやいてテーブルをまわり、彼女のそばに来た。つかの間、抱き寄せられるのかと思ってジェインの心臓が早鐘を打ち出した――恐怖で、そして渇望で。まるで彼女の脈が速まるのが見えたかのように、トマスの顔に珍しく疑念の陰がよぎる。「ちょっとからかっただけなんだ」契約書をちらりと見る。

ジェインはざらついた笑い声を出した。「あら、わかってるわ。お利口さんね。でも、わたしはもうここを出る手配をすませたの」

「だめだ」はねつける返事は、けれど冷たくはなかった。「きみは動揺しているんだ。そんなときになにかを決めるのはよくない――」

「もう荷造りしてしまったの」彼が言おうとしていたことばを聞きたいという誘惑から逃げる。ここにいてくれ。私の客人として。私の――。彼のなに？　好奇心に苛まれたけれど、知らずにおくほうがいい。ずっと前から自立していたし、この先もそういるつもりだ。そんな自分がトマスのなにかになんてなれるはずもない。「乗合馬車の切符は買ってあります。この話が終わったら、すぐに出て行きます」

トマスが返事をする間どころか反応する間もなく、アテナとアフロディーテが丸天井に鋭い吠え声を響かせながら突入してきた。二頭は板石の床で跳ねたりすべったりしながら駆けてきて、ジェインのスカートに飛びついてなでてもらおうとした。

ちっともじっとしていない二頭を震える手でなでようとしゃがみこむと、傷だらけの茶色い皮と継ぎ当てのある鹿革に包まれたトマスの脚が目の前にあった。ジェインは彼のひざより上には視線を上げなかった。犬たちはトマスのすぐ脇を通ってきた――それどころか、アフロディーテに至ってはおそらく彼の脚のあいだをくぐっていた。いまですら、トマスにまったく注意を払いもせずに彼のブーツのつま先をひっかいている。

ジェインの頭に最初に浮かんだのは、この子たちはトマスがダノックを管理する人間になったから、もう吠えたりうなったりしてはいけないのを理解しているのだ、ということだった。次に浮かんだのは、最初の思いよりもさらにばかげていて、新たな主人に対する、飼い主であるわたしの気持ちに変化があったのを感じ取ったのだ、というものだった。いやだわ。犬の行動に意味をあたえるのなら、トマスがはじめてやってきたときにそうするべきだったのよ。あの晩、かわいらしくておばかなこの子たちがどんなに激しくわたしを守ろうとしてくれたことか。でも結局、どれだけ噛みついたりうなったりしてくれてもどうにもならなかった。最後には危険のなかに身を置くはめになってしまった。自分にはマグナス卿トマス・サザランドが必要だと信じこんでしまう危険。自分自身の一部を諦めるという危険。恋に落ちるという危険。

ジェインはいきなり立ち上がって手を払った。トマスの背後に、アーチ型の戸口の下で泣きそうな顔をしたミセス・マードックが見えた。「荷馬車の準備はできたのでいつでも出発できるそうです、奥さま。エズメは馬車の座席を確保しに行きました」

「ありがとう、ミセス・マードック」家政婦のもとに駆け寄って母親のように抱きしめてもらいたい、という思いをこらえたせいで腕も脚も痛かった。「ダノックで親切にしてくださって、ほんとうにありがとうございました」

「エディンバラでミスター・ラトリフにお会いになるんですか？」

ジェインはさっとトマスを見た。「ええ、そのつもりよ」

「わかりました」ミセス・マードックは彼女らしくもなくうなだれて立ち去りかけたが、ふと立ち止まった。「さみしくなりますよ」

「わたしもよ、ミセス・マードック」

ミセス・マードックはなにも言わずにきびきびとした足音をたてて廊下の向こうに消えた。ジェインは指を鳴らして犬たちを呼んだ。ドゥーガンとエズメとアバーナシー夫妻には、村に着いてからお別れを言うつもりだ。つまり、別れを言う相手で残っているのはひとりだけだ。

けれど、彼女がふり向いたとき、トマスに先を越されてしまった。

「七年前に求婚していたら、きみはどんな返事をしていた?」

ためらいもなく返事が口を突いて出た。「イエスと言っていたわ」驚きと苦痛のないまぜになった表情がトマスの顔に浮かび、彼女は説明しなくてはいけない気持ちにさせられた。「あのころのわたしは、よくある夢をすべて夢見ていたの——愛、結婚、子どもたち。たまたまふつうでない夢も持っていたけれど、巣から追い出されなければきっとその夢は枯れていたでしょう——」

「家から引き離され、家族から拒絶されなければってことだね」紛れもない熱のこもった声だった。

「その経験がきびしい教訓をあたえてくれたのは否定しないわ。でも、知識というのは困難に直面して得られる場合が多いの。あの晩に起こったことのおかげで、ああならなかったら知らずに終わったいろんなことを学んだわ。わたしには自分の足で立つ力があると学んだ。それに、自分が選択して立ち去ることの重要さにも気づいた」

ついに彼のたくましい肩が丸まった。ジェインの意志にしぶしぶ屈したかのようだった。「私は昔から命令に唯々諾々と従う人間じゃなかった、ラス。そんな私がいまさら人に命じはじめるつもりもない。きみが行きたいのなら止めない。ロビン・ラトリフのヒロインみたいに、きみ自身で選択するんだ。だが、私にエディンバラまで送らせてほしい。きみがひとりで旅をするなど考えたくもないんだ」

「あなたならわかってくれると思ったのに」ジェインの口調はきつかった。「わたしはひとりになりたいの」

トマスはたじろぎ、その動きを頭をふってごまかした。「ひとりは危険だ」

「いいえ、ひとりが安全なの」

けれど、ジェインにもよくわかっているように、ひとりでいるのは孤独とはちがう。孤独とは、炎がちょうど届かないところに掲げられた紙だ。ずっと長いあいだ、炎の熱はなににも触れず、害をもたらさなかった。それなのに、紙の上にいきなり黒い点が現われ、穴が開き、とうとうすべてが灰になった。

トマスが彼女の手に軽く手を重ねた。「どうかおぼえていてほしい。なにか困ったことがあったら――困ったことがなくても――私を呼んでくれたら飛んでいくから」

あなたを呼んだりしないわ。

そのことばは口もとまで出かかっていた。そのことばをほんとうにするためだけでも、口にするべきだ。それなのに、ジェインはつま先立ちになり、唇をかすかにかすめるキスをした。はじまりと同じように終えたのだ。

彼の手の下から手を引き抜いてささやく。「さようなら、トマス」

20

ダノック城の北東の角にある伯爵の部屋にいるトマスは、そよ風が暗い湖面にさざ波を立てるのを見つめていた。かつてはもっと暖かな風が青いカリブ海に白波を立てるのを見つめたものだ。春は遙か遠い時の地平線にかすかに兆しを見せているだけだったが、それでも凍てついた地面がゆるみ、ついに空が灰色よりも青さを見せるようになるまで借地人たちが必要な物にこと欠かないように準備の計画を立てて一日を過ごした。

やることはまだまだ残っていた。任官辞令はまだ売っておらず、それを担保にして修繕に必要な金を借り入れた。領地の収入をうまく管理できなかった差配人のワトスンは手紙であっさり解雇したが、その代わりはまだ見つかっていなかった。新しい牧師に関しては、グラスゴーにいる学友に手紙で打診してみたが、そちらもまだ決まっていなかった。

顔をしかめ、一日中机にかがみこむという慣れない仕事で凝った筋肉をほぐそうと伸びをする。体を動かす必要があった。海を渡ってくる侵入者がかかわるような活動ではないにせよ。そう思いながら窓に背を向けた。屋根を葺《ふ》くとか柵をなおすときに手を貸すくらいはしても許されるよな？　手をふって退けられたり、伯爵さまには別の仕事がおありでしょうと慇懃無礼に言われずに。みんなには自分の陥った混乱状態がわからないのだろうか？　伯爵の仕事はおそれていた以上にひどかった。

帳簿をつけたり手紙を書いたりしても、ジェインを頭から追い出せなかった。ときおりなにもかも捨てて、任務に戻してほしいとスコット将軍に泣きつこうかとまで考えた。生き延びられないような任務をあたえてほしいと。だが、将軍は部下に勇敢さを求める人だ。女性に愛していると告げられないような兵士が勇敢であるはずもない。

戦いもせずにジェインをダノックから立ち去らせてしまったことを、トマス自身が一瞬でも許そうとしたことなどないにもかかわらず、ミセス・マードックは機会あるごとに彼の過ちを思い出させた。昨日だって、祖母を思い出させるような険しい表情で全身をじろじろと眺めまわされた。

「失礼ですが、今週ずっと寝ていないみたいなお顔をしてらっしゃいますよ。南塔のお部屋のほうが居心地がいいでしょうに。ミセス・ヒギンボサムはあの大きくて快適なベッドを残していかれてますよ――パースの家具職人に作らせたものだそうで。あなたさまのような大柄な殿方にこそぴったりのベッドですよ。せめてごらんになられませんか？」

おかげさまでそのベッドならもう見ているさ、と嚙みつきそうになるのをかろうじてこらえた。実際、ほんの少しだけはそのベッドで眠っていた——二度と惨めな思いをせずにすむだろうと愚かにも想像して。

だが、あの枕に頭を休めるどころか、二度とあの部屋に足を踏み入れるつもりはなかった。

彼女は安全だろうか？　幸せだろうか？

寝室から書斎に向かう彼に、今夜はそのふたつの問いがつきまと《ドッグ》った——犬《ドッグ》だって？　くそ、あの行儀の悪いスパニエル犬すら忘れられないのか？　書斎から北塔の狭い螺旋階段を下りると、いつもはじめて上階へ案内してくれたときのジェインの臀部が揺れていたのを思い出した。ひとりでさみしい食事をする——というよりも、ワインらしきものをがぶがぶと三杯飲み、皿の料理をつつきまわす——食堂へ。そこから大広間へ行き、何年ぶりかで彼女の声を聞いたときに見ていたぼろぼろのタペストリーに見とれるふりをする。さらにそこからすぐのところには、南廊下が、南塔が、そして最上階の続き部屋が……。

あらゆる点で、ジェインの書斎——そう、この先もずっとジェインの書斎のままだ——は変わっていなかった。同じ陰鬱な複製画が壁にかかっており、あのおぞましいソファはいまも暖炉のそばに置かれている。だが、生活感は消えていた。暖炉はきれいに掃除されて冷えきり、クッションはなくなっている。書棚は空っぽだ。そして、机は……。

ろうそくを手に注意深く三歩進んだ。彼女がそこに置いていった本は調べなくてもわかっていた。『魔術師の花嫁』の最終巻だ。物語を忘れてはいないが——彼女はあまりにもすぐれた作家だから——それを手に取って最終章を読む気にもなれなかった。村人たちが城に押し寄せて少女を解放し、放埒な領主は孤独のうちに城で死んだに決まっている。

だが、その本が読まれないままでいるかぎり、結末——ジェインの結末であり、トマスの結末——は書かれないままになる。

「マグナス伯爵さま?」

やわらかで女性らしい声がして、トマスはぎくりとしてろうそくを落としそうになった。ゆっくりとふり返る。「なんだい、エズメ?」

「だんなさまをあちこち探しまわりました。ここにいらっしゃるなんて思ってもいなくて。ろうそくの明かりに気がついてよかったです。ドゥーガンがだんなさま宛ての手紙を受け取ってきました」

「こんな時刻に？」窓の外に見える空はほとんどまっ暗だった。

「いえ、村に行ったのはお昼ごろです。きっとポケットにしまったまま、いまになるまでミセス・マードックに渡すのを忘れていたんだと思います。ときどきあるんです」エズメはトレイを小脇にはさみ、手には手紙の束を持っていた――主人に手紙を持っていくときのやり方として家政婦から教えられたものではないだろうとトマスは思ったが、形式張る必要は彼自身も感じていなかった。「どうぞ」エズメは手紙を差し出しながら近づいてきて、遅まきながらお辞儀を思い出した。「ミセス・ヒギンボサム宛ての手紙もあると伝えるようにとミセス・マードックから言われています。だんなさまならどうすればいいかご存じだろうからと」

「ありがとう、エズメ」落ち着きを装って手紙を受け取り、エズメが出て行ってから机に燭台を置き、本をどけた。手紙の束をくっていく手が震える。ほとんどが請求書で、グラスゴーの友人からの返事もあった。

探していたものをようやく見つける。

筆跡をごまかしたドナルドソンの子どもじみた殴り書きか、ペルセポネ出版の事務員によるきっちりした筆記体を目にするのだろうと半ば予期していた。しかし、そのどちらでもない、おそらくは男のものと思われる平凡な筆跡で、ミセス・J・ヒギンボサムという名前と宛先が書かれていた。ダノックの綴りにはnがひとつ足りていなかった。

トマスは手紙を開封するかどうか迷った。封蠟を切っても、受取人にけっして疑われないように封を戻すやり方を知っていたから、ジェインに知られることを心配しているのではなかった。居場所のわからないジェインに転送できない手紙を読んでも意味がないかもしれないと思ったからでもなかった。そうではなく、この手紙を開けてしまったら、二度と彼女に会えないと認めるも同然だという、なまくらな刃で刺されたような焼けつく痛みを感じたからだった。完全に彼女を失ってしまうくらいなら、手紙を火にくべたほうがましだと思った。

だが結局、封蠟の模様を壊さず、紙も破らないように丁寧に封を開けた。ゆっくりと手紙を開いて――斜めに慌てて書き殴った一枚だけだった――机に置き、手を広げて押さえながらもう一方の手でろうそくを引き寄せた。

親愛なるジェインへ――

神さまがこの手紙を姉さんのもとに届けてくれるよう祈りつつ、ダノック城宛てに送ります。ひどくおそろしい告白をしなければなりません。ぼくがまだ暗記しきれていなかった、エディンバラの新しい住所が書かれた姉さんのこの前の手紙が、父さんに奪われてしまいました。想像がつくと思いますが、口論になりました――とどめに、姉さんが作家として大成功したと言ってやりました。いまでは大金持ちで、ぼくに対して父さんよりもうんと気前よくしてくれると。ああ、姉さん、愚かな癇癪持ちのぼくを赦してくれますか？　父さんは自分も〝正当な分け前〟を要求してやると言って大声で馬を用意させました。父さんが姉さんを見つけたら、何年も前に姉さんが逃れた罰をあたえるつもりなのではないかと心配です。

愛と、姉さんの赦しを心から懇願する気持ちをこめて――

ジョナサン

手が発作的に丸まって手紙をくしゃくしゃにしてしまい、トマスははっとわれに返ってしわを伸ばした。連絡を取り合っているのは弟だけだとジェインが言っていたのを思い出す。父親は明らかに、物語を書いた娘を七年経ったいまも赦していないようだ。

トマスはさっと立ち上がり、ろうそくの芯を指でつまんで火を消し、机に置いた手紙をひっつかんだ。ジェインは簡単には見つからないつもりだと言っていたが、ぜったいに見つけてやる。情報将校としての技能はいまも体がおぼえているはずだ。二度と父親に彼女を傷つけさせない。

階段を下りきると同時に、声の届くところにいる者に命令を叫んでいた。伯爵というよりも、計画があろうとなかろうと勇んで戦いに臨む兵士になっていた。エズメが厚手の外套と手袋を持って駆け寄ってきて、ミセス・マードックはというと、エディンバラでジェインが泊まっている宿や使っている名前を見つける助けになるような手がかりはないかと記憶を探った。

こんな愚か者の任務はトマスにとってはじめてだった——見つけられたがっていない女性のところへ導いてくれるものがないも同然なのだ。助けがなくてはぜったいに成功しない——だが、バリセイグのどこに助けがあるだろう？　最近、ドミニカで孤立していたころを思い出していたが、少なくともあの地では遭難信号の届く範囲にほかの兵士たちがいた。それより遙か昔には、困った事態に陥ったときは——。

「そうだった」動揺したミセス・マードックがベラベラしゃべっているのをさえぎって、トマスは叫んだ。「〈アザミと王冠〉亭に行く」

「居酒屋にですか？　こんな時刻に？」エズメが甲高い声で言った。

家政婦は驚いて背筋を伸ばした。「だんなさま！　あなたさまはマグナス伯爵さまになられたのをお忘れなんですか？」

「忘れてはいないよ」外套を着て、彼女の肩に手を置いてにっこりした。「だが、こぞというときに自分がトミー・サザランドであることも思い出したんだ」

覚悟していたとおり、〈アザミと王冠〉亭のドアを大きく開けて暖かな店に入ると、ぎこちない雰囲気になった。窓を曇らせていた会話が重く漂うように思われた。一瞬ののち、ひとりの男が自分の冗談に腹から笑い、そばにいた客に黙れと肘で突かれた。エルスペス・ショーはエールのジョッキふたつをテーブルに置こうとしたところで凍りつき、客のシャツに泡をこぼした。客は甲高い声で文句を言ったものの、言いかけた悪態を呑みこんで毛織の帽子を取った。ほかの客も慌てて同じようにしたが、表敬の仕草など望んでいなかったトマスは手を上げて制した。

「いいんだ、みんな。どうぞ続けてくれ。ロスに話があって来ただけなんだ」

全員の視線が布巾でグラスを拭いているロスに向けられた。ロスは平然とトマスを見てから顎をくいっとやって挨拶した。「アイ。聞こうじゃないか」

トマスは彼に近づいていかなかった。昔なじみの用心深い表情を見て、ちゃんと話さないままにしてしまったことを悟った。ロスは新伯爵の前でどうふるまったらいいのだろうと考えているにちがいない。

トマスが伯爵になったせいでふたりの関係が変わってしまったのを否定するのは無意味だ。だが、あまりにきまりが悪かったせいでロスやテオと会って握手をし、黙っていたことを赦してほしいと言えずに一カ月以上が経ってしまったため、爵位が必要以上に友人との仲を妨げる障害となってしまった。

「助けてほしいんだ、ロス」ただそう言った。「おまえとテオに。もしそうしてもいいと思ってもらえるなら」

ロスはグラスをひと拭いしたあと脇に置いた。「そうしてもいいが」

イエスという返事ではなかったが、ありがたいことにノーでもなかった。トマスが近づきはじめると、ロスとのあいだにいた客たちが勢いよく会話を再開した。まるで、伯爵と居酒屋の店主がこれからする話に聞き耳を立てていないふりをするなら会話を続けるのがいちばんだ、とあらかじめ打ち合わせをしていたかのようだった。

何世代ものロス家の人間が酒を出してきた磨かれたオーク材のカウンターまで行くと、そこに肘をつき、客たちに簡単には聞こえないように身を乗り出した。「ミセス・ヒギンボサムに関係することなんだ」

ロスは彼と目を合わさず、店内を見まわした。「聞いた話じゃ、彼女はおまえとなんのかかわりも持ちたがっていないとか」

「アイ」トマスはすなおに認めた。「私には彼女の気持ちを変えられないかもしれない。だが、彼女にまた危険が迫っているかもしれないんだ。なんとかしなくては。でも、自分ひとりでは彼女を救えない」ロスは無言のままだったが、きょろきょろするのをやめて遠くのどこかに視線を据えていた。「信じてもらえないかもしれないが、爵位なんて継いでおまえとの仲がこじれることなど望んでいなかった」ロスは喉の奥であざ笑うような音をたてた。選べるものなら、伯爵よりも貧乏人になりたい人間がどこにいるだろう？「おまえが何度も私を救ってくれたことは忘れていないよ、エリゾー・ロス」ロスが青い目を険しくして彼を見る。「今度は彼女を救ってほしいんだ。頼む」

「いいだろう」ロスは頭をふり、トマスの肩を叩いた。「だが、またエリゾーと呼んだらおまえの顎を砕いてやるからな……マグナス」

「わかった」安堵の気持ちが笑いとなって出た。「で、テオはどこにいるだろう？」

ロスはバー背後の箒をつかみ、柄で天井を三回叩いた。少しして息を切らしたダヴィーナがバー奥のドアを開けると、家族の居住する階上の部屋に続く急な階段が見えた。

「静かにしてよ、ロス。やっと父さんが眠ったところだったのに。目が覚めちゃって、なにがあったのかって心配してるわよ」

ロスは妹の不平を無視した。「マントを取ってこい。おまえの恋人のところに行って、閣下がようやくうちの店にお出ましくださってあいつを捜してると伝えてくれ」

そのときまでトマスに気づいていなかったダヴィーナははっと驚き、目を丸くして凝視したあと急いで階上に戻っていった。

トマスがジョッキのエールを半分も飲まないうちにテオが〈アザミと王冠〉亭にやってきた。「呼んだか？」焦げ茶色の目がトマスとロスを行き来する。

ロスは、煙突のある引っこんだ場所のテーブルでチェスをしていたふたりの男に引き分けだと言って布巾で追い払い、空いた椅子に座るようテオとトマスに身ぶりで示した。「よし」引っ張ってきた三つめの椅子にまたがり、彼は言った。「さっきの話をテオに聞かせてやってくれ」

ロスが言ったのはジェインについての話だとわかっていたが、トマスはまずテオの筋肉質の前腕に手を置いた。「何年も前、おまえは私と友だちになってくれた。いまもまだ友だちと思ってくれているといいんだが」

テオはなにも言わなかった。ロスが沈黙を破る。「いいじゃないか。息子が伯爵と友だちだとわかったら、お袋さんは大興奮するぞ」テオがついににっと笑うと、ロスが続けた。「おまえはこの先もずっとおれたちの仲間だ、マグナス」からかい口調で伯爵名を言う。「わからなかったのかよ？　まあいい、ミセス・ヒギンボサムの身が危険とかいうのはどういうことなんだ？」

「ミセス・ヒギンボサムが？」テオの声には心配する気持ちが表われていて、トマスの心が温もった。

「彼女は若かったころに父親に勘当され、家を追い出された」低い声で説明する。「今夜、父親が彼女を捜してエディンバラに向かっている、という手紙が彼女の弟から届いた」

ロスが眉根を寄せた。「償いをするためじゃなさそうだな」

「アイ」トマスだ。「父親のほうが先に出発しているが、距離ではこっちが近い。それでも、一刻も早くエディンバラに行って彼女に警告してやらないと」

「郵便馬車がいちばん速いが、次に来るのは二日後だ」

「そんなに待っていられない」つかの間、三人とも考えこんでしまった。トマスが口を開く。「ばかげて聞こえるかもしれないが、ダノックに競走用のカーリクルがあるんだ。馬が一対手に入りさえすれば、風みたいに速く走るはずだ」

ロスはそんな無理なとばかりにため息をついたが、テオは肩をすくめただけだった。

「必要なのがそれだけなら、なんとか借りられるかもしれない」

「どうやって？」トマスとロスが訊く。「だれから？」

「答えを知りたくないときは訊くもんじゃない」

トマスの体が危険を感じてこわばった。助けは求めたし、友情も求めたが、こんなことは望んでいない。ロスが最初に口を開いた。「テオ・キャンベル、おれの妹を妻にする前に馬泥棒の罪で縛り首になったりしたら、おれがこの手でもう一度殺してやるからな」

テオは陰鬱な感じに笑った。「だったら、つかまらないようにしないとな。夜明け直前にダノックの北門で待っててくれ」

トマスはわかったという印に短くうなずいた。「カーリクルにはふたり乗れる」それ以上はとても頼めなかった。

「テオはお袋さんをひとり残したりしないさ」ロスが指摘する。「それに、その借りた馬とテオを結びつけるものは少なければ少ないほどいい」

「だったら、ロス」トマスが彼に顔をめぐらせる。「おまえが一緒に来てくれるか？

彼女を捜すのを手伝ってくれるか?」

信じられないという表情をロスが浮かべる。「当たり前だろうが、ばかだな」そう言ってから、複雑な問題について考えているかのように眉間にしわを寄せた。「カーリクルがふたり乗りなんだったら、どうやって彼女を連れ帰るんだ?」

そのとき、エルスペスが給仕に向かう途中でロスの肩に軽く触れた――ロスの注意を引くというよりは、そばにいるわよ、わたしはあなたのものよ、と安心させるものだとトマスは気づいた。それに、彼が彼女のものだと思い出させる意味もあったのかもしれない。ロスが仕事で荒れた彼女の手に自分の手を重ね、ぎゅっと握ってから放すと、エルスペスはそのまま仕事に戻った。ことばも視線も交わさないままだった。ほとんど気づかないくらいに触れ合っただけなのに、その親密さを目にしたトマスは胸をえぐられた。

ジェインを失ってしまったら、自分はそんな経験を二度とできないのだ。

『彼女はダノックに戻ってはこないと思う」

テオとロスが顔を見合わせる。「仰せのままに、閣下」ロスは疑わしげに笑い、手首をさっと動かして大げさなお辞儀をしてみせた。「だが、もし彼女がここに帰ってくることになったら、おれに歩いて帰れとは言わないでくれよ」

21

アローラは顎を上げ、自分をつかまえた相手のハシバミ色の目を懐疑的に見た。
「あなたも赤い光の源を知らないと言うの?」男がうなずくと、月光がその髪をきらめかせた。彼女は黒っぽい巻き毛に手を差し入れたいという思いがけない衝動に抗った。

ジェインは鵞ペンの羽根で唇をこすった。赤い光をどう説明すればいいだろう?自分は経験のある作家なのだから、そういうことはずっと前に決めていなければいけないのでは?

それに、いつの間に山賊がトマスに似るようになったの?

うめき声を呑みこんで原稿を丸めると、暖炉そばの床に向けて放り投げた。そこには、同じように却下した原稿が散らばっていた。アフロディーテが耳を立てる。一時間前には捨てられた原稿を追っていたが、いまは前脚から顔を上げさえしなかった。アテナに至ってはまったく気づかないふりをした。

ミスター・キャンフィールドは原稿の遅れに理解を示してくれ、時間をかけた原稿はそれだけいい本になると信じているとまで言ってくれた。けれど、ジェインにはそうは思えなかった。

これ以上用紙をむだにするのはやめ、ペンを置いて立ち上がった。衣ずれの音をさせながら四歩で窓辺へ行き、春になればすてきな庭になると言われた外を見た。日は長くなりつつあったもののまだ三月だったので、四時過ぎだというのにすでに日が陰りはじめていた。

家を探し、ニュー・タウンのはずれにある小さな家の半分を借りた。階上のひと部屋と階下のふた部屋だ。若い女性が毎朝掃除に来てくれ、大家の使用人が一日二食を運んできてくれる。未亡人の大家はミセス・ラザフォードといい、残りの半分に住んでいるので隣人ということになる。大家は驚くほどなにも訊かず、殿方を家に呼ばず、家賃を遅れずに払っているかぎりジェインを放っておいてくれた。

ふたたび衣ずれの音をさせながら四歩で机に戻る。仕事の面で言えば、理想的な家だった。最初はトマスに話したような人里離れた田舎家を買おうと思っていたのだったが、エディンバラは完璧な匿名性を持てる街だったし、二、三部屋あればジェインにはじゅうぶんだった。

ただ、ときおり思うのは、もう少し想像力の羅針盤のようなものがあればよかったのにということだ。思考を思いきりめぐらせる余裕のない部屋でむずかしい筋立てを考えるのはひと苦労だった。そういうとき、作家には脚と心の両方を伸ばせる空間が必要だ。たとえば……反対端が見えないほど長くて広大な広間とか、天気のいい日なら、古い城の背の高い石壁に囲まれた草の絨毯が敷かれた中庭とか。

吐息をついて椅子にどさりと座る。あらゆる意味で自分のことは自分でできるのを誇りにしていたというのに、ダノックとバリセイグが恋しくて、これまで経験したことのないうずきを感じていた。ミセス・マードックやエズメやミセス・アバーナシーが恋しかった。居酒屋で交わされる温かな挨拶が恋しかった。遠くから聞こえるドゥーガンのバグパイプの音が恋しかった。そんなつもりもなかったのに、努力もしなかったのに、自分の周囲に小さな共同体を――小さな家族を――築き上げていたのだ。

何年も前、ジェインは家と家族を無理やり捨てさせられた。そして、そんな感傷的な罠は二度と必要としないと誓った。今回は、立ち去るかどうかを自分で選んだ。けれど、それは正しい選択だったのだろうか？

なによりも、トマスが恋しかった。生き延びようと必死であがいていた七年前は、ふたりが持てたかもしれない将来に思い焦がれるような贅沢はできなかった。未知の危険に向かって航海に出たトマスも同じ気持ちだっただろう。でもいまは、考える時間がありすぎた。

ロビン・ラトリフの小説の登場人物であるかのように、ジェインは片手を胸に当てた。勝手な空想かもしれないけれど、ときどき胸がよじれるように感じるのだ。自分だけのものではなくなった心の痛みだ。なぜなら、精一杯の努力をしたにもかかわらず、心の一部は逃げ出して、彼のもとへ飛んでいってしまったからだ。

それでも、手の下のその臓器は力強く安定した鼓動を刻んでいて、欠けたところなどないかのようだ。どうやらそんな傷があっても生きていけるらしい。

彼がどうしているかを知る術があればいいのに。わたしを恋しがってくれているか。わたしを欲してくれているか。彼も悲嘆に暮れているの？　一度だけでもいいから彼にまた会えたら、その目を覗きこんで真実を知ることができるのに……。

〝私を呼んでくれたら飛んでいくから〟

ジェインは頭をふると鵞ペンを取り、インクに浸して原稿の上に持ち、ことばが出てくるのを待った。そのうち、インクが涙のように原稿に垂れた。こんなことではいけない。また用紙をむだにしないよう、念入りにインクを吸い取った。それから鵞ペンの先をきれいにし、インク壺に蓋をし、すべてを片づけた。

立ち上がると、今度はアテナが期待に頭を上げた。これまでのところ、二頭にとってエディンバラは大いなる期待はずれだった。というのも、新たな知り合いからはときどき頭をなでてもらえたことと、ほめことばを少しもらえたことくらいしかなかったからだ。二頭のためにチーズをポケットに忍ばせてくれる人はいなかった。掃除に来る若い女性は犬を好きですらないようだった。それでも、二頭は希望を捨てなかった。

ジェインは二頭に微笑んだ。「おいで、アテナ、アフロディーテ」指を鳴らしてそう言うと、灰色がかった青い毛織の新しいペリースを取りに行った。犬たちが立ち上がる。小さな楕円形の鏡の前で毛皮の縁取りのある頭巾をかぶる。これを持ってきたのは暖かいからという実際的な理由のためで、トマスとの散歩やキスをしかけたことを思い出させてくれるからではもちろんない。「お散歩に行くわよ」

引き紐をつけ、ひとりと二頭は階段を下りてジェインが気に入っている書店のほうへ歩き出した。丸石敷きの道幅は狭く、やや曲がっており、民家や店が混ざり合って並んでいた。すがすがしい空気に石炭のつんとした煙のにおいが混じる。上り坂を上ってジェインの頬がピンク色になり、全員が少し息切れしたところで、デイヴィーに犬たちを預けた。彼は地元の少年で、ふだんは通りの掃き掃除仕事をしているのだが、二頭の面倒を見てお金を稼げるのを喜んでいた。

書店に入るとドア上部の鈴が鳴り、別の客の本を茶色い紙に包んでいた店員が会釈を送ってきた。革と紙の心なだめる書店の香りを大きく吸いこむ。長身の紳士が正面そばのテーブルに最新の本を広げてページをめくっていた。階上では、若いレディふたりがロビン・ラトリフの小説とおぼしき本についてこそこそ話したりくすくす笑ったりしていた。ジェインは密かに微笑み、歩き続けた。特に探している本があるわけではなかった――ただ、外に出たかっただけだ。それに、本の数々を見ていくうちに想像力が刺激され、ある特定のスコットランド人伯爵以外にも考えるものができるかもしれない。

歴史、伝記、地理……。これといった当てもなく書棚のあいだをぶらぶら歩き、薄い本や分厚い本、簡素な作りの本や浮き彫り細工などの装飾がされた本の背を見ていった。地質学、化学、自然哲学……。ここで思いがけずある可能性がひらめいた。赤い光――錬金術の実験が失敗したことにできるだろうか？　先ほどよりも熱心に見てまわり、ときおりぎっちり詰まった書棚から本を取り出していくうち、ずっしり重い着想の山を抱えるはめになった。次はしっかり読みこむ場所を探さなければ。

書店主のミスター・マレーは、長居する客はたくさんの本を買ってくれるということをずいぶん前に学んでいたので、店内をぶらつける配置にしていた。テーブルと二脚の椅子は、内容を比較しているのか何冊も本を広げて順に読んでいる大学生に占領されていた。隅の引っこんだところでは、紳士とレディが一冊の本を一緒にめくっていたが、本よりもたがいに相手ばかりを見つめていた。すり切れた布張りの椅子を見つけ、そこにくつろいで座り、一冊をひざに置いて残りは両側の肘掛けとの隙間に置いた。最初に開いた一冊はサー・ロバート・ボイルの『懐疑的化学者』で、さっそく読みはじめた。

半分ほど読んだところで可能性が根づき、花を咲かせはじめた。首の片側の凝った場所にこっそりと手をやる。どうやら長時間熱中しすぎたようだ。デイヴィーが心配しているかもしれない。あと少しだけにしよう。この本は当然買うとして、もっと調べられるようボイルのほかの本も買うのがいいかもしれない。赤い光の問題がついに解けたと確信していたし、うまくすれば山賊を立派な人物にする方法も考えつけそうだ。立派すぎてはだめだ――わたしの描くヒーローは結末に至っても謎めいた陰がつきまとっているのだから――けれど、読者がアローラの幸せを疑うような理由がないくらいには立派にしよう。

ジェインが読んでいたページに影が落ちた。瞬きをして文字に焦点を合わせようとする。けれど、照明が暗くなったのはなぜかと顔を上げる間もなく声がした。低い男性の声で、聞きなじみのあるものだった。

「おや、おや、おや。ロビン・ラトリフじゃないか。やっと見つけたぞ」

*

競走用のカーリクルはたしかに風のように走った。凍てついた地面も走行を手助けしてくれたおかげで、トマスたちは二日めの夜遅くにエディンバラに着いた。テオが夜明け前の暗さに乗じて連れてきた元気な馬たち――「ただの貸し出しだ。それ以上は聞くな」――よりも人間のほうが長旅に疲れ果てていた。

丸二日かからずに百五十マイルを移動してきたが、そのあいだにトマスの不安は募っていった。旅の仲間はひどく毒舌で無情だった――自分が伯爵になったことでロスの辛辣な性格が変わるなどと本気で思ったのだろうか？

「よし」街に近づき、通りが狭く賑わうようになると、最後の休憩地点から馬車を御してきたロスが速度を落とした。「着いたぞ」

「アイ。だが、彼女に警告しようにも居場所はまったくわからないままだ」それに、上首尾にいったとしても、彼女はこちらが干渉したことをありがたく思わないかもしれない。

〝あなたならわかってくれると思ったのに。わたしはひとりになりたい、、、の〟

「自分のへそを眺めてたら、いつまで経っても彼女には会えないぞ」ロスが骨張った肘でトマスをつついた。「まわりを見てみろ」

トマスは言われたとおりにした――たとえなにも見えないように思われるときですら、観察という習慣は完全に捨てられないほど身にしみついていた。

「彼女を見つけられても、私とはなんのかかわりも持ちたくないと言われたら？」

その問いは、こわくて声には出せずにいたものの、ずっと彼の頭を悩ませていたのだった。いまだって、丸石敷きの道を行く車輪の音でロスの耳には届かなかったかもしれない。しばらくしてからロスが返事をした。

「ミセス・ヒギンボサムは分別のある人に思えたがな。父親のことを警告してもらったら喜ぶと思うぞ。それに、おまえは彼女の弟がはじめたことを引き継いだだけじゃないか。そんなおまえを責められないはずだ」

トマスはなんとかうなずいた。その動きのぎこちなさを、分厚い服と、寒いなかを二日も必死で旅してきて肩が凝っているせいにした。

「彼女に分別なんかないと言ってほしかったのか？」ロスが言い募る。

そうだよ。なぜなら、愛に分別などないからだ。だが、彼女は人生に、心のまわりに、あまりにもたくさんの壁を築き上げた。ジェインが人生と心をがむしゃらに守ると決めたら、訓練を積んだ情報将校ですらその壁から忍びこめる可能性はほとんどない……壁を打ち壊すことは言うまでもなく。

だが、ときどきはトマスにドアを開けてくれた。打ち明け話をしてくれた。ベッドに入れてくれた。石壁のなかにいる女性――ロビン・ラトリフの創造力と官能性にジェインの物静かなもろさという刺激的で悲嘆をもたらす組み合わせ――を垣間見たということは、トマスには情報があるということだ。ほかのだれも知らない情報が。

それに、心底分別のある女性なら、二頭をあんなに甘やかしは――。

「犬だ！」トマスは手綱をつかんだ。二頭について考えたせいで頭にその姿が浮かんだのか、それとも街灯柱に引き紐を結びつけられたアテナとアフロディーテをたったいまほんとうに目にしたのか？

馬たちの走りが乱れ、ロスが小声で悪態をついた。「なにをしようっていうんだ、マグナス？」

「ジェ——ミセス・ヒギンボサムの犬だよ。すぐそこにいる」茶と白の小さなスパニエル犬のほうを指さし、ロスに正気を失ったと言われるのを待った。

「たまげたな——」ロスが歯笛を吹く。「ほんとうにミセス・ヒギンボサムの犬かもしれない。見に行ってみよう」

車輪が完全に止まる前にトマスはカーリクルを降りていた。犬ちがいだったとわかるにちがいないと思っているのか、そろそろと近づく。手のにおいを嗅がせられるほど近づいたとき、やはりまちがいだったとわかった。うなり声も甲高い鳴き声もなしだ。アフロディーテが鼻で手をつついてなでてほしがったあと、二頭とも体を大きくくねらせた。

「おい」汚いなりの少年が物陰から出てきて箒をふりまわした。トマスは立ち上がってこわい顔で少年を見下ろしたが、相手は怖じ気づかなかった。「ミセス・トマスの犬にかまうな」少年がいきり立った。

「ミセス——トマスと言ったか？」想像しうるかぎりもっとも悲惨な偶然の一致だった。あるいは……。

「アイ。彼女は店に入ったところだよ」少年が背後のドアに向かって顎をしゃくった。ガラスに〈R・マレーの本屋〉という金色の文字が見えた。

「ここで待っててくれ、ロス」トマスは友人に声をかけた。「すぐに戻る」

頭上で鈴が鳴ってドアが閉まると、トマスは暖かくて埃っぽい店のなかに歩を進めるしかなくなった。店員が迫りつつある夕闇にそなえてランプを灯していた。「ご用をおうかがいしましょうか？」

「ミセス・トマスを捜しているんだが」

若い店員が考えこんだ。「ああ、一時間くらい前にいらっしゃいましたよ。おそらく二階でしょう――まだ店にいるとしたら」

時間を忘れるほど本に没頭した別の女性の可能性もあると知りつつも、トマスの胸のなかで希望が湧き上がった。若い女性か？　茶色の髪で、何年も記憶のなかにとどまるような目をした？　そう訊く勇気は出なかった。

「もし彼女を見つけたら」店員はランプの火種にした丸めた紙に息を吹きかけた。「もうすぐ六時だと伝えてくれますか」

「そうしよう」

店の片側に急な階段があり、上部が陰のなかに消えていた。トマスは一段飛ばしで上がった。はじめのうち、書棚しか見えなかった。古い本や新しい本、分厚い本や薄い本が並んだ書棚がところ狭しと置かれていて、壁の色もわからないほどだった。近くのテーブルに何冊か本が散らばっていた。購入を考えていた客が置いていったのだろう。きしみ音に耳を澄ませ、背の高い書棚の向こうを覗いてだれもいないのを確認しながら足を進める。暗い隅の椅子に女性が座っているのが見えた。彼女は本に囲まれ、ひざの上で開いた本にかがみこんでいる。

あの首の曲線はジェインのものにちがいない。彼女と同じ色の髪がきっちり結われている。それでも、薄暗がりのせいではっきりとはわからなかった。その女性は脱いだペリースを隣りの椅子の背にかけていた。そのペリースを着ているジェインは見たことがなかったが、毛皮の縁取りがある頭巾は彼女のものでまちがいないのでは……？

トマスは近づいていきながら、すぐにも女性が顔を上げるだろうと思った。だが、彼女は本に没頭したままだ。椅子の横で立ち止まり、彼女が読んでいる本を見た。化学についての論文のよう――いや、ちがう。錬金術？　内心で微笑んだ。これはもう……。

「おや、おや、おや。ロビン・ラトリフじゃないか。やっと見つけたぞ」

彼女ははっと顔を上げたが、トマスの顔に焦点を合わせるのにとてつもなく苦労しているようだった。まるで、自分の目を信じられないとばかりに。「トマス？」

立ち上がる助けに手を差し出すと、しばらくためらったのちに彼女がそこに手を重ねてきた。何冊もの本が椅子から落ちた。

「どうして――？　どうやって――？」

ジェインには切れ切れのことばしか出てこないようだったが、トマスはなんとか答えようと試みた。「きみに届くことを願いながら、弟さんがダノック城に手紙を送ってきたんだ。お父上にきみの居場所を知られてしまった――彼はエディンバラに向かっている。だから心配で――」ジェインに顔を、目を探られ、トマスの声が詰まった。彼女の手は放さなかった。「きみが無事かどうかをこの目でたしかめる必要があったんだ」

「こ――こんなのは現実とは思えないわ。どうしてわたしがここにいるのがわかったの？」

「アフロディーテとアテナを見かけたんだ」

混乱と不安を感じているにもかかわらず、ジェインの唇がひくついた。「番犬があなたをこの店に入れたの？」

「アイ。二頭は私を歓迎してくれたと言ってもいいかもしれない」驚きつつもおもしろがるジェインの手を、トマスはぎゅっと握った。「ただひとつ残る疑問は……きみも私を歓迎してくれるかということだ」

「実はね」唇をきつく結んでも、笑みが浮かんでしまうのをこらえきれないようだった。「わたしにもいくつか訊きたいことがあるの。でも、まずはあなたの疑念に答えるわね」

ジェインが腕のなかに飛びこんできて、彼の腰に腕をまわして胸に頰をつけるという驚きの行動に出た。「あなたに会えなくてさみしかった。自分が思っていた以上に」

天使が気をつけろと言った。さみしがってくれたのはいい兆候だが、将来の約束をするものではない。肩に乗った悪魔がささやく。キスをしろ、どれくらいさみしがってくれていたのかたしかめろ、と。

賢明かどうかわからなかったが、トマスは悪魔のことばに従った。

ジェインを片腕で抱き上げ、背の高い書棚にその背中を押しつけた。彼女が驚きのあえぎを漏らした機をとらえてしっかりと、だが押しつけがましくないキスをする。どういう口づけにしたいかは彼女に委ねたのだ。

ジェインは五、六回もの小さなキスをして、そのたびに彼がまだそこにいるのを、彼が現実であるのをたしかめるように顔を離した。それからもっとわがもの顔に唇を重ね、腰にまわした腕に力をこめ、ふたりを結びつけた。トマスは片手を彼女の頭上で書棚につき、もう一方の手をその腰に置いてしっかりと囲いこんだ。ジェインは私が守るのだ。永遠に。

「乗合馬車が走り出したとたん、バリセイグを去らずにすんだらよかったのにと後悔したの」キスの合間にささやく。「あそこで幸せだった。でも、考えたの――ううん、考えられなくなっていたの――」

「きみは大きく動揺していたんだ」ほつれて頬にかかった髪をさっと払ってやる。

「苦労して手に入れた自立を諦めずにとどまる道が見つからなかった。自立を諦めたら、自分の一部を捨てるしかなくなるのではないかとこわかった」続ける前に、すすり泣きをこらえたように見えた。「でも、この身をふたつに引き裂いたのは、バリセイグを去ることだった」

「戻る気があるなら、村はいまもきみを待っているよ。家に戻っておいで」

「家？」それに答えるジェインのキス――唇をかすめるだけだったのが舌を絡み合わせるものになり、それからまたやさしくなるという、おとなしいキスとわがもの顔のキスが交互だった――は、階段のきしむ音に邪魔された。その音はふたりの築いた要塞に侵入してきた。

「ミセス・トマス？」階段から店員がおずおずと声をかけてきた。「大丈夫ですか？」

「あら。ええ、大丈夫よ。ありがとう」

彼女が息切れしていたので、トマスは思わずくつくつと笑ってしまった。「ミセス・トマスというきみの最新の偽名が気に入ったと言ってもいいかな?」ジェインの耳もとにそっとささやく。

ジェインは彼の胸に手を置いて頭をふった。最高にやさしい叱責の仕方だった。

「ミスター・トマスが購入する本を二冊持ってすぐに階下に行くのでよろしくね、ミスター・スミス」彼女はトマスの腕の下をくぐって離れ、持ち物を集めはじめた。

「ミ、ミ、ミスター・トマスですって?」一緒にいる紳士が夫だと明かされた書店員は、驚きを隠せなかった。「かしこまりました」

ジェインはウインクをしてささやいた。「ただのミスターなんて言って申し訳なかったわね」

トマスは飢えた目つきで彼女の顔を見つめた。「とんでもない」これほどまじめになったことはなかった。「それ以上高い地位など思いつかないよ」

ジェインも真剣な顔になった。「父は大喜びであなたのそんな考えを叩きなおそうとするでしょうね」

「ここにとどまって拝聴するつもりはないよ。階下に行こう。今夜発とう」

「いいえ」トマスの差し出した手にどっしりと重い古い本二冊を置く。「父のことはこわくないわ。七年前は自分にはほかに選択肢がないと感じた。でも、もう父から逃げない」きっぱりとした口調で言う。外見がいかにやわらかそうでも、彼女には鋼鉄の芯が通っているのだった。

「せめてお父上と対決するのは私とロスに任せてほしい」

ペリースを着る手が止まる。「ミスター・ロスがここにいるの？」

「アイ。ふたりできみのカーリクルに乗ってきたんだ」少しばかりきまり悪そうに打ち明ける。「馬はテオが見つけてきてくれた」

それを聞いたジェインは、トマスがここにいることよりも驚いた。「そう」頭巾の紐を顎の下で結ぶ。「塗装に傷をつけていないことを願うわ。さて、階下に行きましょう」トマスに向かって階段のほうを示す。「それをミスター・スミスに包んでもらって。わたしも一緒に下りるわ」

ふたりが店を出ると、店員はすぐに錠をかけた。通りで待っていた少年も、さっさとアフロディーテとアテナを返してそこを離れたがった。トマスは駄賃を払おうとポケットに手を入れたが、ジェインのほうが早くシリング硬貨を出した。「はい、デイヴィー。この子たちはいい子にしてたかしら？」

「ありがとうございます。アイ、いい子にしてましたよ」トマスに向かって顎をしゃくり、帽子を傾けた。「二頭ともこの紳士を好きみたいですね」少年のことばどおり、二頭はトマスの脚に飛びついてうれしそうにクンクンとにおいを嗅いでいた。どうしてこうも変わったのか、トマスにはわからなかった。

ジェインがにっこりする。「この人はなかなか好ましい人みたいね。ポケットにチーズを仕込んでいるときは特に」

少年は困惑したが、会釈をして走り去った。トマスは暗くなりつつある通りに目を走らせた。ロスはどこにも見当たらない。

「わたしのカーリクルは？」あいまいに片方の眉を上げる。

「いないな。寒いなかで馬を待たせたくなかったのかもしれない」もっと深刻な事情でないのを願いつつ言う。

ジェインは犬の引き紐を持ち、本はトマスに運ばせた。「問題はないわ。わたしの部屋は丘を下ったすぐそこだから」

歩き出していくらもしないうちに、馬具の鳴る音が聞こえた。ロスがふたりの横にカーリクルをつけた。「こんばんは、ミセス・ヒギンボサム。お元気そうでよかった」

「お久しぶりね、ミスター・ロス。遠路はるばる来てくださってありがとう。こんな刺激的な救出をしてもらえるなんて、おとぎ話の王女さまになった気分よ。〈アザミと王冠〉亭は有能な将来の奥さまに任せてきたのかしら」

「アイ」夕暮れのなかでも、ロスの顔が赤くなるのがわかった。「閣下の手を借りて乗ってください」

「あら、大丈夫よ。伯爵さまが歩いて送ってくださるから。二本向こうの通りに宿場があるの。馬を厩に入れて、部屋を取るといいわ——もちろん、費用はわたし持ちで」アテナがじれったそうに引き紐を引っ張った。「竜退治の計画は明日の朝みんなで練りましょう」

『みんなで？ 竜？』ロスは信じられないとばかりに頭をふったあと、帽子を傾けた。「アイ、仰せのままに」トマスに目をやってウインクする。「おまえを待たずにさっさと寝てるよ」と続きは声を落としたが、トマスにはまだ大きすぎるように思われた。

舌を鳴らして馬に合図をすると、ロスは行ってしまった。

今度はトマスが顔を赤くする番だった。「私がロスに話したなどと思わないでほしい——」

ジェインの唇がひくついた。「話さなくても伝わることもあるわ」いたずらっぽく目をきらめかせ、顎をこしゃくな感じに傾ける。「たとえば、ミスター・ロスはエルスペス・ショーに実際に求婚したとは思わない。それでも……あ、着いたわ」犬たちが十七番地の家の階段を駆け上がり、ジェインの手から引き紐が抜けそうになった。

「きみをここでひとりにするのは気に入らないな」トマスは不安げに通りを見まわした。「お父上がなにをするつもりか、いつ来るか、予想もつかないんだから」

「悪いけれど、話なら明日にしてもらえると助かるわ」鍵を探しながら言う。「すぐ隣りに住んでいる大家さんは、紳士の訪問客を認めていないの」ドアが開くと犬たちが引き紐を引きずりながら駆けこんだ。ジェインは階段を二段上がってからふり向き、彼と目を合わせた。一本の指でトマスの唇に触れる。「だから、今夜あなたをなかに入れるとしたら、とっても静かにしていると約束してもらわなければだめなの」

トマスを激しい欲望が襲う。紳士ならば、泊まるどころかなかに入ることだって断るはずだ。だが、彼女に危険が迫っている可能性がある。どうして立ち去れるだろう？

ジェインが体の向きを変えて残りの階段を上がって家に入ると、トマスは訓練された優秀な密偵らしく足音をたてずに続いた。

22

なかに入ると、トマスは立ち止まって周囲を見て取っていった。簡素に設えた居間で、奥が紙の山でおおわれた大きなテーブルのある食堂になっている。目の前には寝室へ続くと思われる階段がある。全体的に心地よさそうだったが、城だって借りられる女性がどうして狭苦しいエディンバラの部屋に住んでいるのかと訝らずにはいられなかった。ジェインは正反対のことを言っていたが、小さな一部だけでも私が彼女を捜してやってくるのを望んでくれていたのだろうか？

彼女は別室で犬たちの引き紐をほどき、水と餌をやるのに忙しくしていた。ダノックにいたときと同じく、二頭のクッションが暖炉の前に置かれていた。犬たちが水を飲み、餌を食べているあいだに、トマスは本を置き、それから静かにしていてという彼女の注意を守るためにブーツを脱ぎ、ドアの脇に置いた。厚手の外套はその上の掛け釘にかけた。するとジェインがやってきて、その横にペリースと頭巾をかけた。彼女はドアに錠をかけ、不安そうな笑みをかすかに浮かべてトマスをふり向いた。

彼は両手でジェインの頭を包み、暮れゆく薄明かりのなかで表情を探った。ろうそくの一本も灯されていなかった。それでも、彼女の明るい瞳に悲しみや心配の痕跡が見て取れた。しゃべることができたなら、心の内を彼女に語り、負っているすべての重荷を自分に預けてほしいと懇願していただろう。

けれど、静寂のなかで自分の感情を示す必要があるというのは、意外にもトマスの心を引きつけた。ひょっとしたら、有名な作家が相手でも、ときにことばだけではじゅうぶんでないのかもしれない。

ゆっくりと顔を下げていき、ひとつだけキスをする。熱いながらもやさしいキスだ。それからドアの前に敷かれた薄い毛織の敷物に片ひざをついた。この先に進む前に、自分の心にはジェインがすでにいることを理解してもらわなければならなかった。彼女の手を取り、すぐにも自分の指輪をはめる指をなで、指先がたどった道にキスをしていくと、ジェインがはっと息を呑んだ。最後に上着とチョッキを開いて薄いシャツだけになった胸に彼女のてのひらを置く。スコットランドの法律では、男女が手を結び合わせるだけで夫婦になれる。

もしジェインが承諾してくれるのなら、今夜がこれからふたりで築いていく人生の最初の夜になる。ほんとうの結婚初夜に。

ジェインがなにか言おうとしたのか口を開いた。女性の声がしても大家は警戒しない。ジェインはきっと犬たちにときどき話しかけているだろうから。だが、彼女もまた、ふたりを囲む静けさの力を感じ取ったようだ。アテナとアフロディーテもこのときばかりは静かにしていた。散歩で疲れたのか、ひとつのクッションで一緒に丸くなって眠りかけている。

ジェインは彼の胸に置いた手を離すことなく、自由なほうの手でスカートをつまみ上げてひざをついた。トマスの右手を取っててのひらにキスをし、左胸の肌が出ている部分にその手を置いた。ふたりの心と心を結びつけたのだ。そして、トマスの目をしっかりと覗きこみ、重々しくうなずいた。イエスよ。七年かかった誓いのことばだ。いまこのときから先は、ふたりはたがいのものだ。永遠に。

唇がふたたび重ねられたとき、彼女の鼓動が速まるのをてのひらに感じ、彼女もトマスの鼓動が一マイルも走ったかのように速まっているのを感じているとわかった。それとも、ゴールで待っているのは苦悶かもしれないと思いながら百五十マイルを走ったように、だろうか。だが、ジェインのキスにやさしさと思いやりと、そう、愛情がこもっていると感じられるいまは、とても甘い勝利の味しかしなかった。

トマスの手が動き出し、指先が鎖骨の上をすべって喉もとのくぼみをたどり、親指がドレスの襟ぐりからなかに入ると、ジェインの指が丸まって彼のシャツを握り、胸毛が引っ張られた。トマスの親指はさらに下へと向かい、乳輪のきわをじらし、それから硬くなった胸の頂を愛撫した。ふたりのキスは激しくなり、わがもの顔の舌に降伏してジェインが口を開くと歯がぶつかった。

このまま床の上で彼女を抱くこともできた。ひんやりした硬い床と粗い絨毯でトマスの快感はいや増すだろう。だが、結婚初夜にはきちんとしたベッドと、せめてものやさしさが必要では？　トマスはジェインを連れて立ち上がったが、キスを中断したくなかったせいでぎくしゃくした動きになった。ただ、ボディスからは手を抜き出さなくてはならなくて、ジェインに小さなぐずり声を出されてしまった。

ついにトマスが顔を上げ、ジェインを階段のほうに向きなおさせて、ふざけて臀部を叩いて上がらせた。スカートとペチコートがあるからトマスの手を感じたはずもないのに、ジェインの目に荒々しい欲望が燃え上がり、彼女はつまずきそうな勢いで階上へと上がった。

トマスもためらわずに上がり、ジェインが掛け金でもたもたしているうちに踊り場で追いつき、ドアに彼女を押しつけてまた激しい口づけをした。ジェインが後ろ手でドアを開けると、ふたりで部屋に転がりこんだ。さっと見まわすと、洗面台、ダノックの衣装だんすよりも遙かに小ぶりで装飾のない戸棚、ロープ・ベッド――ひとり用の——があった。いや、ひとりが相手の上に乗ればふたり用になる。

トマスは唇を彼女の顎に沿って這わせ、首へとたどり、胸の膨らみではやわらかな肌の甘さを隅々まで堪能し、それから彼女の向きを変えてうなじに、本を読んでいるときに彼女が揉んでいた肩にもキスをした。手をドレスの留め具にかける。バニヤンを着ていたときは簡単でうれしかったが、今夜は服を脱がせる楽しみがあった。まずは軽い毛織のドレス。それからコルセット。最後にすべすべしたシュミーズ。ひとつ脱がせるたびに、あらわになったふっくらした曲線に手を這わせた。

服を脱がせ終えて彼女の前にまわるころには、ジェインは欲求で息を荒らげ、欲望で目を翳らせていた。残るはストッキングだけで、トマスがひざをついて靴下留めをほどきにかかると、ジェインは驚いて息を呑んだ。そのストッキングが雪のなかから救ったものだとわかったとき、トマスの手が止まった。縫い取り飾りが誘うようにふくらはぎからひざへと上がっていく。私のかわいい女流文学者《ブルーストッキング》。片方ずつ脚をなであげていきながら、この何週間かは仕事をする際に鵞ペンより重いものを持っていなかったのを不意にありがたく思った。たこのできたごつごつした手だったら、繊細なシルクのストッキングを傷めてしまっただろうからだ。

えくぼの浮いた太腿にレースの縁取りがある靴下留めをつけただけであとは裸でい

る彼女の姿が気に入った。やわらかな腹部にいくつもキスを落としていきながら、女性らしい麝香の香りを吸いこむ。ふたたび両手で脚をなで上げていき、臀部を超え、最後に脚のつけ根のくぼみに指先を入れると、秘めた場所を守っている湿った巻き毛に触れた。

ジェインは体にまわされた彼の腕に自身を押しつけ、脚を開こうとした。トマスはゆっくりと立ち上がりながら臀部のやわらかな線、背中、腰、胸を手でなぞっていった。乳房を包んで重みを味わい、硬くなったかわいらしい頂を片方ずつ口にふくみ、なめ、そして吸い、ついには彼女に喉の奥でくぐもった叫び声をあげさせた。すばらしく官能的で敏感だ――近いうちにそんな風に絶頂を迎えさせてやり、脚のあいだに顔を埋めてもう一度はじめよう。だが、いまは……。

触れ方を軽くし、彼女の両手を取った。その手はシュミーズが床に落とされたときから、体をおおいたいという衝動に抗うように、彼の目からその美しさを隠したくなるのに抗うように、体の脇で握りしめられていた。トマスは親指を使って握り拳を開かせ、てのひらを揉み、柔肌についた半月形の爪痕にキスをした。

ジェインの手から力が抜けると、トマスはその手を上着のなかに入れて胸のところに置き、心のなかで懇願した。私を求めてくれ。私がきみを自分のものにする必要があるように、私をきみのものにしてくれ。ほんのつかの間、彼女はためらい、トマスの目を見るのではなく自分の両手を見つめた。それから大急ぎで彼の上着を肩から脱がせ、床に落とされた自分の服と一緒にした。次いで、チョッキのボタンをはずし、クラバットをほどき、ブリーチズの前垂れに取りかかったが、どれもすぐさま彼女に降伏した。トマスはほとんど手を貸さないまま裸になっていた――ジェインのほうはトマスの長靴下にそれほど魅了されなかったらしく、それすら残っていなかった。

ジェインはまず目で、それから両手で、自分の体とは全然ちがう筋肉質で日焼けしていて毛深いトマスの体を探索した。そのたびに指先がトマスの分身のそばを通ったので、触ってくれと懇願してしまうまでどれくらい耐えられるかわからなかった。欲求のせいでこれほど硬く熱くなったのは人生ではじめてだった。

ようやくジェインのひんやりした指が彼を包んでくれた。よすぎる。もの足りない。口まで出かかったことばをこらえるため、トマスは彼女にキスをした。ジェインの両肩に手を置いてベッドへといざなう。ベッドの端まで来たとき、トマスは彼女を横たえるつもりだった。しかし、直前になって体の位置を入れ替え、上掛けをめくり、彼女の手から離れてひんやりしたシーツにあおむけになった。指を一本曲げ、上に乗るよう誘った。

部屋はますます暗くなっていたのに、トマスは彼女の顔に驚きが、ひょっとすると少しばかりの不安もよぎるのを目にした。ダノックでは、彼女はトマスに上になってもらって包まれたがった。トマスの力強さを、トマスなら彼女を守れるという証を求めているように思われた。だが、今夜は、彼女に自身の強さを、力を思い出してもらいたかった。ジェインは偽名と喪服の陰に隠れてきたが、トマスは彼女の強さを目にしてきた。トマスにとってその強さも同じくらい魅力的なのだとわかってもらいたかった。刺激的なのだと。

沈黙を破ってことばで気持ちを表わさなくてはならないかと諦めかけたとき、ジェインが片方のひざをベッドの端に乗せ、前のめりになってキスをしてきた。ゆっくりおずおずと体を重ね、トマスの腰にまたがった。脚のあいだに手を持っていき、熱い入り口に彼の分身を導いた。

ああ、ジェインに上に乗られ、快感をあたえると同時に求めている姿を見ているのはなんと神々しいことか。彼女の動きを邪魔しないように気をつけながら軽く腕をまわし、彼女にペースを決めさせた。はじめはゆっくり、やがて速く、またゆっくりになり、胸をトマスと合わせたあと、腕を突っ張って上半身を浮かせ、目の前で誘惑するように胸を揺らした。トマスが上体を浮かせて片方の乳首を口にふくみ、彼女の浅い腰の動きに合わせて激しく吸うと、彼を包んでいる部分がこわばり、無言の叫びがこぼれ、彼の種をどっと吸い上げた。

ジェインが彼の上にくずおれてそのまま動かなくなった。もの憂いその重みはトマスが想像していた以上に心を穏やかにしてくれた。ジェインの静かな息を耳にして、海のやわらかな吐息を思い出す。ドミニカにいるとき、平穏を夢見た。ときには思いきってジェインを夢見た。その夢がついにかなったのだ。

ダノックで愛を交わしたあとは、自分の、あるいはふたりの将来がどうなるかという思いを押しのけた。だが、いまはそれを歓迎した。これがふたりの将来なのだ。もの憂げな愛の行為の日々。暗がりで無言ですばやく結ばれること。そしてその合間にはたがいの隣りに立ち、支え合い、どんなことでも一緒に立ち向かう。明日のこともそうだ……。

トマスの唇に苦笑いが浮かび、ふっと息を吐くときに胸が持ち上がった。花嫁を、伯爵夫人をしっかりと抱きしめる。

彼女の敵が勝つ見こみはまったくない。

23

ドアを激しくノックする音がして、ジェインははっと目を覚ました。ほんのしばらくのあいだ、ダノックに戻っていて、秘めた場所はすてきにうずき、枕にはトマスの香りがあり、ミセス・マードックが心配して部屋に入ろうとしているのだと思った。けれど、オーク材のドアをしつこくノックする音に眠気の霧が払われると、エディンバラにいるのを思い出した。狭いロープ・ベッドにいた。ひとりきりで。

小さな部屋を慌てて見まわす。ドレスとシュミーズが洗面台のタオル掛けにゆがんでかけられている。トマスの服はどこにも見当たらず、あの奇妙で無言の幕間がほんとうにあったという証拠は自分の体にあるだけだった。でも、夢ではなかった。彼はいつ出て行ったのだろう？　それに、どこへ行ったのだろう？

「わかったわ。いま行きます」バニヤンに腕を通しているあいだも、犬たちは吠え、ノックの音はやまなかった。「静かにしなさい」階段を下りきって命じる。少なくともアテナは、命令を拒絶する前に少しのあいだ考えた。

「どちらさま？」ドアの向こうにいるのが父親の可能性もあると思い出してたずねた。

トマスはどうしてこんなときにいなくなったの？

「ミセス・ラザフォードですよ。いますぐドアを開けなさい」

大家さん？　夜が明けてまだ一時間も経っていないのに。用心深くドアを開けて顔を覗かせた。「どうなさったんですか？」ジェインの足もとにいる二頭の茶と白の鼻面が隙間から突っこまれ、吠え続けた。少なくとも、トマスのときと同じくらい嫌悪も激しく。

ひょっとしたら、こちらが思っている以上に犬たちは人を判断するのに長けているのかもしれない。

「ドアを開けなさい、ミセス・トマス」そのことばを強調するように大家は顎をぐいっと突き出したが、鉄灰色の髪は微動だにしなかった。トマスが衣装だんすに隠れているところをミセス・マードックに見つかるほうがうんとましだった。「それと、この犬たちを静かにさせなさい」ミセス・ラザフォードが噛みつくように言った。

両脇に一頭ずつ抱え上げ、ジェインはドアを大きく開けて通りをさっと見た。向かい側の街灯柱に見慣れた外套を着た紳士が長身をごまかそうとしているのか、少しだらしない感じでもたれていた。想像力の暴走か現実かとジェインが考えていると、紳士が帽子の縁を少し上げて目だけをあらわにした。そして、ウインクをしてきた。トマスだ。でも、どうやって――？　それに、どうして――？

彼がうなずいたので通りの先に目をやると、ミスター・ロスとおぼしき男性が帽子を目深にかぶり、そばの家の柵に片足をかけていた。ふたりで見張ってくれているらしいとわかって安堵する。おかげで落ち着いてドアを閉め、ミセス・ラザフォードに向かい合えた。

大家は居間の中央に立っていたが、首を伸ばしてジェインの背後まで隅々を見ようとしていた。「どうして微笑んでいるのかわかりませんね、ミセス・トマス。恥ずかしさに顔を赤くしているべきなのではないかしら」ジェインはミスター・ドナルドソンの最後の説教を思い出していらだった。「ゆうべここに殿方を招き入れましたね。完全なる規則違反ですよ」

「はい？」

「今朝暖炉に火を入れに来たベッツィが、男物のブーツと外套がドアのそばにあるのを見つけたんですよ」

ジェインはそのときはじめて、暖炉で火が赤々と燃えていて、机のまん中にトレイが載っているのに気づいた。だれかがすでにジャムを塗ったパンを食べていた。

「彼は大きな人だし、ひと晩中起きていたのなら……相当お腹が空いているんじゃないかしら〟

声を出して笑ってしまわないように、ジェインは唇をきつく結んだ。「なんの話をしてらっしゃるのか見当もつかないのですけど、ミセス・ラザフォード」声を出せるようになるとそう言った。

ミセス・ラザフォードは不信の目でアテナとアフロディーテを見たあと、ジェインに視線を戻した。「それなら、二階を見てもいいわね？」

なにかがジェインのなかで湧き上がった――母の詮索、父の無情さ、それに彼女の選択を非難できると思いこんだ世間に対する反抗心。「それはお断りしますわ、ミセス・ラザフォード」淡々と答える。「それと、今週末まではここを出て行こうと思いますが、その件はもちろんご理解いただけますよね？」

「あら、ミセス・トマス、そこまでしてもらわなくても」ミセス・ラザフォードは機嫌を取る口調になった。賃借料を払ってくれる間借り人を手放したくないのだ。しかも、ミセス・トマスからは広告よりも若干高めの賃借料をもらっているのだ。

「あら、ありますとも」ジェインはきつく結んだ唇に笑みを浮かべた。「あなたの下男にわたしの旅行鞄を屋根裏から下ろしてもらってくれますか？　今日のうちに？」

「そうですか」玄関に向かうミセス・ラザフォードは、ジェインとすれちがいざまに腹立ちの息を吐いた。「きちんとした家を保とうとしているだけなのに」

「もちろんですわ。でも、もう間借りは飽きてしまったので」わざとらしい笑みだったものが自然な笑みに変わった。「そろそろわが家を持つころ合いだと決めたんです」

困惑しきった大家はまた腹立ち紛れの息を吐き、ドアを叩きつけるように閉めて出て行った。犬たちが落ち着きはじめたので、隣室に行ってぬるくなったお茶を注いだ。

これからどうしたらいいのだろう？

そわそわと窓辺に行ったが、見張ってくれていた男性ふたりの姿は消えていた。しぶしぶ机に戻る。お茶を飲みながら、昨日買った本二冊の包みを開ける。上にあったのはボイルの『色に関する実験と考察、暗闇で光るダイヤモンドの観察』だった。この本のどこかに『山賊のとらわれ人』に登場する赤い光問題の解決策があるはずだ。ティーカップを受け皿に戻し、着替えをしようとその本を小脇に抱えて階上に向かった。

階段を下りてくると、居間は無人ではなかった。「おはようございます」朝食のトレイから最後のひと口を入れたミスター・ロスが、慌てて立ち上がった。

窓のそばに置かれた小ぶりのソファでくつろいでいたトマスも立ち上がる。「ゆっくり眠れたかな」ウインクをする。「ゆうべ私が部屋に入ってきたのにロスは気づかなかったと言うんだが、あんなに大きないびきをかいていたんでは聞こえるものも聞こえないと思う」

「ええ、眠れました」ジェインは赤面すまいとしたけれど、体が熱くなってきた。「全体的に驚くほど静かな夜だったから」

トマスが笑って友人に目をやると、片方の眉を疑わしげに上げられたので、咳きこんだ。「さてと。きみのお父上より先にエディンバラに着けたら幸運だと思っていたが、どうやらほんとうに僅差だったらしい。ロスが宿の女将を魅了して今朝宿帳を見せてもらったところ、ミスター・J・クウェイルが昨夜遅くに到着していたのがわかった。彼はきみが弟宛てに送った手紙を横取りしたわけだから、どこに行けばきみが見つかるかを知っている。もういつ顔を出してもおかしくないだろう」

冷や水をかけられたようにジェインの体が震えた。トマスがさっと彼女に近づいてその手を取り、残りの三段を一緒に下りてくれた。階段を下りきっても彼はジェインの手を放さなかった。「これからどうしたらいいの？」

「きみは階上で待っていてくれ。お父上が来たら、ロスと私が対処する」

ジェインはしばらくなにも言わなかった。「対処するとは？」

「来たところに戻り、あなたをそっとしておくよう説得します」ロスが説明する。

ジェインはふたりの男性を交互に見た。トマスとロスがどういう説得を考えているのかは明らかだった。「父はわたしがひとりでいると思っているわ。大柄な男性ふたりが自分を待ちかまえていると知ったら、戸口をくぐりもしないでしょうね」

「ちゃんと計画があるんだ」

「おい、マグナス、まさかあれを本気でやろうっていうんじゃないだろうな？」ミスター・ロスは悲痛な面持ちだった。

「頼みごとがあるんだ、ラス」トマスがいたずらっぽい笑みを浮かべる。「きみのあのすてきな部屋着と、室内帽があればどんなものでもいいから持ってきてくれないか？」

ジェインは目を瞬いた。

「ロスのほうが背が低いから、きみのバニヤンと室内帽姿になって居間に背を向けてこのテーブルに座る。お父上が来たら、私がドアを開ける。仕事中のきみらしき人を見てお父上がなかに入れば、私たちのものだ。どうだい？」

ジェインの唇がひくついた。「ミスター・ロスがわたしになりすますの？」

「ドレスを着なきゃならないなんて言ってなかったじゃないか、マグナス」ロスが唾を飛ばしながら抗議する。

「着なくてもいいんだ。肩に羽織っておいて、私がドアの錠をかけたらさっとふり落とせばいい」

父に帰るよう告げる楽しみのためにしては凝った計画に思われた——しかも、ジェインの理解が正しければ、彼女にはその楽しみを目にすることも許されていない。それでも、トマスを信頼していた。ことばと身ぶりから彼はその計画を単なる戯れにすぎないと思っているようだったけれど、ときどきその目に陰のようなものがよぎるのに彼女は気づいた。「階上に行って必要な物を取ってくるわ」

一時間と十五分後、ジェインはベッドの端に腰掛けて一世紀半も昔にボイルが著した光と色についての論文を読むふりをしていたが、ほんとうは色褪せた上掛けの縫い目をたどったり、薄緑色の壁を陽光が移ろうさまを見つめているばかりだった。ついにドアにノックがあったときは本を落としそうになった。犬たちは先ほどジェインからあたえられた骨で遊ぶのに忙しく、ときおりふざけてたがいに嚙みついたりしていて、だれかが来ても気にもしていなかった。

寝室のドアを急いで少しだけ開けて階下からの声に耳を澄ます。ミスター・ロスがイングランド訛りの甲高い声で父親に入るように言い、トマスの低い声が杖を放すよう命じていた。

ジェインはドアを閉めて階段を駆け下り、居間に向かった。ちょうどトマスが父の胸をひざで、喉を杖で押さえて床に倒しているところだった。

当然ながら父は老けていて茶色の髪にはかなりの白髪が交じっていたけれど、弱々しくはなかった。以前と同じ暗褐色の顔をしていて、自分を押さえつけている相手に向かって口角に泡をためながら罵りのことばを吐いているのも以前と同じだった。その瞬間にジェインが感じたものがなんであれ、それは哀れみではなかった。ミスター・ロスは暖炉の火かき棒を両手で高くかまえてふたりにのしかかるように立っていたけれど、バニヤンだけでなく室内帽も脱いでいたらもっとおそろしげに見えていただろう。

ジェインは三人に近づいた。「待って」

「ジェイン」トマスと父親が同時に言った。ミスター・ロスは近づかせまいとしたが、ジェインは簡単にすり抜けた。

「父と話がしたいの」静かに言うと、トマスの顔が見たこともないような表情でゆがんだ。西インド諸島の砂浜でのんびり過ごしていた人間の表情ではなかった。「父を放して」

そのことばが届くまでしばらくかかったが、やがてトマスは杖をしっかり握ったまま立ち上がり、彼女の父親がよろよろと立ち上がるのを許した。

「ジェイン」父は青い目を険しくしてふたりの男を見たあと、娘に焦点を当てた。

「私が来るのを知っていたんだな」

ジェインは思わず後ずさっていた。「ジョナサンが手紙で知らせてくれたの」

「ああ、そうだったな。あの役立たずの息子めが」

「やめて。わたしは何年もお父さまからわめかれたりどなられたりしてきた。でも、弟を虐待するのは許さない。今度はお父さまが話を聞く番よ」

父親はまなざしを険しくしたが、ジェインにしゃべらせ続けた。

「七年前、わたしを死んだものとするとお父さまは言ったわよね。わたしを――十七歳の娘を――家から追い出した。それもこれも、わたしの書いた物語を気に入らなかったからという理由で。それなのに、その物語で、わたしのことばで手に入れたもの分け前をもらって当然だと考えているそうじゃないの」

「おまえに家庭教師をつけてやったのは私だぞ」父親が割って入る。「本だって買ってやったし、紙だって――」

「わたしのために教育を施したふりなどしないで。嫁がせるのに条件のいい娘にしたかっただけじゃないの。どのみちわたしを追い払うのがお父さまの目標だったのよ。

わたしのことなんて少しも考えてくれなかった」

愚かにも、ジェインは父が否定してくれるかもしれないと思った。父は顎をこわばらせて無言のままだった。

「当時はお父さまがこわかった。でも、二度とそんな気持ちにさせられはしない。お父さまが投資した分の収益をどうぞ」ジェインは硬貨何枚かをつま先に入れて結んだ毛織の黒いストッキング――喪服の最後の一部――を父親に投げた。その足もとに落ちるとき、チャリンという音がした。「二シリングと十一ペンスよ。最初の小説を書くのに使った紙とインク代にしては気前のいい決算報告よね。ちなみに、処女作の一部はお父さまが暖炉に投げ入れてくれたけれど。これで長旅の埋め合わせにじゅうぶんだといいわね。これ以上は一ペニーもあげるつもりはありません」

ミスター・ロスが乾いた笑い声をたてながら父親に近づいた。「娘さんのことばを聞いただろう？　さっさとお引き取り願おうか」

ミスター・クウェイルはこわい顔をして、杖を返してくれと手を伸ばした。花崗岩に刻まれたかのような険しい表情のトマスは、相手と目を合わせたまま、まるで小枝であるかのように杖を折った。

「スコットランドのごろつきめ！　よくも私や私の持ち物をこんな目に遭わせてくれ

たな！　どうせおまえも娘をものにしたんだろう？　私は――」

「そのスコットランドのごろつきは、マグナス伯爵だ」ミスター・ロスの口調は冷ややかだった。「娘さんの半分も頭がいいなら、折られた杖で頭を殴られる前にここから消え失せるんだな」

ミスター・ロスのことばは訛りがとても強かったが、怒りのもやを通してようやく父親にも届いたようだった。最後にひとつ悪態をついたあと、結ばれたストッキングを脇に蹴り飛ばして大股で出て行った。

ジェインは震えながらソファにへたりこんだ。ミスター・ロスはバニヤンを拾い上げ、彼女の肩にそっとかけた。トマスは折れてギザギザになった杖をためつすがめつした。「きみはずっと二階にいて、お父上の対処は私に任せるべきだった、ジェイン」

「あなたに父を殴らせて鼻血を流させるべきだったってことね」自分の声に笑いがにじんでいてジェインは驚いた。背負っていることに気づいてもいなかった重荷を投げ捨てたみたいに自由な気分だった。

「最低でもそれだけはさせてくれるべきだったな」トマスもようやく気持ちを和らげた。いつものきらめきが目に少し戻っている。「私がきみを守るのであれば、私に仕事をさせてくれなくては困る」

「あなたはそれより遙かにたいせつなことをしてくれたわ、トマス。わたし自身から、わたしがなっていたかもしれない人間から救ってくれたのよ。自力で生きていけると証明するのに気を取られて、笑うというのがどういうことだったかを忘れかけていたの。愛するのがどういうことかを。そろそろわが家へ連れて帰って」ジェインは彼の腕のなかに飛びこんだ。「バリセイグのわが家へ」

しばらくのち、ミスター・ロスが小さく咳払いをした。ジェインは体面を重んじて離れようとしたが、トマスがきつく抱いて放してくれなかった。「おまえは彼女をカーリクルで連れて帰るんだろうな」ミスター・ロスがいらだたしげに言う。

「歩かなきゃならないかとまだ心配してるのか？」トマスがからかった。「いや、レディには大型馬車を借りる」

「そしてミスター・ロスにわたしのカーリクルを御してもらう？　それはないわ」

トマスが低くふくみ笑いをした。「いいだろう。だったら、ロスには快適な大型馬車に乗ってもらうとするか。アテナとアフロディーテと一緒に」

「ネイ、マグナス。犬は勘弁してくれ。約束したじゃないか」ロスが文句を言う。

けれど、ジェインはトマスにキスをするのに忙しくて、続きを聞いていなかった。

24

バリセイグに近づくにつれ、ジェインは静かになっていった。はじめのうちトマスは、旅疲れかと思った。旅は長く、驚くほどおだやかな好天続きだったが、いくら服を着こんでいるといっても無蓋のカーリクルではやはり寒かったからだ。ジェインには囲いのある箱型馬車に旅行鞄や犬たちと一緒に乗ってもらい、カーリクルは自分とロスで乗っていくと言い張るべきだった。

それとも、筋立ての問題を解決しようと考えこんでいるのだろうか。昨夜宿場で食事をしている際、トマスに書店で見つかったときは厄介な問題の解決策が書かれているかもしれない古い本を調べていたのだが、いまだにどう解決するかを考えている、と話してくれたのだった。

視野の隅でジェインの視線が移ろうのを見た。ごつごつした岩だらけの地平線。道路端から野原まで広がり、春を約束するやわらかな緑の絨毯。安定して前に進み続ける馬の灰色の臀部。太陽は低い位置にあり、午後の黄金色と青色がゆっくりと黄昏のオレンジ色と紫色に溶けつつあったとき、結論に達したかのようにジェインがうなずいた。

登場人物たちが完璧に幸福に過ごせる方法をついに考えついたと彼女が告げるとばかり思っていたトマスは、こう言われて驚いた。「結婚しても仕事は辞めないわ」

驚いた拍子に体がびくりとなり、それが手綱に伝わって馬たちが速度を落とした。やさしく舌を鳴らしてもとの速度まで戻させてから、トマスは彼女のほうを向いた。

「だれが辞めろって言ったんだ？」

体をこわばらせたまま、ジェインは警戒気味に彼を見た。「それについて話し合っていないと気がついて……」ひざにかけた毛布の下で、片手が落ち着かなげに円を描いた。その仕草にはさまざまな説明がつけられそうだ。「でも、あなたは伯爵夫人にはふさわしくないと思うかもしれないと心配で……」

「きみは彼女をあまりよく知らないみたいだから言うけど、私の伯爵夫人は意志が強いんだ。それに、礼儀作法という点に関しては、私はそれほど気にしていない」

ジェインは彼の返事をしばし考えた。静寂のなかで馬の蹄の音が大きく響く。「あなたの結婚相手は自分の財産をかなり持っている女性でもあるわ。法律によれば、わたしの持っているものすべてはあなたのものになってしまうけれど」

「アイ。私に言わせればけしからんことだが、個人の力では法律は変えられない。私に言えるのは、きみの財産についてはきみが適切だと思うような文書を事務弁護士に作らせるつもりでいる、ということだけだ」分厚いひざ掛け毛布の下に手を入れてジェインの手に触れられるよう、手綱を片手に持ちなおした。「きみが望むなら、子どもたちのものにするのでもいい」きつく握った拳を包む。

毛皮の縁取りがある頭巾の縁から覗くと、ジェインの頬がうっすらと染まり、唇にかすかな笑みが浮かんでいくのが見えた。「いつの日か子どもたちが真実を知って、自分たちの相続財産の出所がもっと立派なものだったらよかったのにと思ったりしないかしら？」

『神が鵞鳥にあたえたくらいの分別しか持たない子どもなんて、だれが育てたのかな？』そう言うと、大好きな鈴を転がす声で笑ってもらえた。トマスはまた彼女の手をぎゅっと握った。「人を幸せにする本以上に立派なものがあるかい？」

「あなたは――？」ジェインの声は期待に満ちていたが、続いてこう言ったときにはそれを隠そうとした。「わたしが置いていった『魔術師の花嫁』を見つけたに決まっているわよね」

「見つけたよ。すぐにではなかったけどね。ようやくきみの書斎に入る気になれるまで、何週間かかかったよ」

それを聞いてジェインは驚いたようだった。「そうだったの。それで、見つけた本は最後まで読んだ？」

「まだだよ。お忘れかもしれないが、私は自分の幸せな結末をまず見つけなくてはならなかったからね」

ジェインが小首を傾げた。「読み終えていないのなら、オフィーリアとルスヴェインの物語が幸せな結末を迎えるってどうして確信が持てるの？」

「そうだな。オフィーリアの家族がルスヴェインと彼女を引き離して、惨めな愚か者は彼自身をふくめて全員を石に変える魔法だかなんだかをかけるんじゃないかと考えたよ……」トマスはさらに前かがみになって彼女の表情を読もうとした。「だが、たがいを望んだせいでふたりが罰せられたりしたら、もしきみがふたりの物語を悲劇にしたら、読者はそんなに熱狂しないと思ったんだ。それに、それならお偉い書評家の方々はあそこまできみに不満を持たないとも思ったんだよ」

ジェインは片手を引き抜いて頭巾を少し下げ、きらきら輝く目と大きな笑みで信じられないとばかりに彼を見た。そんな筋書きは思いつきもしなかったとばかりに。

「私はきみを誇りに思っているんだよ、ラス。子宝にめぐまれたら、その子たちも誇りに思うだろう。ただひとつの後悔は、ロビン・ラトリフの評判の大部分が、彼の作り出した謎めいた雰囲気のおかげであることなんだ。きみがなし遂げたことを世界中に知ってもらうために、ダノック城の北塔から真実を叫びたくてたまらないよ」

ぷっと吹き出してジェインの胸が上下した。「北塔から？　湖の底になにかが棲んでいるのでないかぎり、だれがあなたの叫びを耳にするっていうの？」

「棲んでいるかもしれないじゃないか」トマスはウインクした。「でも、すばらしい物語はいちどきにひとつずつだな。まずは、きみは山賊とラスを――彼女の名前はなんだい？」

「アローラよ」

「――無事にその赤く光る洞窟から助け出さなくてはならないな。で、ふたりが見つけたのはなんだと言ってたかな？」

「稀少な発光する貴石よ」

「その値打ちは同じ重さの金に匹敵するんだろうな」

「もっとよ」ジェインはまたころころと笑った。「それに、あなたの言うとおりだわ。ミスター・キャンフィールドは完成した原稿を受け取るのが待ちきれずにいるの。バリセイグに着いたら、まず最初に結末を書いて送らなければならないわ」

トマスはジェインから手を放して馬車用の手袋をふりはずし、その手を彼女のひざに置いた。「まず最初に？　夫婦としてダノックで過ごす最初の夜はほかのことをしようと考えていたんだが」

「夫婦として？」彼女は疑い深い声で言い、トマスの熱いてのひらの下でかすかに身じろぎした。「エディンバラでひざまずいて手を握り合わせたとき、自分の気持ちはわかっていたわ。でもね、いくらスコットランドの婚姻法だってそこまで厳密さに欠けはしないんじゃない？　正式に結婚するまで、ダノックであなたと一緒に暮らすわけにはいかないわ。それに、バリセイグにはいま牧師さまはいなかったでしょう」

「気に病む必要はないさ、ラス」ひざ掛け毛布の下でトマスが彼女のスカートを引っ張り、少しずつまくっていった。「きみを驚かす用意がある」

太腿の柔肌をトマスの指先がかすめ、彼女の息が浅くなる。「トマス」そう叱る。

「手綱をわたしにちょうだい」

「アイ？」ささやき声と手の両方でからかった。「私に集中してもらいたいのかな？」

「もちろんだわ。そうでないと、カーリクルが溝にはまってしまうもの」大げさにいらだちのため息をつき、ジェインは毛布の下の右手を伸ばして手綱をつかみ、トマスに触れてもらえるよう脚を開いた。「これはまだわたしのカーリクルですからね。あなたに壊させはしないわ」

＊

トマスは自分の肩に頭を休ませたジェインにキスをしたが、彼女はどうしても起きようとしなかった。彼の顎で頭巾を下ろされると、ジェインはひんやりした夜気が顔をなでるのを感じた。「目の前にバリセイグが見えるぞ、ラス」

「んん？」ジェインは眠そうに彼の肩と胸のあいだのちょっとしたくぼみという枕にさらに深く頭をすり寄せた。

『起きたほうがいい。そうでないと、自分の結婚式のあいだ中、眠っているはめになるからな」

そのことばでやっとジェインの注意を引けた。「結婚式？」

「アイ。ほら、これがきみを驚かそうと用意したものだ」

ようやく顔を上げたジェインは、眠そうな目を瞬いて暗がりに浮かぶいくつもの光の点を見た。村の窓にしては小さすぎる明かりだし、星のようにちらついている。トマスは速度を落として角を曲がり、薬屋の東側からバリセイグに入った。

沿道でろうそくがきらめき、村人全員の手を暖め、顔を照らしていた。アバーナシー夫妻が朗らかに手をふってきたあと、体をかがめてメアリ・マッキンタイアになにか言うと、彼女はうなずいてカーリクルの前を走っていった。〈アザミと王冠〉亭の前にはエルスペス・ショーが家族と一緒にいて、全員がろうそくを掲げて歓迎してくれた。その向こうにはほかの家族たちの顔もあった。ミセス・マードックとドゥーガン。ダノックの借地人たち。ハイランドのこの地を故郷と呼ぶみんながいるようだった。

ジェインとトマスが通り過ぎるとき、村人たちは会釈し、喝采をあげ、カーリクルの後ろをついてキャンベル家の小さな家まで来た。そこでロスが出迎えてくれた。ミスター・ロスはわたしたちより先にバリセイグに入っていたの？　ジェインはまだ夢を見ている気分だった。

「着いたよ」トマスは馬を止めてカーリクルからさっと降り、ジェインを抱き上げて降ろした。

「どういう――」微笑んだりお辞儀を返したりする合間に目をこすって眠気を追い払い、ほつれた髪を頭巾のなかに押し戻した。「これはなんなの？」

「あなたの結婚式ですよ、ミセス・ヒギンボサム」ミセス・アバーナシーとミセス・マードックが彼女をはさんで肘を取り、家のなかへといざなった。ロスはトマスの肩をがっしとつかみ、反対方向へと引っ張っていった。

キャンベル家の小さな居間は空っぽだった。「わたしの結婚式ですって？」ジェインは困惑していた。

「アイ。そのうちわかりますよ」ミセス・アバーナシーが目をきらめかせ、ジェインの頭巾のリボンをほどいた。

「それはやめてください」頭巾を脱がそうとするミセス・アバーナシーを止める。「髪がくしゃくしゃなんですもの」いつもはきっちり結っているシニヨンが下がっていて、ほつれ髪が顔にかかっていたのだ。

「こんなにきれいな髪は――あなたも――見たことがありませんよ」ミセス・マードックが言う。「やわらかな感じの結い髪は似合ってますって。ああ、戻ってきてくださってほんとうにうれしいです」節くれ立った手でジェインの手を取る。

「わたしも戻ってこられて心から喜んでいるの」年配の家政婦を抱きしめる。まわりの人を寄せつけないようにするのはもう終わりだ。

ノックの音がして、ミセス・アバーナシーが最後の仕上げを急いだ。子山羊革の手袋をジェインの手から脱がせにかかったのだ。「そのうちわかりますって」そう言って手袋を引っ張って脱がせ、外に行くよう身ぶりで示した。

満面の笑みを浮かべたバリセイグの村人たちが、鍛冶屋までの道をろうそくで照らしていた。屋内ではないため夜気が冷たかったが、炉の火が心地よく守ってくれた。泥炭と毛織の湿った服と鼻につんとくる錆びた鉄のにおいが夜気に混ざっている。小さな集団がそこで待っていた——暖かい場所に置かれた椅子にミセス・キャンベルが座っていて、そのひざには体を洗ってもらったばかりで、いつもは目にかかる毛をピンク色のリボンで結んでもらったアテナとアフロディーテが満足そうに乗っていた。ダヴィーナは将来の義理の母に付き添うように立っている。ロスとテオ・キャンベルはいたずらっぽい笑みを大きく浮かべている。そして、トマスはキルトをまとっていた。

ジェインは手で笑みを隠した。だからみんなは彼を大急ぎで連れて行ったのね！ ああ、でも彼にとっても似合っている。形のよいたくましい脚がキルトとブーツのあいだに覗いていた。マグナス伯爵。ダノック城の領主。ジェインの夢のハイランド戦士。

ミセス・アバーナシーにつつかれてトマスに近づいていき、彼の差し出す手を取った。小さな集団はジェインのあとから鍛冶屋に入った。

「エディンバラでのあの夜の私たちはまちがっていなかった」トマスが低い声で言っ

た。「ただ証人が必要なだけだった」集まったみんなをちらりと見て笑った。ジェインも笑った。ずっと蓋をしたままだった奥深くから愛と喜びがこみ上げてきたのだ。ミセス・マードックから白くて長い布を渡されたミスター・キャンベルは、ジェインとトマスの握り合わせた手をとってその布を巻きはじめた。

握手結婚《ハンドファスティング》の儀式？　村の鍛冶屋が執り行なう？　もちろん、ジェインはそういう話は聞いたことがあった。けれど、トマスから結婚式の話を聞いたときに期待していたのはこういうことではなかった。

「これって……法律的に認められているの？」トマスにそっとささやいた。

「完全に」ジェインを安心させる。「だが、グラスゴーの友人がバリセイグの牧師職を受けると言ってくれているから、二週間かそこら待ちたいのなら、彼に式を挙げてもらうこともできるよ」

待つですって？　トマスの目はいたずらっぽくきらめいていて、何日か前にふたりでしたことを思い出してごらんと言っているようだった。あるいは、一時間前のカーリクルでのことを。

ジェインは集まってくれた小さな――それほど小さくもなかったが――集団に目をやった。ろうそくはいまも暗闇で揺らめいていて、ジェインを歓迎してくれた人々の明るい顔を照らしている。友だちになってくれた人々。わが家など二度と持てないと信じていたジェインに、バリセイグというわが家を持たせてくれた人々。ジェインが伯爵夫人になるのを心待ちにしている人々。

彼女はずっとこちらを見ていたトマスに視線を戻した。彼はジェインを気も狂わんばかりの気持ちにさせる、おもしろがる気持ちと愛情がないまぜになった例の表情を浮かべていた。トマスが眉を上げ下げして彼女の答えをせっついた。

「待つですって？ なんのために？ これほど物語みたいに完璧な瞬間はほかにはぜったいにないわ、マグナス伯爵さま」周囲から喝采があがったため、続く彼女のことばはすぐそばにいる人間にしか聞こえなかった。「それに、いま以上にあなたを愛するなんて無理だわ」

「だったら決まりだな」ミスター・キャンベルが言い、結ばれたふたりの手を鉄床において自分の手を重ねた。

「アイ」同意したトマスがジェインに顔を寄せてきて、完璧に外聞の悪いキスをした。

「七年も待ったわけだから、私の愛もいま以上に減じはしないよ」

エピローグ

なにも書かれていない紙を見つめながら——ペンの準備はできているが、ことばが出てこなかった——ジェインはどうやって何度も何度も書けるのだろう、とトマスは訝った。『山賊のとらわれ人』はいまも飛ぶように売れており、ジェインはすでに『海賊の囚人』を書きはじめている。

考えているふりをして、部屋を見まわす。ジェインの書斎からレディ・マグナスの書斎になっても、ほとんどなにも変わっていなかった。あのおぞましいソファだけは、トマスがドゥーガンに手伝ってもらって門番小屋からもっと快適なものを運んできて入れ替えたが。ジェインの弟のジョナサンは、ダノックの家令の職を喜んで受けてくれ、じきに門番小屋に住む予定になっている。

火の入っていない暖炉のそばにはアテナとアフロディーテのクッションと玩具があるが、二頭はいま敷物にひざをついたジェインに斑点のあるなめらかな毛を梳かしてもらっている。二頭はあいかわらず家にトマスがいることに耐えているといった感じだったが、彼は万一にそなえて常にポケットにチーズの削りくずを入れていた。

「手紙の進み具合はどんな感じ？」ジェインは犬たちから顔も上げずに訊いてきた。

トマスはいま一度目の前の白紙に目をやって吐息をついた。「私にはできない。どんな風に書けばいいかな？」

「自分が民間人の人生を楽しんでいると将軍に知ってもらいたくはないの？　ダノッソでもバリセイグでもすべてが順調だって？」肩越しをふり返ってトマスの顔を探る。「将軍は最後の命令であなたをここに来させたんでしょう、トマス。任官辞令は売ったかもしれないけれど、その命令を受けてからのできごとを知らせるくらいの礼儀は果たさないといけないのではない？」

「言ったはずだよね。私が知らせなくても将軍はすべてをご存じだって」

「トマスったら」ジェインは頭をふり、立ち上がってスカートについた犬の毛を払った。結婚式以来、彼女は豊かな茶色の髪をうなじのところでゆるくまとめるようになり、首もとや耳のあたりで後れ毛を遊ばせていた。きついお団子にしていたときは、ヘアピンを抜いて垂らしたい気持ちにそそられたトマスだが、新しい髪型のほうがもっと彼女の気を散らしてくれた。たっぷり愛されたあとの彼女の姿が浮かんでしまうからだ。

「あなたは将軍を密偵の親玉だと言ってたわよね」声の届く範囲には犬しかいないと

いうのに、ジェインはいつものように声をひそめた。トマスは軍隊時代のことを、ドミニカでの年月をジェインに話すかどうか、話すとしたらどこまで話すかを慎重に検討し、結局最後にはもう隠しごとはたくさんだと決めたのだった。それでも、自分の命が――ほかのおおぜいの命も――かかっていたときに頼りにしていた用心深く警戒する習慣はふり払えなかった。

ジェインが腰を色っぽく揺らしながら机に近づいてきて、彼の肩に手を置き、なにも書かれていない紙を見て舌を鳴らした。「でもね、トマス、こんなに離れたところで起きるすべてを将軍はどうやって知ることができるの？」

「どうやってかはわからない。ただ、そうとしか言えない」

ダノックに着いたトマスがだれと出会いなにに遭遇するかを将軍は正確に知っていたという確信がますます強くなっていたので、重大なできごとや雑事を手紙で詳細に伝える必要があるとはどうしても思えないのだった。ダヴィーナとテオの教会での古風な結婚式についてだとか、ミスター・ショーの脚の具合がよくなったことだとか、この春は子羊や縮れ毛の子牛が例年より多く生まれたことだとか、エルスペスとミセス・アバーナシーが共同で女性たちが集まれる軽食堂を居酒屋の隣りに開いたことだとかを手紙にしたためたとして――将軍にはどれひとつとして初耳のはずはなかった。

それについては確信があった。

「そうねえ」ジェインの指が彼の頰をなで上げ耳をくるりとまわった。「将軍がぜったいに知り得ないことをひとつだけ思いつけるけど」

「そうかい？　それはなんなのかな、ラス？」トマスの眉が疑わしげにつり上がる。

ジェインは彼の手から鵞ペンを取り上げて脇に置き、彼の両手を取って腹部に当てた。

かなり経ってからその仕草の意味がようやくトマスの頭に届いた。彼はジェインに腕をまわして立ち上がった。いまや手紙のことは忘れ去られていた。「赤ん坊か？　ジェイン、愛しい人、私のラス、ほんとうなんだね？」結婚してからまだ数週間しか経っていなかったのだ。

ジェインは彼の胸に頰を寄せてうなずいた。「将軍と同じで、どうしてわかったのか自分でも不思議なの」トマスは彼女の声のなかに笑みを感じ取った。「でも、そうとしか言えないのよ」

トマスは彼女の頭のてっぺんにキスをして、髪の甘い香りを吸いこんだ——いまでは夜咲きのジャスミンではなく、スコットランドの春の新鮮ですばらしい香りだ。ジェインが私の子どもを産んでくれる。私たちの子どもを。

家族。わが家。自分にはけっして持てないとふたりともが思っていたすべて。それを持てることになった。ふたり一緒に。

＊

ゼバディア・スコット将軍は驚くほどなにも載っていない机――コリンズ大尉がまた片づけたのだ――に手紙を投げ、椅子に背をもたせかけた。またもや国王陛下に対する最重要の任務に失敗してしまった。世界一優秀な情報将校を訓練し保持するという任務を。

だが、部下に対しても務めがあるのでは？　健康と安寧と、さらには幸福も保証するという務めが。

血気盛んな若い部下は、自分たちを必要不可欠な存在だと思っているようだ。だが軍人生活の長いスコットは、敵はやってきては去って行くと知っていた。ひとつの戦争が終わっても、また別の戦争がはじまる。だれでも、スコット自身も、替えが利くのだ。

だから、機会がめぐってきたときには――たとえば、思いがけない爵位の継承など

――人生は密偵活動だけではないことを頑固な部下に思い出させるようにしているのだ。少なくとも、その部下が行なっていたような類の密偵活動よりももっと多くのものがあると。

だれが見ても自己満足とわかる笑みを浮かべたスコットは、投げた手紙を拾い、自分以外にはけっして触れさせない引き出しの書類ばさみにしまった。優秀な諜報員は、任官辞令を手放したからといって国王陛下への奉仕を完全にやめてしまうわけではない。ちょっとした戦略的作戦行動――民間人が呼ぶところの縁結び――のおかげで、だれにも疑われないような場所に密偵を配置できつつあった。

いまではバリセイグもそのひとつになった。

引き出しを閉める前に自分と副官の事務室のあいだにあるドアにノックの音があった。

「入れ」

コリンズ大尉がいつになく動揺した表情の顔を覗かせた。「たったいま受け渡しについて知らせがありました、サー」

スコットは片手をさっと動かした。コリンズがいかにも不承不承といった感じで入ってきて、ドアを閉める。スコットはわざとゆっくりとパイプに火をつけ、何度かふかした。パイプから口を離すと、柄の周辺で煙が渦巻いた。「まずい事態が起きたようだね」

「イエス、サー」コリンズは失策に関与していないにもかかわらず、申し訳なさそうな声だった。「ホプキンズ中尉は予定外に例の物を手放すはめになったそうです」

さらなる煙。「なるほど。それで、いまはだれの手にあるのかね？」

「じ――女性です、サー」襟口に指を入れてゆるめる。「ちょうど書店を出るところだった客です。われわれにわかっているのは、その人物がレディ・キングストンという名前だということくらいです」

スコットは椅子を回転させ、背後の窓から驚くほど青い春の空を見つめた。ロンドンにはじきに、パーティ、音楽会、舞踏会が目白押しの狂気の社交シーズンがやってくる。秘密――そのすべてが国家機密というわけではない――は熱のこもったささやきとなって広まるだろう。

スコットは何年も前にキングストン伯爵に会っていた。彼の若くて美人で陽気な妻の企画した慈善舞踏会だった。その後彼女は未亡人になったが、いまでは喪が明けているはずだ。彼女が包みを開けて出てきた本を見て、どうなっているのかと眉根を寄せる姿がやすやすと浮かんだ。

レディ・キングストンには無用の本。ほかの多くの者たち――その全員が正しい側にいるわけではない――にとってはきわめて貴重な本。その本を持っているかもしれないとまちがった側の人間に疑われれば、彼女の身が非常に危険になる。

「回収は細心の注意を要する作戦になる。彼女に警告はできない。スタナップ少佐をすぐに任務に就かせるんだ」ふり返りもせずに命じた。

「〈カササギ〉をですか、サー？」

信じがたいとばかりのコリンズの声を聞いて、スコットはパイプをくわえた口に苦笑いを浮かべた。スタナップはそのあだ名を嫌っていたが、それは彼の如才なさのゆえにつけられたものだった。その気になれば、あだ名どおり、賑やかで社交的になれる男なのだ。伯爵未亡人を魅了してあの本を回収する任務に完璧な諜報員だ。

ミイラ取りがミイラになるだろうか？

どんな任務にも危険は伴う。最高の諜報員を失う危険を冒す余裕があるかどうか決めなければならない。しばしのち、スコットは決然とうなずき、椅子を回転させてコリンズに向き合った。「そのとおりだ。〈カササギ〉とレディ・キングストンか」彼は、幸せな結婚生活を送っている元諜報員たちに関する個人的な文書でいっぱいの引き出しをつま先でこっそり閉めた。「ああ、それから」命令を実行に移そうとその場を離れかけていた副官に声をかける。「報告を欠かさないように……この件で興味深い展開があった場合は」

訳者あとがき

初邦訳の作家、スザンナ・クレイグのヒストリカル・ロマンス『伯爵の秘密の管理人』(原題 *Who's That Earl*) をお届けします。

時代は十九世紀初頭。ヒロインは男の筆名を使って大人気のゴシック小説を書いている作家。そしてヒーローは、思いがけず伯爵位を継承するはめになった英国陸軍の情報将校。物語はというと——。


七年間、西インド諸島のドミニカで軍の諜報活動をしていたトマスは、上官のスコット将軍に呼び戻され帰国する。そして、スコットランドのマグナス伯爵位を継ぐ身となったと告げられる。自分に継承権のあることすら知らなかったトマスは驚いたが、とにかく現地へ行って状況を把握し、領地をしっかり統治するよう命じられる。

体調不良を理由に南の暖かい地方から動かなかった前伯爵は、人気作家のロビン・ラトリフに領地内のダノック城を貸していた。トマスが伯爵として城に住むのであれば、ラトリフには賃借契約が切れた時点で出て行ってもらうしかないが、軍に戻りたかったトマスはラトリフの秘書であるヒギンボサムに領地管理の仕事を任せられないかと考える。

ところが、ダノック城に行ってみるとラトリフは調査に出かけていて不在で、おまけに当てにしていたヒギンボサムは故人となっており、会えたのは、秘書は亡夫ではなく自分だというヒギンボサム未亡人だけだった。……が、これがまた驚きだった。トマスが七年間ずっと忘れられずにいた想い人のジェイン・クウェイルだったからだ。ジェインもまたトマスを見て驚く。七年前に村の集会で慎ましやかな口づけを交わした相手だったからだ。彼はその翌日にジェインの父親に挨拶に行くと言ってくれたが、そうしてくれたかどうかはわからずじまいだった。こっそり書きためていた小説を見つけられてしまい、激怒した父親に家を追い出されたからだ。生き延びるために未亡人を装い、男性の名前で小説を書いて、幸い人気を博している。ところが、匿名の脅迫状が届くようになり――。

七年ぶりに運命のいたずらで再会したふたりは、たがいに正体を隠しています。トマスは、子ども時代に毎夏祖母の家に遊びに来て友だちや知り合いになったバリセイグの村人たちとの関係が変わってしまうのをおそれて。ジェインは、若い独身女性では生きづらい世の中でなんとか生き延びるために。そんなふたりが葛藤しながらも相手の仮面の下に潜むほんとうの姿を見つけ、さまざまな困難を乗り越えて中断していた愛を成就させ、ハッピーエンドを迎える物語になっています。

ジェイン／ラトリフのもとに届く脅迫状は、くだらないゴシック小説で人を夢中にさせ、務めを忘れさせることに激しい怒りをぶつけてくるもので、一通めはロンドンの出版社宛てで、それまでも手きびしい批評なら受けていたこともあってそれほど気にしていなかったものの、二通めは直接ダノック城宛てに届き、身の危険を感じるようになります。果たして脅迫状の送り主はだれなのでしょうか。

ラスト近くでは、ジェインは自分を勘当した父親と対峙し、ずっとおそれていた気持ちを卒業してきっぱりと訣別する姿が描かれており、その成長ぶりに喝采を送りたくなります。

そうそう、忘れてはならないたいせつな脇役として二頭のスパニエル犬が登場します。男性全般が苦手な二頭は、当然ながらトマスに対しても……。にやりと笑えます。

本書は英国陸軍の情報将校のロマンスを描いた〈Love and Let Spy〉シリーズの第一作で、第二作は本年四月に本国で刊行予定となっています。どうやらその中心にいて縁結び役を務めるのが、老獪なスコット将軍のようです。

著者のスザンナ・クレイグはアメリカのケンタッキー州在住。妻であり、母であり、英語学の教授でもあります。本作以前に二シリーズ六作を上梓しており、初のシリーズとなった〈The Runnaway Desires〉の三作めはマギー賞を受賞しています。

・〈The Runnaway Desires〉シリーズ
To Kiss a Thief（二〇一六年）
To Tempt an Heiress（二〇一六年）
To Seduce a Stranger（二〇一七年）
・〈Rogues & Rebels〉シリーズ
The Companion's Secret（二〇一八年）
The Duke's Suspicion（二〇一八年）
The Lady's Deception（二〇一九年）
・〈Love and Let Spy〉シリーズ
Who's That Earl（二〇二〇年／本書）
One Thing Leads to a Lover（二〇二一年四月刊行予定）

二〇二一年一月　辻早苗

伯爵の秘密の管理人

2021年4月16日　初版第一刷発行

著 ………………………… スザンナ・クレイグ
訳 ……………………………………… 辻早苗
カバーデザイン ………………… 小関加奈子
編集協力 …………………… アトリエ・ロマンス

発行人 ……………………………… 後藤明信
発行所 ……………………… 株式会社竹書房
〒102-0075 東京都千代田区三番町8-1
三番町東急ビル6F
email：info@takeshobo.co.jp
http://www.takeshobo.co.jp
印刷・製本 ……………… 凸版印刷株式会社
